나의 삶이라는 책

• 이 도서의 국립중앙도서관 출판시도서목록(CIP)은 서지정보유통지원시스템 홈페이지(http://seoji.nl.go.kr)
와 국가자료공동목록시스템(http://www.nl.go.kr/kolisnet)에서 이용하실 수 있습니다.
(CIP제어번호: CIP2019027902)

The Book of

나의 삶이라는 책

My Lives

알렉산다르 헤몬 지음

이동교 옮김

은행나무

영원히 내 품에서 숨 쉬는
이사벨에게

차례

감사의 말

나는 소설은 쓰지 않을 수 없어 쓰지만, 비소설은 누가 강요해야만 쓴다. 나의 과묵과 나태를 극복할 수 있도록 독려해준 이하 사람들에게 감사 인사를 전한다. 슬라벤카 드라쿨리치와 리처드 스왈츠, 존 프리먼, 리 프롤릭, 숀 윌시와 맥스위니스의 편집진, 데이비드 렘닉과 특히 지성과 지혜와 친절한 손길로 몇몇 힘겨웠던 단편들을 존재할 수 있게 도와준 데버라 트라이스먼. 뉴욕 출판계의 토니 소프라노 같은 존재인 편집자 숀 맥도널드는 내 충실한 벗이자 지지자이며 내가 내키지 않아 할 때도 원고를 고치게 했다. 내 대리인 니콜 아라기는 이제 사실상 우리 가족이나 다름없기에 보통은 요리를 대접하면서 감사를 표한다. 하지만 그녀의 인내와 친절, 관용과 충격적으로 거친 입이 아주 힘들었던 순간을 헤쳐나가는 데 큰 도움이 되었기에 지면을 빌려 또 한 번 인사하는 게 맞는 것 같다. 우정과 이웃으로서의 애정으로도 모자라 내게 눈물 나는 작업실까지 제공해준 라나와 릴리 워쇼스키 자매. 내 여동생 크리스티나와 절친한 친구 벨리보 보조비치, 일명 베바는 나와 너무 많은 것을 나누었기에 ─ 그들과의 기억은 말할 것도 없고 ─ 평생을 감사해도 모자라다. 부모님, 페타르와 안자는 내 유년 시절과 사춘기를 참고 이겨냈고 계속되는 삶의 여정에서 내 친구이자 영웅이 되었다. 테리 보이드, 영원 그 너머까지 내 아내이자 동반자일 그녀 덕분에 모든 것이 가능했고, 또 견딜 수 있었다. 마지막으로 내 딸들, 엘라와 이사벨과 에스터는 내 삶의 매 순간을 사랑과 의미로 빛내주고 있다.

타인들의 삶

저건 누구야?

 1969년 3월 27일 저녁, 아버지는 소련 레닌그라드^{Leningrad*}에서 전기공학 석사 학위를 준비하고 있었다. 같은 시간 사라예보 집에서 어머니는 그녀의 친구들로 구성된 회의단이 지켜보는 가운데 한창 산통 중이었다. 어머니는 봉긋한 배 위에 두 손을 올린 채 쌕쌕거리며 울고 있었지만, 회의단은 크게 걱정하지 않는 눈치였다. 당시 나는 딱 네 살 반이었고 어머니의 손을 잡거나 무릎에 앉기 위해 그녀 주위를 맴돌고 있었다. 그런데 갑자기 누군가 나를 침대로 데려가더니 그만 자라고 명령했다. 하지만 나는 그 명령을 거역하고 (어딘지 프로이트 책에 나올 법한) 열쇠 구멍으로 경과를 주시했다. 어머니

---

* 러시아 상트페테르부르크의 옛 이름.

의 배 속에 아기가 있다는 건 알았지만 그래서 어떻게 되는 건지 어머니에게, 우리에게 그리고 나에게 정확히 무슨 일이 일어나는 건지 알지 못했기에 겁에 질려 있었다. 눈에도 보이고 귀에도 들리게 고통을 호소하던 어머니는 마침내 병원으로 옮겨졌고, 나는 공포스런 상상과 함께 집에 남겨졌다. 조제피나 숙모는 어머니가 죽지 않을 거고 남동생이나 여동생을 데리고 돌아올 거라 장담하면서 날 달랬다. 나는 어머니가 돌아오기를 바란 게 아니었다. 남동생이나 여동생을 원하지도 않았다. 단지 모든 것이 전처럼, 전에 이미 그랬던 것처럼 변치 않기만을 바랐다. 세상은 조화로이 내게 속해 있었고, 실은 내가 거의 세상이나 다름없었다.

그러나 이제 그 무엇도 전과 같을 수 없다. 며칠 뒤 나는 병원에 어머니를 데리러 가는 어른 둘을 따라갔다. (그들의 이름과 얼굴은 이제 노후한 머릿속 모래 바닥에 파묻혔다. 그들에 대해 아는 거라곤 둘 중 누구도 그때껏 소련에 머물던 아버지는 아니었단 사실이다.) 한 가지, 어머니가 내 절반만큼도 나를 반기지 않았던 건 기억이 난다. 그리고 집으로 향하는 차의 뒷좌석을 어머니와 다들 살아 있다고 주장하는 포대기 속―내 여동생이라는―무언가와 나눠 타고 왔다. 여동생이란 그 애의 얼굴은 주름투성이에다가 못나고 미묘하게 찡그린 표정을 짓고 있었다. 게다가 낯빛이 어두워서 꼭 검댕을 뒤집어쓴 것 같았다. 손가락으로 그 애의 볼을 따라 그어 내려가자 검댕을 가르고 허연 줄무늬가 생겼다. "얘 너무 더러워." 어른들에게 알렸지만 아무도 그 문제를 귀담아듣지 않았다. 그 이후로는 내 생각을 듣게 하기도, 내 요구를 충족시키기도 힘들어졌다. 초콜릿을 얻어내기도 여간 힘든 게 아니었다.

거무튀튀한 여동생의 출현으로 내 초기 발달 단계의 외롭고도 고통스러운 기간의 서막이 올랐다. 한 무리의 사람들이 (나는 만져보지도 못할 초콜릿을 들고) 우리 집에 찾아와 여동생을 굽어보며 우스꽝스러운 소리를 냈다. 내게 관심을 보이는 사람은 거의 없었고, 여동생에게 쏟아지는 관심은 정말이지 화가 날 정도로 과분했다. 그 애는 잠자고, 울고, 기저귀에 볼일 보는 것 말고는 하는 게 없었다. 반면에 나는 벌써 짧은 단어는 읽을 줄 아는 데다 유창하게 말하는 건 기본이고 온갖 흥미로운 것들까지 꿰고 있었다. 다양한 국가의 국기를 알아보았고 야생동물과 농장 동물을 쉬이 구별해냈으며 귀여운 내 사진이 온 집 안에 널려 있었다. 내게는 지식과 생각이 있었고, 나는 내가 누군지 알고 있었다. 모두의 사랑을 받는 한 사람, 그게 바로 나였다.

처음 한동안은 여동생의 존재가 고통스럽게 느껴지긴 했어도 그저 새로 들인 가구나 시든 화초가 든 거대한 화분처럼 어머니에게 가는 길목에 놓인 새로운 무언가일 뿐이었다. 그러다 그 애가 영원한 장애물로서 계속 머물 거라는 것, 그리고 나를 향한 어머니의 사랑이 다시는 그 애의 탄생 이전 수준으로 돌아가지 않을 거라는 사실을 깨닫게 되었다. 새로 온 여동생은 이전까지는 내 세상이었던 세계를 침범했을 뿐만 아니라 세상의 중심으로—아직 있지도 않은—자아를 확고히 내세우고 나섰다. 우리 집에는, 내 삶에는, 어머니의 삶에는, 매일, 매 순간, 영원히 그 애가 존재했다. 거무튀튀한 살결의, 나 아닌 다른 누군가가.

그러므로 나는 기회가 생기자마자 그 애를 없애버리기 위한 시도를 감행했다. 어느 봄날, 어머니는 전화를 받기 위해 그 애와 나만 남겨놓고 부엌을 나섰다. 아버지가 여전히 러시아에 있었으니 어머니는 아마 그의 전화를 받았을 것이다. 어머니가 내 시야를 벗어난 잠깐 동안 나는 그 작은 생명체를, 그 애의 읽을 수 없는 얼굴을, 사고나 인격의 완전한 부재를, 실체 없는 표명을, 노력 없이 얻은 실재를 바라보았다. 이윽고 나의 두 엄지를 그 애의 숨통에 얹고 힘을 주면서 텔레비전에서 본 대로 그 애의 목을 조르기 시작했다. 보드랍고 따뜻하고 살아 있는 그 애의 실재가 손안에 들어왔다. 손가락 아래로 느껴지는 자그만 목에 고통을 가하자 그 애는 살기 위해 꿈틀거렸다. 그 순간 이 행동을 해서는 안 된다는, 이 애를 죽이면 안 된다는 자각이 생겼다. 이 아이는 내 여동생이었고 나는 동생을 사랑하고 있었다. 그러나 행동은 항상 생각을 앞지르고, 손아귀에 들어간 힘은 동생이 응고된 모유를 토해내기 시작할 때까지 풀리지 않았다. 동생을 잃을지도 모른다는 생각에 두려워졌다. 동생의 이름은 크리스티나였고 나는 이 아이의 오빠였으며 내가 앞으로 더욱 사랑해줄 수 있도록 동생이 살아주길 바랐다. 그러나 나는 동생의 목을 어떻게 조르는지는 알았어도 어떻게 죽지 않게 할지는 몰랐다.

동생의 간절한 울음소리를 들은 어머니가 수화기를 내려놓고 동생을 살피기 위해 뛰어 들어왔다. 어머니는 동생을 들어 올린 뒤 달랬고, 게워낸 응유를 닦으면서 숨을 들이쉬고 내쉬게 만든 다음 내게 설명을 요구했다. 방금 깨달은 동생을 향한 사랑과 그로 인한 죄책감도 나의 자기 보호 본능을 대체하지는 못했다. 나는 동생이 울음을 터트리기에 어머니를 방해하지 못하게 하려고 동생의 입을 손으로 막은 것뿐이라고 뻔뻔하게 맞섰다. 어린 시절, 나는 항상 부모님의 그러려니 하는 짐작보다 더 많은 것을 더 잘 알고 있었다. 늘 그들이 생각하는 것보다 조금 더 성숙했다. 나는 염치없이 어린 소년의 무지 어린 선량한 의도를 내세웠고, 덕분에 주의와 용서가 주어졌다. 당연히 한동안 요주의 대상이 되었지만, 그 이후로는 단 한 번도 크리스티나를 죽이려고 시도하지 않았고 계속해서 사랑하기만 했다.

여동생을 없애려던 시도는 나 자신을 외부에서 바라본 가장 오래된 기억이다. 그 기억에서 보이는 건 나 자신 **그리고** 내 여동생이다. 그 이후로는 두 번 다시 이 세상에 나 혼자였던 적도, 내가 세상을 독점해본 적도 없다. 내 자아가 타인의 존재가 결여된 자주 영역이 된 적도 없다. 두 번 다시는 초콜릿을 혼자 몽땅 차지할 수도 없게 되었다.

우리는 누구인가?

1970년대 초반의 사라예보에는 아이들 사이에서 널리 통용되던 라야raja라는 사회적 개념이 있었다. 친구가 하나라도 있으면 라야를 가진 셈이었지만, 보통 라야는 사는 마을의 구획이나 건물 단지를 기준으로 정해졌다. 우리는 학교에 가지 않는 시간 대부분을 거리에서 보냈다. 각 라야에는 세대 간의 위계가 존재했다. 벨리카 라야는 나이가 많은 아이들이고, 더 어린 아이들인 말라 라야를 괴롭힘이나 갈취로부터 지켜주어야 할 책임이 있었다. 나이가 많은 아이들의 권리는 말라 라야의 무조건적인 복종을 포함했으므로 어린 라야는 늘 담배나 헐벗은 여자들이 나오는 잡지, 맥주와 콘돔 심부름에 동원되거나 벨리카 라야의 툭툭 치는 무자비한 장난에 자발적으로 머리를 갖다 바쳐야 했다. 내 머리는 종종 무시무시한 마졸라 형제의 연속 포격에 대쳤다. 많은 라야들이 각자의 우두머리, 보통은 힘이 제일 세고 용맹한 아이의 이름으로 불렸고 구별되었다. 예를 들면 우리는 깡패라고 소문난 치자의 라야를 두려워했다. 하지만 나이를 먹을 만큼 먹었던 치자는 대개 돈벌이가 되는 사소한 범죄에 이리저리 동원되느라 우리와 직접 마주칠 일은 잘 없었다. 그가 우리들 사이에서 가공의 인물로 거듭나는 동안 그의 동생 제코가 특별히 하는 일 없는 라야의 일과를 운영해나갔다. 우리의 궁극적 공포의 대상은 바로 제코였다.

내가 속한 라야는 규모도 작고 약한 무리로 우리에게는 우두머리 자체가 없었다. 애석하게도 우리 라야의 형들은 전부 학교를 너무 열심히 다녔다. 우리 라야는 당시 우리가 살던 대칭 구조의 사회주의적인 쌍둥이 건물 사이에 위치한 놀이터로 정의되었다. 우리는 그 놀이터를 공원이라 불렀고, (구기차역 스타라 스타니차로 알려져 있다) 자연스레 우리는 '공원 라야'가 되었다. 공원에는 놀이터 기구들―미끄럼틀 한 대, 그네 세 대, 모래사장과 회전무대―뿐만 아니라 축구를 할 때 골대로 쓰던 벤치들이 있었다. 그리고 무엇보다 우리의 기지 역할을 하던 덤불이 있어서 사냥감을 찾아 어슬렁대는 치자의 라야를 피해 그곳에 숨거나 부모님에게 훔치거나 우리보다 약한 아이들에게서 빼앗은 물건을 그곳에다 비축할 수 있었다. 이렇듯 공원이 우리에게 정당한 영역이자 자주 영토였으므로 다른 라야들은 물론 낯선 이들은 함부로 침범할 수 없었다. 의심스러운 외부인은 선제적 몸수색이나 징벌 공격의 대상이 되었다. 한번은 우리 공원을 흡연과 음주와 애정 행각의 적소로 오인한 십대들에게 대항해 성공적인 군사작전을 펼치기도 했다. 우리는 그들을 향해 돌멩이나 종이에 싼 젖은 모래를 던졌고, 따로 떨어진 목표물에 떼로 덤벼들어 긴 나무 막대가 부러지도록 다리를 공격했다. 적은 꼼짝 못하고 짧은 팔만 허우적거렸다. 때때로 다른 라야들이 공원을 장악하기 위해 침략해왔고, 그러면 우리는 전쟁을 치렀다. 머리통은 깨지고 온몸엔 멍이 들고 모두가 예외 없이 극심한 부상을 감수했다. 유일하

게 제코와—우리의 막강한 강적—그의 똘마니들이 공원에 들이닥
쳤을 때만 한 발짝 물러섰는데, 그들이 우리 그네를 타고 우리 미끄
럼틀에 미끄러지고 우리 모래사장에 오줌을 누고 우리 덤불에 똥 싸
는 모습을 잠자코 지켜보았다. 할 수 있는 거라곤 그저 한없이 미뤄
진, 언젠가는 반드시 감행할 미래의 무자비한 복수를 상상하는 것뿐
이었다.

  돌이켜보면 당시에 나는 학교에 안 가거나 책을 읽지 않는 시간
에는 항상 우리 라야의 합동 작전에 끼어 있었던 것 같다. 공원의 자
주 수호나 각종 전쟁을 치를 때를 제외하면 우리는 서로의 집에서
만화책과 축구 스티커를 교환하거나 근처 영화관에 숨어들거나 부
모님의 옷장에서 야한 행적을 찾거나 서로의 생일 파티에 참석하면
서 시간을 보냈다. 내 주된 충성심은 우리 라야를 향했고 여타의 소
속 집단은 철저히 관념적이거나 터무니없이 느껴졌다. 물론 우리
는 유고슬라비아인이자 선봉대원*이었고, 우리 모두 사회주의를, 우
리나라를, 그리고 조국의 위대한 아들 티토Tito** 원수님을 사랑했다.
하지만 그것들을 위해 전쟁을 치르거나 부상을 감수하지는 않았다.
우리의 다른 정체성—일테면 각자의 민족성—같은 건 완전히 무의

---

* 유고슬라비아 사회주의 연방공화국에서 선봉 운동의 일환으로 운영되었던 소년
단인 '유고슬라비아 선봉 연합'의 단원들을 일컫는 말.
** '티토'라는 당원명으로 잘 알려진 유고슬라비아의 초대 대통령. 유고 연방을 독자
적인 사회주의 노선으로 이끌었다. 그의 사망 이후 연방은 해체되고 보스니아 내전
이 발발하였다.

미했다. 서로의 민족적 정체성을 알고 있었대도 그건 어른들이 따르던 구시대적 관습과 관련된 것일 뿐 우리의 일과는, 심지어 제코와 그 일당의 억압으로 인한 고난과도 근본적으로 아무런 관련이 없었다.

하루는 우리 라야의 거의 모두가 알미르의 생일 파티에 갔다. 나보다 나이가 얼마쯤 더 많았던 알미르는 내가 전혀 모르던 많은 것들에 대한 전문 지식이 있었다. 예를 들면 우리가 "유리솜"이라 부르던, 왠지 모르지만 무제한으로 가질 수 있었던 석면의 폭발성에 대해서도 잘 알고 있었다. 한번은 그가 수류탄처럼 종이로 둘둘 만 유리솜 뭉치를 절대 폭발할 일이 없다고 장담하면서 자꾸 던져대는 통에 나는 몇 번이고 몸을 숙여 피해야 했다. 또한 그는 록 음악에 빠져들 만한 나이여서 그의 생일 파티에는 비옐로 두그메의 음악이 흘러나왔다. 우리 부모님은 사라예보의 록밴드인 그들의 덥수룩한 행색과 반사회적이고 반사회주의적이며 말도 안 되는 음악을 질색했다. 그것 말고는 여느 생일 파티와 다를 게 없었다. 우리는 샌드위치를 먹고 주스를 마시고 알미르가 케이크 위 촛불을 불어 끄는 걸 본 뒤 그에게 선물을 건넸다.

생일 파티의 주인공답게 멋지게 차려입은 알미르의 의상은 검정과 주홍 줄무늬가 들어간, 왠지 복슬복슬하고 상대적으로 눈에 띄게 화려한 울 스웨터였다. 그에 반해 우리의 사회주의 유고슬라비아다운 의복은 확연히 칙칙했다. 그의 스웨터는 분명 여기 아닌 어딘가의 물건이었고, 그래서 어디서 난 거냐고 물었다. 터키에서 온 거라고, 그가 답했다. 거기다 대고 나는 "그럼 너도 터키인이겠네!" 하고 우스갯소리를 했다. 다들 웃으라고 한 농담이었는데 아무도 웃지 않았다. 한술 더 떠서 그걸 농담으로 받아들이는 사람도 없었다. 내가 한 농담은 외국 스웨터를 입었으니 그도 일종의 외국인이라는 뜻으로 두말할 것 없이 명백하게 사실이 아니었기 때문에 가능한 놀림이었다. 그 실패한 농담으로 파티 분위기는 완전히 뒤바뀌었다. 더 깜짝 놀랄 일은 알미르가 서글피 울기 시작했고 모두가 나를 책망하는 눈빛으로 쳐다봤다는 거다. 나는 내가 무슨 말을 한 건지 말해달라고 사정했다. 하지만 말해주지 않는 건지 말할 수가 없는 건지 아무도 반응이 없었다. 그 농담이 왜 웃겨야 했는지 설명해보려고 애쓰면서 내 무덤을 더 깊이 팠다. 그 무덤으로 한발 한발 어떻게 들어갔는지는 되짚지 않겠지만 머지않아 파티는 파장됐고 모두 집으로 돌아갔으며 모두의 머릿속에 파티를 망친 사람은 나였다. 적어도 나는 그렇게 기억하고 있다.

　나중에 부모님이 보스니아 이슬람교도들에게는 **터키인**이란 말이 (여전히) 경멸을 담은 인종차별적 표현이라고 설명해주었다. (몇 년이 흐른 뒤, 라트코 믈라디치Ratko Mladić*가 8천 명에 이르는 보스니아 이슬람교도 남성들의 학살을 감독했던 스레브레니차Srebrenica에 입성하면서 세르

---

* 구 유고 연방의 군 고위 장교이자 보스니아 내전 당시 민간인 학살을 자행한 특급 전범.

비아 방송국 카메라를 향해 발언하는 장면을 보다가 의도치 않았던 그날의 내 모욕 발언을 다시금 떠올렸다. "이것은 500년을 끌고 온 터키인과의 전쟁에서 우리가 거둔 가장 최근의 승리입니다"라고 그가 말했다.) 알미르의 생일 파티 이후, 나는 **터키인**이란 단어 하나로도 사람을 해할 수 있다는 걸 배웠다. 게다가 그걸 나만 빼고 모두가 이미 알고 있었다.

내가 한 말은 우리 집단에서 알미르를 타자화했다. 알미르는 배제당한 기분이 들었을 것이다. 나는 그저 차이의 얄팍함을 지적하려던 것뿐이었는데 말이다. 같은 라야에 속해서 그토록 많은 전쟁을 함께 치렀는데도 고작 스웨터 하나가 우리 사이에 덧없는 차이를 만들었다. 알미르를 놀릴 수 있었던 건 그와 나 사이에 영속적이고 근본적인 차이가 존재하지 않았기 때문이다. 그러나 어떤 차이라도 이를 지적하는 순간 나이와는 상관없이 이미 존재하는 차이들의 체계, 순전히 제멋대로에 내 의도와는 무관하며 직접 선택하지도 않은 정체성들로 짜인 네트워크에 빠져버린다. 누군가를 **타자화**하는 순간, **타자**가 되는 것은 바로 나 자신이다. 그날 백치같이 알미르와의 실재하지도 않는 차이를 지적한 순간, 나는 우리 라야에서 나 자신을 추방해버렸다.

불행히도 우리는 어른이 되는 과정에서 국가와 국민과 이념 같은 추상적 관념에 충심을 갖도록 배운다. 그렇게 우리는 충성을 맹세하고 지도자를 사랑하게 된다. 우리는 차이를 인지하고 괘념토록 교육받으며, 우리가 **진정** 누구인지 지도받고, 몇 세대에 걸친 고인들과 그들의 이해할 수 없는 업적이 어떻게 우리를 우리로 만들었는지 공부한다. 이 모든 교육은 개인보다는 추상적인 대중에게 충성심을 갖게 만든다. 그러니 라야는 사회 조직으로 유지될 수 없다. 구성원의 이름을 (아직도) 줄줄이 읊을 정도로 너무나 구체적인 그 '우리'라는 라야에는 점점 더 진중한 충성심을 갖기 어려워지기 때문이다.

그로부터 얼마 뒤 우리 공원의 자주 수호 전쟁도, 황금기도 모두 막을 내리게 되었다. 내 모욕 발언이 직접적인 원인으로 작용했다는 주장을 하는 건 솔직히 무리다. 어느 순간부터 다른 라야들과의 갈등이 일시에 해소되었던 건 우리가 다 같이 다들 잘하지도 못했던 축구를 시작하고부터다. 우리는 여전히 제코와 그의 팀을 이길 수 없었다. 언제 반칙을 했고, 득점이 됐는지 결정하는 권한을 그들이 가졌기 때문이다. 우리는 감히 그들에게 손을 대지 못했고, 심지어 득점해도 우리 골은 무효가 되기 일쑤였다.

알미르에 대해 덧붙이자면 그는 축구를 잘하지도 못했고 나는 평생 싫어할 밴드 비엘로 두그메에 더욱 심취했다. 얼마 후 그는 여자들과 접점이 생기는 삶에 도달했다. 그는 우리 같은 남자애들과는 다른 삶을 영위하게 되면서 우리보다 훨씬 먼저 다른 누군가가 되었다. 지금은 그가 어디에 있는지, 그에게 무슨 일이 일어났는지 알지 못한다. 우리는 더 이상 같은 '우리'에 속하지 않는다.

우리 대 그들

1993년 12월, 내 여동생과 부모님은 난민 신분으로 캐나다 온타리오주 해밀턴에 도착했다. 처음 두 달 동안 부모님은 영어 수업을 들었고 동생 크리스티나는 타코벨Taco Bell에서 일했다. 이른바 '이국적인' 패스트푸드를 제공한다는 타코벨을 동생은 타코헬Taco Hell이라고 부르는 걸 더 좋아했다. 모든 것이 그들에겐 혼란스러웠다. 부모님은 말할 줄도 모르는 언어에, 실향으로 인한 전반적인 충격이 더해진 데다 따스한 인간 교류도 들쭉날쭉하고 냉한 기후는 극도로 불친절했으니 말이다. 특히 부모님은 구직에 가장 큰 두려움을 느꼈다. 하지만 해밀턴은 일이 고픈 이민자들로 바글거리는 제강 공장 지대였고, 현지인 다수도 이민 1세대 캐나다인이었기에 그들은 친절하게 새로 온 동포들을 도왔다. 늦지 않게 부모님은—아버지는 제강 공장에, 어머니는 세입자 다수가 외국 태생인 어느 큰 아파트 건물 관리인으로—일자리를 구했다.

그러나 몇 달 지나지 않아 부모님은 우리와 그들 사이의 차이점을 목록화하기 시작했다. 여기서 **우리**는 보스니아인 혹은 종전의 유고슬라비아인이었고, **그들**은 토종 캐나다인을 의미했다. 이론적으로는 끝도 없을 그 차이점 목록에는 사워크림(우리 사워크림, 밀레람mileram은 그들 것보다 크림이 더 많이 들었고 풍미가 좋다), 미소(그들은 별 뜻 없이도 미소를 짓는다), 아기들(그들은 극심한 추위에도 아기들을 싸매지 않는다), 젖은 머리(그들은 젖은 머리로 밖에 나가서 치명적인 뇌염에 걸릴 위험을 미련하게 자초한다), 옷(그들의 옷은 몇 번만 빨아도 금세 해진다)과 같은 항목들이 있었다. 물론, 이런 차이점에 집착하는 건 우리 부모님만이 아니었다. 실제로 캐나다 체류 초기에 부모님의 사교 활동은 고국에서 온 사람들을 만나서 각자 발견한 차이점을 공유하고 논하는 게 대부분이었다. 한번은 가족끼리 아는 지인이 **우리**는 음식을 오래도록 푹 끓이는 걸 좋아하지만(완벽한 예로 양배추 롤, 사르마sarma), **그들**은 극도로 뜨거운 기름에 살짝 담가서 눈 깜짝할 새에 요리를 끝내버린다는 걸 관찰하고는 모든 차이점의 근저를 요약해버렸다. 그에 따르면 우리의 푹 끓여 먹는 성향은 먹는 행위를 향한 우리의 사랑, 그리고 이를 확장해보면 분명해지는 삶을 향한 우리의 사랑을 반영한다. 반면, **그들**은 진정 어떻게 살아야 하는 줄도 모르고 있으니, 이는 곧 우리와 그들의 궁극적이고 초월적인 차이—우리에겐 혼이 깃들어 있고 그들에겐 혼이 없다—를 가리킨다는 것이다. 나는 이 이야기를 듣고는 심히 놀랐다. 음식 준비를 통한 분석이 일말의 신빙성이 있다 한들 **그들**은 잔학 행위를 저지르지 않고 **우리**가 잔포하고 피비린내 나는 내전의 한복판에 있다는 사실 역시 어떤 상황에서도 삶을 향한 사랑으로 해석될 수 없다. 하지만 훌륭한 분석가님은 전혀 개의치 않은 모양이었다.

시간이 흐르면서 점차 부모님은 강박적으로 **우리**와 **그들**을 비교하는 걸 그만두었다. 아마도 단순히 더 이상의 예시를 찾을 수 없었던 까닭이겠지만 나는 그들이 캐나다 사회에 융화되었기 때문이라고 생각하고 싶다. 수년에 걸쳐 이뤄진 새로운 이민과 그에 따른 결혼 및 출산으로 우리 가족은 확대되었고, 이제는 상당수 귀화 캐나다인들은 물론 현지 캐나다인들을 가족으로 맞았다. 그들과 서로 만났고 일부와는 결혼도 했기에 더는 **우리**와 **그들**을 구분 지어 말하기가 힘들어졌다. 차이의 명료함과 중대성은 언제나 두 대상 간의 접촉 여부에 달렸고, 상호 간격에 비례한다. 캐나다인을 이론화할 수 있는 건 오직 그들과 교류하지 않았을 때뿐이고, 이때 비교를 위한 수단은 이념 속 추상적인 캐나다인, 즉 **우리**의 투사영과 정반대되는 대응물이다. 그러니 **그들**은 비非우리들이고 **우리들**은 비그들이 된다.

부모님의 자발적이고 이론적인 비교 행위는 오롯한 자신으로 존재할 수 있는 자기 집이라는 공간을 가지고 싶었던 욕망에서 근원한다. 그들을 제외한 모두가 바로 지금의 우리들처럼 각자 자기 집에 있었다. 실향을 몸소 체험한 부모님이 언제나 속편한 캐나다인들에게 열등감까지 느끼는 상황이었기에 지속적인 비교만이 그들과 말로라도 동일해질 수 있는 유일한 방법이었다. 그들과 비교가 가능하다는 사실, 즉 우리에게도 집이 있다는 사실로써 우리는 그들과 동급이 될 수 있었다. 우리에게도 그들의 것 못지않게, 더 낫지는 않더라도, 훌륭한 우리만의 방식이 있었다. 우리만의 사워크림이나 푹 끓여 먹는 사르마의 철학만 봐도 그랬다. 우리가 하던 농담을 그들은 이해하지 못하고, 그들의 농담 역시 우리에게 웃기지 않았던 건 말할 필요도 없다.

그러나 부모님의 본능적인 자기 정당화는 집단적일 수밖에 없었다. 그게 바로 사회적으로 정당해질 수 있는 유일한 방법이 식별 가능한 집단—더 크고, 어쩌면 더 추상적인 라야—에 소속되는 길뿐이었던 고국에서부터 이어온 자신들의 방식이었기 때문이다. 그렇지 않으면 대안이라 봐야 자기 자신을 교수로 정의하고 개별화하는 것일텐데, 종전의 성공적인 커리어는 실향의 과정에서 와해돼버린 탓에 아무런 쓸모가 없다.

재밌는 건, 이러한 집단적 자기 합리화의 욕구가 다문화주의라는 신자유주의적 환상에 딱 들어맞는다는 사실이다. 다문화주의는 다수의 **타인들**이 기꺼이 관용하고 알아가며 함께 모여 산다는 원대한 꿈이다. 그러므로 소속감을 위해서 차이는 반드시 필요하다. 우리가 누구인가와 누구는 아닌가를 아는 한 우리도 사실상 그들이나 마찬가지다. 다문화주의 세상에는 다수의 그들이 있고, 이는 이들이 자기 문화의 경계 안에서 뿌리에 충실하게 살아가는 한 아무런 문제가 되지 않는다. 이런 문화에는 위계가 없지만 관용의 수준으로 보면 본의 아니게 서구 민주주의가 그 어떤 문화보다 높이 놓인다. 관용의 수준이 높은 세상에서는 다양성이 축복받고, 다름이라는 이국적 순수를 고명으로 얹은 정신 확 깨는 이국 음식도 탐색되고 소비될 수 있다. (타코헬에 오신 걸 환영합니다!) 언젠가 어느 상냥한 미국인 여성이 내게 진심으로 이렇게 말한 적이 있다. "다른 문화권 출신이라니 참 멋져요." 마치 '다른 문화'가 무슨 선진 문명의 골칫거리에 훼손되지 않은 태평양 어딘가의 에덴 군도처럼 영혼을 달래는 휴양지나 되는 듯이 말이다. 거기다 대고 나는 자주 고통스럽고 가끔 기쁘게 혼란스럽습니다, 하고 말할까 하다가 그만두었다.

저게 바로 나라네

이민이라는 상황 역시 자아의 타자화로 이어진다. 실향으로 말미암아 과거와의 관계, 우리를 이루던 특성들을 절충할 필요가 없는 다른 공간에서 존재하고 발휘되었던 자아와의 관계는 미약해진다. 그러니 이민은 존재론적 위기다. 실존과 관련해 영속적인 변화를 맞는 상황에서 우리 자아를 구성하는 조건들을 절충하도록 강요당하기 때문이다. 실향한 사람은 그리움 가득한 지난날을 환상喚想함으로써—이게 내 이야기입니다!—서사적 안정을 추구한다. 우리 부모님이 끝없이 호의적으로 자신들과 캐나다인을 비교했던 건 그들 스스로 열등감과 존재론적 불안을 느꼈던 탓이다. 그런 비교가 우리 부모님에게는, 그들 스스로나 누구든 들으려는 이에게 자신들의 진짜 이야기를 들려주는 방법이었다.

이와 동시에 피할 수 없는 현실은 이민으로 인한 자아의 변형이다. 과거에 우리가 어떤 사람이었다 한들, 이제 우리는 **여기(예로, 캐나다의) 우리**와 **거기(예로, 보스니아의) 우리**로 분열한다. **여기 우리**가 여전히 현재의 우리를 보스니아에 머물러 있는 과거의 우리와 동일시하기 때문에 스스로를 **거기 우리**의 시점에서 바라볼 수밖에 없다. 차이를 찾아내려는 부모님의 불굴한 노력에도 불구하고, 사라예보 친구들의 입장에서 보면 부모님은 최소한 일부나마 캐나다인이었고, 그 사실을 그들 자신도 인지할 수밖에 없었다. 이제 부모님은 캐나다인이 되었고, 내내 보스니아인으로 살아왔기 때문에 그 변화를 스스로 알아챌 수 있었다.

통합으로의 피할 수 없는 압박은 부모님이 생각하는 캐나다인 되기에 **성공했다면** 누릴 수도 있었을 삶에 대한 상상과 맥을 같이한다. 매일같이 부모님은 캐나다인들이, 실향민들 말로 이른바 '정상적인 삶'을 사는 것을 보지만, 통합주의자들의 수많은 약속에도 불구하고 부모님은 근본적으로 그 삶에 다다를 수 없었다. 그러나 고향에 있는 **우리들** 중에는 누구보다 그 삶과 가까이 있었기에, 부모님은 캐나다인의 정상적인 삶을 사는 자신들의 모습을 머릿속에 상상해볼 수 있었다. 부모님이 다른 사람으로서의 자신을 대리 경험해보는 게 가능했던 건 그들이 자신을 캐나다인과 비교하는 데 수많은 시간과 정성을 쏟았기 때문이다. 그러나 부모님은 결코 **그들**이 될 수 없다.

이 주제에 있어 이론상 가장 적절한 고언을 들려주는 보스니아

재담이 있다. 번역하면 그 약발은 조금 떨어지지만, 특출나게 (그리고 특유의) 명료한 교훈만은 그대로 남아 있다.

무요는 보스니아를 떠나 미국의 시카고로 이민을 한다. 그는 술요에게 미국으로 자신을 만나러 오라고 하지만, 친구들과 카파나kafana*를 떠나는 게 망설여져 계속 거절한다. 수년간의 회유 끝에 무요는 결국 술요를 미국으로 불러들이는 데 성공한다. 술요가 바다를 건너는 동안 무요는 거대한 캐딜락을 타고 공항으로 가서 그를 기다린다.

"이게 누구 차인가?" 술요가 묻는다.

"당연히 내 차지." 무요가 대답한다.

"차가 아주 좋네. 자네 아주 성공했구먼." 술요가 말한다.

차를 타고 시내를 드라이브하던 중에 무요가 말한다. "저기 100층짜리 건물 보이나?"

"응, 보이네." 술요가 대답한다.

"자, 저것도 내 건물이네."

"멋진데." 술요가 말한다.

"그리고 저기 1층에 은행도 보이나?"

"응, 보이네."

"저 은행도 내 거야. 돈이 필요하면 저기서 원하는 만큼 돈을 가져오지. 그리고 바로 앞에 주차된 롤스로이스도 보이나?"

---

* 카파나는 커피숍, 바, 식당 또는 그 어디라도 커피 혹은 술을 마시며 아무것도 하지 않고 빈둥거릴 수 있는 장소를 의미한다.

"응, 보이네."

"저 롤스로이스도 내 차야. 나는 은행도 많고 그 앞에는 다들 내 롤스로이드가 한 대씩 주차되어 있어."

"축하하네, 아주 멋지구면." 술요가 말한다.

그들은 도시를 벗어나 교외로 나갔다. 교외의 집들엔 널찍한 잔디밭이 딸려 있었고, 거리에는 고목들이 줄지어 서 있었다. 무요는 마치 병원처럼 거대하고 눈부시게 흰 저택을 가리켰다.

"저 집 보이나? 바로 내 집이라네." 무요가 말했다. "옆에 딸린 저 올림픽 경기장만 한 수영장도 보이지? 내 수영장이야. 매일 아침 저기서 수영을 하지."

수영장 옆에는 멋진 몸매의 아름다운 여인이 일광욕을 즐기고 있었고, 물속에는 어린 소년과 소녀가 신나게 물놀이를 하는 중이었다.

"저 여자도 보이나? 내 아내라네. 그리고 저 어여쁜 아이들도 내 아이들이야."

"아주 훌륭하군." 술요가 대답했다.

"그런데 자네 부인의 몸을 주무르면서 목에다 입맞춤을 하는 저 건장하고 까무잡잡한 사내는 누군가?"

"자." 무요가 대답한다. "저게 바로 나라네."

그들은 누구인가?

다름에 관한 신보수주의적 접근도 있다. 다른 이들이 불법적으로 우리에게 합류하려 들지만 않는다면 용인할 수 있다는 입장이다. 만약 그들이 이미 여기에 왔고 그 과정이 적법하다면 그들은 이제 우리 삶의 방식, 이미 오래전에 확립된 성공적인 우리 기준에 적응할 필요가 있다. 우리와 그들 간의 간극은 우리에게는 자명한 (그렇지만 그들에게는 아닌) 우리의 가치관과 그들이 우리와 어떤 관계를 맺느냐에 따라 결정된다. 다른 이들은 항상 **우리**가 진정 누구인가를 일깨운다. 태생적으로나, 문화적으로나 자유시장과 민주주의에 끌리는 우리는 그들이 아니고 절대 그들이 될 수 없다. 그들 중 일부는 우리가 되고 싶어 하고—누가 안 그렇겠는가?—심지어 **우리**가 하는 말을 귀담아들어 이미 우리처럼 된 이들도 있다. 그러나 그들 다수는 우리를 싫어한다. 아무 이유도 없이 말이다.

조지 W. 부시 대통령은 2000년 1월 아이오와의 한 대학에서 교수진과 학생들이 지켜보는 가운데 아무도 흉내낼 수 없는 특유의 멍청하지만 놀랄 만큼 정확한 논조로 다름에 관한 신보수주의 철학을 간결하게 요약했다. "제가 클 때만 해도 위험한 세상이었고, 우리는 위험한 그들이 누군지 정확히 알고 있었습니다. 세상은 우리 대 그들이었고, 그들이 누구인지는 분명했습니다. 그러나 오늘날 우리는 누가 그들인지 확신이 서지 않습니다. 다만 확실한 건 그들이 거기에 있다는 겁니다."

그리고 2001년 9월 11일 **그들이라는 사람들**이 날아왔고 이제 **그들**은 위조 출생증명서라는 방법으로 백악관을 포함해 어디에나 존재하게 되었다. **우리**는 이제 잊을만 하면 그들을 모아 비밀 수송기에 태워 관타나모만으로 실어 나르거나, 급습해서 그들을 체포한 뒤 추방하거나, 그들에게 **그들이 그들은** 아니라는 사실을 명명백백히 증명해보라고 요구한다. **그들**이 누구든 간에 **우리**는 그들과의 전쟁에서 승리할 필요가 있다. 그래야 우리가 의기양양하게 이 세상에 독존할 수 있을 테니까.

당신 뭐야?

다음은 내가 들려주고 싶은 이야기다. 이 이야기를 캐나다의 어느 신문에서 읽었는데 너무 많이 말하고 다녀서 그런지 가끔은 내가 지어낸 것 같은 기분이 들 때도 있다.

캐나다의 어느 정치학과 교수가 내전 중에 보스니아를 방문했다. 그는 종전의 유고슬라비아 어딘가에서 태어났지만, 그가 어릴 때 캐나다로 이민을 해서 남슬라브* 계통의 이름을 갖고 있었다. 그는 캐

---

* 불가리아, 세르비아, 몬테네그로, 크로아티아, 보스니아 헤르체고비나, 슬로베니아 일대의 지역.

나다 여권과 유엔 보호군 통행증을 가지고 있었기에 푸른 헬멧을 쓴 무장 군인들의 호위 아래 여기저기를 돌아다니며 연구에 전념할 수 있었다. 캐나다 여권과 유엔 보호군 통행증 덕분에 수많은 검문소도 무사통과했다. 그러다 한 검문소에서 그를 멈춰 세웠다. 남슬라브계 이름과 캐나다 여권이라는 부조화가 검문소 경비병의 호기심을 자극한 것이다. "당신 뭐야?" 경비병이 그에게 물었다. 아드레날린이 솟구친 것은 물론이었거니와 몹시 두렵고 혼란스러운 마음에 그는 대답했다. "저는 교수입니다." 애국심 넘치는 검문소 전사들의 귀에는 순진무구한 어린애 같은 대답이었다. 그들은 직업을 물은 게 아니었기 때문이다. 그를 보내고 난 뒤 그들은 웃음을 터뜨렸거나, 그에 관한 이야기를 주고받았을 게 분명하다. 틀림없이 교수가 비현실적으로 느껴졌을 것이다.

검문소를 지키는 민족의 용맹한 전사들에게 인간 개체로 이해되려면 교수는 뚜렷한—실제로는 자명한—민족적 정체성을 대야 했다. 그들에게는 교수의 민족성만이 유일하게 유의미한 정보였기 때문이다. 다양하고 동시적인 민족적 다름의 체계로 빚어진 그곳 세상에서는—실세계 어디나 마찬가지지만—정치학과 교육학 분야에서 그가 무얼 알고, 모르냐는 배꼽을 뺄 만큼 무의미한 헛소리였다. 교수는 어떤 '다름'과 관련해서 자신을 밝혀야 했지만, 그 순간 그에게는 어떠한 다름도 떠오르지 않았다.

다시 교수가 되려면 그는 캐나다로 돌아가야 했다. 돌아간 그는 자신을 완벽한 비교의 표본으로 삼았을 우리 부모님과 마주쳤을지도 모를 일이다.

나는 뭘까?

전쟁이 끝나고 내 동생 크리스티나는 캐나다 여권을 들고 사라예보로 돌아가 일을 했다. 정치 분석가라는 동생 직업의 특성상 그녀는 외국인이나 현지인 정치가 혹은 공무원을 대면할 일이 많았다. 어딘지 모르게 민족성이 모호한 이름을 내세우며 보스니아어와 영어를 모두 구사하는 동생은 신원을 파악하기 까다로웠고, 그래서 현지인과 외국인 모두에게 "원래는 어디 출신이십니까?"라는 질문을 자주 받았다. 그러나 크리스티나는 (인생 초반에 닥친 살해 위협에서도 살아남은) 강인하고 당돌한 여성이었기에 그 질문에 바로 "그건 왜 묻는데요?" 하고 되물었다. 물론 그들은 동생의 민족성을 알아야 했다. 그래야 무슨 생각을 하는지 알 수 있고, 그녀가 진정으로 어느 민족을 대표하는지, 진짜 의중은 무엇인지 파악할 수 있기 때문이다. 그들에게 그녀는 한 개인으로서는 무의미했고, 더군다나 한 여성으로서는 더더욱 무의미했으며, 그녀가 받은 교육이나 독립적인 사고 능력 같은 건 그녀의 민족성으로 정의될 편견을 극복할 수도, 뛰어넘을 수도 없었다. 말하자면 자기 출신에 하릴없이 매여 있었다.

그들의 질문은 명백하게 다분히 인종차별적이었고 문화적으로 민감한 일부 외국인들은 그녀의 반박 질문에 처음엔 당황했다. 그러나 얼마간 망설이다가 다시 그 질문을 밀어붙였고, 현지인들은 일말의 망설임 없이 그냥 밀고 나갔다. 내 동생의 지성이나 그녀의 존재 자체는 그녀가 스스로 민족 정체성을 선언하기 전까지는 파악할 수 없는 것이었다. 결국 동생은 "저는 보스니아인입니다"라고 민족성은 아니지만 자신의 국적 가운데 하나를 알려주곤 했다. 정부 기관이나 값비싼 레스토랑을 차지하고 앉은 보스니아 내 국제 관료들에게는 아주 만족스럽지 못한 대답이었다.

동생의 경험에 따른 교훈으로 나는 "원래는 어디 출신이십니까?"라는 질문을 받으면 "저는 작가 출신입니다" 하고 자신만만하게 대답하고 싶은 충동을 느낀다. 막상 거의 그런 적은 없는데, 허세 가득한 우스운 대답일 뿐만 아니라 사실 그렇게 정확하지도 않기 때문이다. 나는 글을 쓸 때만 내가 작가라고 느낀다. 그래서 나도 헷갈린다고 대답한다. 그리고 덧붙이고 싶다. 저는 답할 수 없는 의문들이 얽히고설킨 다름의 결정체입니다.

"아직 뭐라 말씀드리기엔 너무 이른 것 같네요" 정도로만 대답하는 게 좋을 것 같다.

소리와 영상

1980년대 초반, 아버지는 2년 동안 아프리카 자이르Zaire*에 머물면서 수도 킨샤사의 전력망을 구축하는 일을 했고, 그동안 어머니와 여동생과 나는 사라예보 집에서 지냈다. 그러던 1982년 여름, 아버지는 자이르에서 가족과 함께 6주간의 휴가를 보내기 위해 우리를 데리러 집으로 돌아왔다. 휴가는 하이라이트로 사파리 투어까지 예정되어 있었다. 당시 내가 열일곱, 내 동생 크리스티나가 나보다 네 살 어렸다. 둘 다 외국에 나가본 적이 없었기 때문에 우리는 그해 여름 경험하게 될 모든 것을 상상하느라 며칠간 밤잠을 이루지 못했다. 그래도 월드컵 중계를 보고 있던 낮 동안에는 월드컵이 끝나기 전에 어딘가로 떠난다는 것을 인정하고 싶지 않았다. 여느 때처럼

---

* 콩고민주공화국의 옛 이름.

유고슬라비아는 초반에 어처구니없이 탈락했고, 나는 이탈리아 대표팀에 흠뻑 빠져들었다. 출발을 이틀여 앞두고 열린 월드컵 결승전에서 내가 응원하던 이탈리아는 독일을 3 대 1로 멋지게 무찔렀다.

월드컵이 끝난 뒤 우리 가족은 아프리카로 향하는 여정에 나섰다. 첫 경유지는 이탈리아로, 로마 피우미치노 국제공항에서 킨샤사행 에어자이르 여객기에 오를 예정이었다. 그러나 해당 항공편이 아무런 예고도 없이 향후 공지가 있을 때까지 결항이라는 사실을 공항에 도착해서야 알게 되었다. 아버지가 해결사로 나섰다. 아버지는 에어자이르의 직원과 논의했고, 우리 여행 가방을 전부 찾아왔으며, 이탈리아 출입국 심사관에게 여권을 제시했다. 우리 가족은 가까운 호텔에 머무르며 다음 비행기를 기다리기로 했고, 호텔까지는 만원 셔틀버스를 타고 가게 되었다. 크리스티나와 나는 외국이 뭐가 좋다고 그 난리였는지 밖이 빨리 보고 싶어 안달이 났다. 그러나 막상 이탈리아 국기가 펄럭이는 특색 없는 건물과 국가 대표 축구팀 아주리 Azzurri*의 사진을 붙여놓은 쇼윈도 외에도 셔틀버스를 타고 가면서 본 것들은 그다지 인상 깊지 않았다. 하늘이 무너져도 늘 솟아날 구멍을 찾아내던 아버지는 호텔에 도착해 짐을 푸는 대로 기차로 한 시간 반 거리에 있는 로마에 데려가 준다고 약속했다. 외국이라는 세상에서 아버지는 우리들의 대장이었다. 그는 공항 직원들에게 어

---

* '푸른 군단'이라는 의미로 이탈리아 축구 대표팀의 별칭.

색한 영어로 또박또박 질문한 끝에 셔틀버스를 찾아냈고 우리를 버스에 태웠으며 돈을 환전한 뒤 외국 돈 좀 만져본 사람처럼 작은 지갑에서 자신만만하게 외화를 꺼내 들었다. 동생과 나는 아버지가 헤몬이라는 이름으로 호텔 방 두 개를 확보하는 장면을 자랑스럽게 지켜보았다. 세상사에 통달한 듯 여유 만만한 태도로 우리를 향해 살짝 윙크하는 하늘색 셔츠의 아버지가 그날따라 이상하리만치 커 보였다.

그러나 별안간 그의 하늘색 셔츠에 짙은 땀 자국이 번지면서 아버지가 호텔 로비를 정신없이 왔다 갔다 하기 시작했다. 아버지의 지갑이 사라진 것이다. 혹시 셔틀버스에 두고 내린 건 아닌지 아버지가 호텔 밖으로 나가보았지만, 버스는 이미 떠난 뒤였다. 알아듣기 힘든 영어로 아버지는 호텔 직원에게 고함을 질렀다. 마침 로비에 들어서는 투숙객이며 서비스직 직원들도 무작위로 심문하고 다녔다. 그의 셔츠는 이제 땀으로 흠뻑 젖었고, 아버지는 금방이라도 심장 마비를 일으킬 것처럼 보였다. 루빅큐브*를 만지작거리며 한가로이 호텔 로비를 거닐던 어머니가 아버지를 진정시키려고 애썼다. 아직 여권이 있으니 괜찮다고, 현금만 도둑맞은 것뿐이라고, 어머니는 말했다. (사회주의 땅에서 온 우리에겐 신용카드 따윈 없었다.) "미화로 몇천 달러나 돼, 우리 여행 경비 전부를 털렸다고!" 사태를 파악

---

* 여섯 가지 색깔의 플라스틱 주사위 26개로 이루어진 정육면체의 각 면을 같은 색깔로 맞추는 장난감.

한 동생과 나는 오싹한 기분이 들었다.

그렇게 우리는 이름 모를 한 이탈리아 마을에 무일푼으로 남겨졌고 당일치기 로마 여행은 고사하고, 아프리카 사파리 투어도 물 건너갔다. 해외여행을 완전히 포기하고 사라예보로 돌아간다는 가능성은 현실이 되었고 가히 충격적이었다. 호텔과 마주한 기다란 벽 너머로 볼품없이 메마른 나무들이 갈 데 없어진 여행자들을 훔쳐보고 있었다. 아버지는 호텔 전화통을 붙들고 무일푼으로 이탈리아 어딘가에 꼼짝없이 갇힌 신세라며 자이르에 있는 동료들에게 사정을 알렸다. 혹시나 그들이 이 지옥에서 꺼내주진 않을까, 사라예보로 돌아가거나 자이르에 이를 수 있는 방도를 찾아주진 않을까 하는 바람에서였다. 그 과정에서 아버지는 자이르군 장성 하나가 세상을 하직해서 장례식에 참석하려던 독재자 모부투Mobutu Sese Seko*가 자신의 수행단을 전부 실어 나르려고 에어자이르 국제선 비행기 세 대를 모두 징발하는 바람에 우리 항공편도 결항됐다는 사실을 알게 되었다.

다음날에도 아버지는 불운한 여정의 매 순간을 계속해서 분석했고, 공항서부터 호텔 접수대까지 우리의 모든 행적을 일일이 되짚어가며 어느 지점에서 영민한 도둑의 습격을 받은 건지, 그래서 그 도둑이 누구인지 밝혀내는 데 집착했다. 깨끗한 셔츠가 동이 날 무렵

---

* 1965년부터 1997년까지 콩고민주공화국(전 자이르)을 통치한 대통령으로, 쿠데타로 인해 권좌에서 물러났다.

아버지는 마침내 호텔 접수대에서 절도가 벌어졌다는 결론에 이르렀고, 사건의 흐름을 전부 재구성해냈다. 그 내막인즉, 숙박부를 작성하기 위해 지갑을 카운터 위에 내려놓은 아버지가 잠시 고개를 돌려 우리에게 윙크하던 사이, 호텔 접수원이 카운터 뒤 데스크 밑으로 지갑을 슬쩍했다는 것이었다. 결국 아버지는 호텔 로비에 자리를 잡고—무고해 보이는 잘생긴 젊은이—접수원을 예의주시하면서 그가 죄를 실토할 만한 실수를 저지르길 기다렸다.

크리스티나와 내가 할 일은 없었다. 우리는 이어폰 단자가 두 개여서 공유할 수 있었던 워크맨으로 함께 음악을 들었다. 방에서 텔레비전을 볼까도 했지만, 영화마저도 이탈리아어로 더빙되어 있었다. (물론 더빙 영화는 나쁜 녀석들로 가득 찬 술집에 들어서는 존 웨인이 "본 조르노!" 하고 인사하는 진귀한 장면을 선사했다.) 이 모든 사단에도 불구하고 우리는 새로운 세계를 경험한다는 사실에 들떠서 이름 모를 이탈리아 마을을 헤매고 다녔다. 마치 바다 위에 떠 있기라도 한 듯 마을에서는 희미한 지중해 내음이 났다. 우리는 골목 어귀 파스타 가게의 갖가지 맛난 모양의 파스타, 붉은빛 강렬한 토마토와 요란하게 에누리하는 시장 소음, 사회주의 십대들이 꿈꾸는 물건들(록 음악, 데님 의류, 젤라토)로 가득 찬 상점들, 월드컵 재방송을 보면서 우승의 감격을 다시 맛보려는 사내들로 와자지껄한 술집을 구경하고 다녔다. (나도 결승전을 처음부터 다시 보면서 두 번째 골을 넣은 마르코 타르델리가 승리의 환호성을 지르는 장면을 또 보고 싶었지만, 크리스티나가 거부했다.) 정오의 시에스타를 맞아 모든 상점이 문을 닫자 우리는 신나는 데를 찾아가는 듯한 한 무리의 까무잡잡한 청년들을 졸졸 따라갔다가 전혀 예상치도 못하게 해변과 맞닥뜨렸다. 알고 보니 우리가 머무르던 마을은 오스티아라는 해안 마을이었다.

탐험을 마치고 이 좋은 소식을 빨리 전하고 싶은 마음에 호텔로 돌아간 동생과 나는 로비 한 귀퉁이에서 성난 수퇘지처럼 땀에 절어 접수원을 노려보고 있는—그야말로 자칭 호텔 탐정으로 나선—아버지를 발견했다. 근무 교대가 두 번이나 이뤄지는 내내 감시했지만 아버지는 용의자의 추가 절도 현장을 포착하지도, 그에게 불리한 증거를 수집하지도 못했다. 그때의 아버지는 애석하게도 대장의 기품을 모두 잃은 모습이었다. 바닷물을 보았다는 우리 말을 듣고 마침내 루빅큐브를 내려놓은 어머니가 나섰다.

먼저 어머니는 길모퉁이에서 우연히 발견한 귀금속 상점에 들어가 한참을 에누리한 끝에 자신이 가장 아끼는 금목걸이를 팔았다. 그러고 나서 돈을 나눠주셨는데, 당연히 아버지는 한 푼도 받지 못했다. 동생과 나는 곧바로 일전에 둘러본 음반 가게로 가서 서로의 돈을 모아 데이비드 보위의 〈로우Low〉 앨범이 담긴 카세트테이프를 샀다. 새로 산 보물과 함께 돌아온 우리에게 어머니는 가족끼리의 저녁 산책에 동참하라고 했다. **마치 휴가를 즐기는 것처럼** 온 가족이 오스티아의 해안가를 따라 한가로이 거닐던 그날 저녁의 기억을 나는 아직도 소중히 간직하고 있다. 부모님은 **사랑에 빠진 것처럼** 손을 잡고, 아이들은 집안의 금붙이와 맞바꾼 젤라토를 핥아먹던 그 순간의 냄새와 소리와 영상이 고스란히 담긴 그날 저녁의 기억을. 하늘이 무너진 와중에도 헤몬 가족은 잠깐이나마 행복을 찾아 누리고 있었다.

다음날 아버지는 우리에게 킨샤사행 저녁 비행기를 타기 위해 브뤼셀로 갈 거라고 말했다. 장군의 장례식이 끝나자 모부투가 비행기를 풀어준 것이다. 호텔을 나서면서 아버지는 마지막으로 접수원을 향해 강렬한 증오의 시선을 쏘았지만, 이상하게도 동생과 나는 떠난다는 사실이 슬프게 느껴졌다. 호텔 건너편 건물에 이탈리아 열성 축구 팬이 휘감아놓은 거대한 깃발은 땀에 젖은 아버지의 셔츠만큼이나 짙은 푸른빛이었고, "고마워요, 아주리!"라는 글귀가 적혀 있었다.

휘황찬란한 면세점과 티끌 하나 없는 화장실이 감탄을 자아냈던 브뤼셀에서 하루를 묵었다. 그리고 저녁에는 마침내 아프리카로 향하는 비행기에 오를 수 있었다. 워크맨을 꼭 붙들고 동생과 나는 데이비드 보위의 아름다운 음악을 들었다. 밤과 일몰의 경계를 따라 활주하는 비행기 밖으로 한쪽에는 칠흑 같은 어둠이, 또 다른 지평에는 눈부신 석양이 펼쳐졌다. 오스티아에 머무는 동안 우리 안에서는 무언가가 깨어났고, 우리가 경험하고 변화하는 내내 배경에는 로우의 음악이 흐르고 있었다. 전혀 잠을 이루지 못한 그날 밤, 동생과 나는 워크맨의 배터리가 다 닳도록 카세트테이프를 앞뒤로 돌려가며 음악을 듣고 또 들었다. 킨샤사에 이르는 여정 내내 보위가 노래했다. "그 소리와 영상이 가끔은 궁금하지 않은가요?"

가족 만찬

1

살짝 요란했지만 즐거웠던 사춘기 시절 부모님이 오후 3시 45분이면 일을 마치고 귀가했기에 우리 집—우리가 점심이라고 부르던—저녁 식사 시간은 오후 4시였다. 항상 4시 정각 뉴스에 맞춰져 있던 라디오에서는 세계의 온갖 퇴보와 국제적인 재앙에 관한 보도가 안락한 사회주의의 성취 소식과 함께 흘러나왔다. 여동생과 나는 학교에서 일어난 일을 캐묻는 부모님의 심문에 응해야 했고, 말없이 밥만 먹거나 책이나 텔레비전을 보는 것은 허락되지 않았다. 대화가 얼마나 무르익었든 간에 4시 25분에 방영되는 일기예보에는 중단해야 했고, 저녁 식사는 대개 4시 30분이면 끝이 났다. 우리에게는 접시에 담긴 것을 남김없이 비우고 어머니의 노고에 감사해야 할 의무가 있었다. 그런 다음엔 식구들 모두 한숨 자기 위해 흩어졌다가 케이크에 커피 한 잔, 혹은 논쟁을 위해 다시 모였다.

여동생과 나는 가족 식사가 부모님이 우리를 억압하는 수단이라고 생각했다. 그래서 툭하면 수프가 너무 짜다, 완두콩이 왜 이렇게 자주 나오느냐, 일기예보가 딱 봐도 틀렸다, 케이크가 너무 맛없게 생겼다는 등 불평을 해댔다. 우리 남매에게 이상적인 저녁 식사란 부모님과 일기예보의 부재와 동시에 체바피Ćevapi*와 만화책과 시끄러운 음악과 텔레비전이 한꺼번에 주어지는 것이었다.

그러다 1983년 10월, 열아홉 살이 된 나는 유고 연방군에 징집되어 슈티프라는 마을에서 군 복무를 하게 되었다. 마케도니아 공화국 동부에 위치한 슈티프는 군막사가 위치한 것과는 별개로 풍선껌 공장의 본고장이었다. 나는 보병대 소속이었고, 보병대의 지배적인 훈련법은 늘 더 악화되었다. 그 시작은 식사였다. 배식 시간이 되면 광활한 타맥 포장로에 열을 지어 서 있다가―공기에 퍼진 풍선껌 냄새로 허기는 더욱 심해졌다―점호를 거친 다음, 부대별로 식당 안에 들어가 한 사람, 한 사람, 불결한 식판을 들고 선반을 따라가면서 어떻게 하면 전능하고 야박한 취사병들에게서 조금이라도 큰 빵을 받아낼지 궁리하곤 했다.

선택권이 어쩌나 한정적이었는지 기본 메뉴가 머리에 박힐 정도였다. 사실 우리에겐 선택권이 없는 것과 마찬가지였다. 아침으로는 말라비틀어진 빵 말고도 삶은 달걀 한 개와 시큼한 마가린 한 팩, 이

---

* 껍질을 벗긴 소시지구이, 일종의 보스니아식 패스트푸드.

따금씩 끈적이고 두툼한 비훈연 베이컨(나는 그렇지 못했지만, 재빠른 데다 능란한 언변을 가졌다면 이슬람교도 군인들 몫까지 얻을 수 있었던) 한 조각이 배식되었고, 우리는 그것들을 입에 욱여넣은 뒤 기름기가 영영 가시지 않던 플라스틱 컵에 담긴 미지근한 설탕차나 미농축 우유로 목구멍을 씻어 내렸다. 점심은 언제나 숟가락을 사용해야만 했다. 가장 자주 나왔던 (내가 극도로 싫어했던) 음식은—정말 구더기를 똑 닮은 작다란 콩나물이 둥둥 떠다니는—걸쭉한 콩 수프였는데, 한창 영웅으로 성장 중인 군인들의 주린 배를 채워줄 뿐만 아니라 효과음까지 제공되는 백과사전급 방귀 장난을 방출할 수 있어서 인기 만점이었다. 저녁으로는 점심 식사가 양만 줄어서 고대로 다시 나오거나 (한번은 완두콩을 아홉 번 연속으로 먹은 적도 있다) 아니면 점심에 남은 음식을 재조리한 요리와 함께 말린 자두를 우린 배변 촉진 국물이 기름진 컵에 담겨 나왔다. 식사하는 동안 대화를 나누고 싶어도 그럴 만한 시간적 여유가 없었다. 구더기 같은 수프를 서둘러 싹싹 비우고 굶주린 다음 부대에게 얼른 자리를 비켜줘야 했기 때문이다. 군인들을 고분고분하게 만들고 발기를 잠재울 요량으로 모든 음식에는 브롬화물bromide*을 첨가한다는 소문이 끊이지 않았다.

그 정도면 양호한 식사였다. 막사를 떠나 마케도니아의 건조한 평원에 배치되어 홍수처럼 밀려드는 외세의 침략을 목숨 걸고 막아내

---

* 과거에는 진정제로 사용되었으나 중증 정신장애를 유발할 수 있어 현재는 잘 사용되지 않는 약 성분.

는 훈련을 할 때면 막사에서의 식사가 그리워졌다. 용감무쌍한 가상의 승리 사이사이에 우리는 작은 수통에 담긴 정체불명의 혼합물을 후루룩 마시거나, 눅눅한 크래커와 오래된 통조림 참치, 씹을 수도 없는 말린 과일로 구성된 간이 식량을 우적우적 씹어 먹었다. 언제나 배가 고팠던 나는 잠들기 전이면 늘 가족과 함께 나누던 집밥을 떠올렸고, 양고기구이나 햄 치즈 크레이프, 어머니의 시금치 파이와 같은 음식들로 미래의 식단을 공들여 짰다. 그러나 이런 공상은 주린 배를 더욱 요동치게 했고 실의만 깊어질 따름이었다.

남성성의 박탈을 초래하는 지속적인 구타를 제외하면 군대는 하나의 거대한 가족이어야 했고, 충성과 전우애로 똘똘 뭉친 남자들의 공동체로서 우리는 모든 것을 서로 함께 나눠야 했다. 그러나 방귀를 빼면 우리는 나누기는커녕 그 비슷한 행동도 해본 적이 없었다. 집에서 보내준 선물 보따리를 나눠 갖자고 제안하지도 않았고, 미래의 전쟁에 대비한 좀도둑들이 벌써부터 기승을 부리던 유고 연방군 막사 안에 잠그지도 못하게 하는 관물대에다 먹을 것을 남겨두는 법도 없었다. 배를 채우고도 남는 음식이 있으면 우리는 그것을 새 양말이나 셔츠, 혹은 샤워 한 번이나 주간 화재 감시 근무로 물물교환하는 데 사용했다. 생존을 위한 필수품인 음식을 나눈다는 건 있을 수 없는 일이었다. 나는 주머니 속 참치 통조림을 지키기 위해 등허리로 총알을 받아내며 용맹하게 외적과 맞서는 내 모습을 어렵지 않게 상상할 수 있었다.

유일하게 자기 몫의 음식을 나누고자 했던 이는 군 복무를 원치 않았기에 부대에 배치되자마자 단식에 들어갔던 한 병사였다. 우리 부대의 상사들은 그가 허풍을 떤다고 확신하고 그의 단식투쟁을 철저히 무시했다. 그러나 그는 빠르게 생기를 잃어갔고 머지않아 그가 끝까지 투쟁할 작정이라는 게 분명해졌다. 그런데도 상사들은 기만적인 그의 계략이 뻔히 들여다보인다며 미련스럽게 시간을 흘려보냈고, 굶주린 병사는 기운이 있든 없든 점호는 물론이고 연이은 배식 시간에도 제 자리를 지켜야 했다. 따라서 그가 대열에 두 발로 직립하고 비틀걸음으로 식당까지 당도하는 데는 병사 두엇의 도움이 항상 필요했다. 갑자기 그의 주변에는 훌륭한 전우들이 몰려들었고 모두들 하나같이 그에게 할당된 음식을 낭비하지 않기로 작정했다. 그의 호위대가 그의 몫으로 나온 음식을 쟁취하기 위해 삶은 달걀 하나, 빵 한 덩이, 콩죽 한 그릇을 두고 다투는 동안 그는 눈도 뜨지 않고 미소를 머금은 채 수척한 뺨을 식탁 위에 얹었다. 그는 아마도 정신이 흐릿한 가운데 집에서 가족들과 함께 나누던 식사를 그리고 있었을 것이다. 며칠 뒤 그가 사라졌고, 그에게 무슨 일이 일어난 건지는 절대 알아낼 수가 없었다. 다만 그가 어디가 되었든 집으로 돌아갔기를 바랄 뿐이다.

　징집되고 몇 달이 지나 주말을 함께 보내기 위해 어머니와 여동생이 사라예보에서부터 이틀을 걸려 부대까지 찾아왔다. 당시 나는 마케도니아의 서부 도시 키체보에 배치되어 트럭 운전을 훈련받고 있었다. 음울한 기상예보에 부응하는 날씨 때문에 우리는 암울한 호텔 안에서 주말을 보내야 했다. 사라예보에서부터 몇 차례나 열차를 갈아타야 하는 여정 내내 무거운 음식 보따리를 끙끙 짊어지고 온 어머니는 송아지고기 커틀릿과 프라이드치킨, 시금치 파이와 심지어 커스터드 케이크까지 만찬을 그대로 옮겨왔다. 탁자가 없었던 탓에 침대 위에 수건을 깔고 차려낸 어머니표 만찬을 나는 보관 용기째 들고, 대부분 손가락으로 먹어 치웠다. 시금치 파이를 한입 베어 무는 순간, 내 눈가엔 눈물이 고였고 앞으로는 신성한 가족 식사를 언제나 존중하리라고 조용히 맹세했다. 제대로 지켜질 맹세가 아님은 말할 것도 없었지만, 시금치와 달걀과 치즈가 완벽하게 어우러진 겹겹의 파이가 입안에서 녹아내리는 순간, 나는 열아홉 살 소년이 경험할 수 있을 모든 사랑의 감정을 한꺼번에 느꼈다.

2

파란만장했던 한 세기쯤 전, 오스트리아 – 헝가리 제국의 극동 지방(현 우크라이나 서부)인 갈리시아를 등지고 떠나온 나의 부계 조상들은 당시 막 합스부르크 왕가의 영토로 합병된 보스니아에 터를 내렸다. 소작농이었던 그들은 벌집 몇 통과 강철 쟁기, 고향을 떠나는 심경을 담은 노래, 그리고 아직 새로운 땅에는 전해진 바 없는 보르시borscht의 완벽한 요리법을 가지고 떠나왔다.

물론 필기된 문서라곤 없었고, 구술로 전해 내려오는 노래처럼 요리법을 머릿속에 담아왔다. 어린 시절 보스니아 북서부 시골 마을에 위치한 할머니 댁에서 여름을 보낼 때면 숙모들이 (어떨 땐 진짜로 노래를 부르면서) 이른 아침부터 비트를 비롯한 갖은 채소를 다졌던 기억이 난다. 그렇게 다져진 채소들은 할머니의 진두지휘 아래 불지옥처럼 후끈한 부엌 안 나무 화로에서 무자비하게 푹푹 익어갔다. 헤몬네 보르시에는—양파, 양배추, 고추, 넝쿨 콩 외 여러 가지 콩들, 심지어는 감자까지—그날 정원에서 구할 수 있는 채소들은 몽땅 들어갔고, 거기에 적어도 한 가지 이상의 (어쩐지 닭고기는 빠진) 육류가 더해졌으며 이 모든 재료가 분간될 수 없을 정도로 보랏빛 비트물이 들었다. 나는 가족들 가운데 어느 누구도 보르시에 정확히 무얼 넣어야 하는지 제대로 알지 못한다는 걸 발견했다. 그럼에도 다들 비트와 딜과 식초는 반드시 들어가야 한다는 데 동의했다. 가수가 누구냐에 따라 노래가 조금씩 달라지듯 누가 요리하느냐에 따라 보르시의 양과 배율도 달라졌다. 장담컨대 식탁 위에 놓인 보르시에 한 가지 의문의 재료가 추가된다한들 (당근인가? 아니면 순무? 콩인가?) 신경을 쓰는 헤몬네 식구는 아무도 없을 것이다. 어떤 변화를 주든 맛없는 보르시는 만들어지지 않았다. 변함없이 여름 입맛을 돋우는 시큼한 산미와 비트의 아삭한 식감(비트를 가장 마지막에 넣었다), 한 숟가락의 운에 달린 재료들의 맛깔난 조화와 한 번 후루룩할 때마다 다채로운 맛의 음영이 펼쳐지는 보르시 식사는 언제나 흥미진진했고 절대 따분하지 않았다.

나는 아직도 보르시의 대가인 우리 할머니가 김이 펄펄 나는 거대한 냄비를 양손에 들고 부엌에서 마당으로 비틀거리며 나오던 모습이 눈에 선하다. 할머니의 이마를 타고 흘러내린 땀방울이 보르시 안으로 떨어지면서 요리의 특별한 대미를 장식했다. 할머니는 배가 고파 안달이 난 헤몬 일가가 기다리고 있는 기다란 나무 탁자 위에 냄비를 올려놓았다. 그런 다음 모두에게 적어도 고기 한 점은 돌아가게끔 국자로 퍼서 탁자 위에 놓인 뒤죽박죽 모양의 그릇들에 담았다. 종종 식사 인원이 너무 많아서 차례를 정해 돌아가며 먹어야 할 때도 있었다. 어느 여름, 동생과 내가 세어보았더니 할머니 집에서 점심을 먹기 위해 모인 사람들은 모두 마흔일곱 명이었고 대부분이 우리 친척들이었다. 헤몬들이 모여서 후루룩거리는 소리의 세기는 보르시가 주는 즐거움에 비례했고, 그날의 보르시는 그렇게 교향곡을 자아냈다.

분위기는 축제 같았을지언정 헤몬 일가의 시골 점심은 격식을 차린 만찬은 아니었다. 평일 한낮에 제공되던 점심은 뙤약볕 아래 들판에서 일하던 이들에게 영양은 물론 다시 일터로 돌아가 해질녘까지 계속될 노동으로부터 잠깐의 유예를 제공하는 한 끼였다. 따라서 무얼 먹든 간에 간단하고 양이 넉넉해야 했는데 보르시가 그런 조건을 완벽하게 충족했다. 우리 집안에서 전통적으로 내려오던 다른 음식들처럼—감자 라비올리와 정말 똑같은 바레니키vareniky나 말만

나와도 아버지의 눈가에 눈물을 맺히게 하는 우유에 끓인 도우 스테란카steranka 같은—보르시 역시 빈자들의 음식이었다. 애초에 세련된 미각을 만족시키기 위해서가 아니라 생존 보장을 위해 (단순히 어쩌다 만들어진 게 아니라 정말로 누가 고안한 거라면) 고안된 음식이었다. 무엇이든 숟가락으로 먹는 것은 우리 가족 영양 보충의 기반이 되는 생존 음식 피라미드의 맨 꼭대기 층을 차지했고, 보르시는 의심할 여지없이 숟가락 음식의 최고봉이었다. (그런 면에서 초밥은 헤몬 일가 대대로 미스터리한 음식으로 남을 것이다.) 보르시는 반드시 다수의 사람을 한꺼번에 먹일 수 있고, 한 끼를 해 먹고도 충분히 남을 분량으로 거대한 냄비에다 만들어져야 했다. (내 기억에 보르시가 떨어졌던 날은 단 하루도 없었다. 보르시 냄비는 언제나 마법처럼 바닥이 드러나지 않았다.) 보르시는 근본적으로 남아야만 하는 음식이고, 언제나 다음날이 더 맛있었다. 둘만을 위해 만드는 요리가 절대 아니었고, 보르시를 먹기 위해 친구를 만나는 것도 말이 되지 않았다. 후루룩대고 싶은 충동을 억누를 수 있다 한들 낭만적인 촛불 아래 연인과 데이트하면서 먹을 요리는 더더욱 아니었다. 게다가 보르시와는 어울리는 와인도 없었다. 완벽한 보르시는 유토피아의 음식이다. 이상적으로는 **모든 것**이 들어가야 하며 함께 만들어서 나눠야 하는 음식이고 영원토록 냉장 보관이나 재가열이 가능해야 한다. 완벽한 보르시란 그야말로 완벽한 인생 같아야 하지만 결코 가능하지 않다.

외로웠던 시카고 정착 초기에 나는 과거 보스니아에서 누리던 즐거움을 재현해보려 노력했다. 향수에 젖은 나는 괜찮은—완벽을 기대하진 않았다—보르시를 찾아 헤맸다. 그러나 우크라이나 식당이나 슈퍼마켓의 다국적 식품 선반에서 내가 찾은 건 멀건 비트 수프가 전부였고, 결국엔 손상된 기억을 더듬어가며 우리 집 보르시를 재현해볼 수밖에 없었다. 나 혼자만을 위한 보르시를 한 솥 끓여놓고 한두 주는 그걸로 버틸 참이었다. 그러나 서글프도록 풍요로운 이 땅에서 내가 만들어낸 건 기억 속 그 요리와는 조금도 비슷하지 않았다. 언제나 적어도 한 가지 재료를 깜빡했고, 수수께끼의 재료 하나는 재료 목록에 넣지도 못했다. 게다가 혼자 먹는 보르시만큼 애처로운 것도 없었다. 혼자 먹을 보르시를 만들면서 나는 가족 식사의 형이상학을 깨우치게 되었다. 가족을 위한 음식은 사랑의 약불 위에서 꾸준하게 익혀야 하고 '서로 함께'라는 지울 수 없는 의식 속에서 나눠야 한다. 그리고 완벽한 보르시를 완성하는 데 가장 결정적인 역할을 하는 재료는 바로 배고픈 대가족이었다.

카우더스 사건

볼렌스놀렌스

이사도라와 나는 1985년 사라예보 대학 학부 시절에 친구가 되었다. 이사도라는 철학과에서, 나는 공학과에서 문학과로 전과한 학생이었다. 우리는 마르크시즘 수업의 교실 뒤편에서 만났다. 마르크시즘을 가르치던, 머리를 칠흑같이 염색한 교수는 정신병원에 수감된 전력이 있었다. 그는 우주 내 인간의 위치에 대해 독단하길 좋아했는데, 그에 따르면 인간은 성서의 홍수에 휩쓸려 지푸라기를 붙들고 있는 한낱 개미 같은 존재이고 우리는 아직 너무 어려서 우리의 형이상학적 처지가 얼마나 위태로운지, 그 깨달음의 근처에도 가지 못했다고 했다. 눈물이 찔끔 날 정도로 지루한 수업을 함께 견디다 우리는 친해졌다.

이사도라의 아버지는 저명한 체스전문작가로, 피셔, 코르치노이, 탈과 같은 당대 최고의 체스 그랜드마스터들과도 두루 친분이 있었다. 그는 세계 챔피언십 경기의 중계 기사를 썼고 다수의 체스 관련 서적을 저술했는데, 그의 저서 가운데 가장 유명한 입문자용《체스 교과서Chess Textbook》는 우리 집을 비롯한 체스를 사랑하는 모든 가정의 필수 소장 도서였다. 이사도라네 집에 가면 그녀는 종종 아버지의 체스 증명을 도와주고 있었다. 체스 대국의 기보를 (백은 킹이 e4 지점으로 이동하고 흑은 룩이 d5 지점으로, 백은 폰이 c8 지점으로 이동 후 퀸으로 승격하고 흑은 폰을 b7 지점으로 하는 식으로) 복기하는 것은 따분한 일이라 부녀는 이따금씩 체스 뮤지컬을 하듯 한 수 한 수에 음을 실어 체스를 노래했다. 체스 모니터 요원 면허를 소지한 이사도라는 아버지를 따라 전 세계를 다니며 토너먼트전에 참관했다. 온갖 군상이 체스에 매료되는 만큼 이사도라는 자신이 만난 별의별 이상한 사람들의 이야기와 함께 돌아왔다. 한번은 런던에서 블라디미르라는 러시아계 이민자를 만났는데, 그는 칸딘스키Wassily Kandinsky가 그저 붉은 군대Red Army 소속 장교일 뿐이고, 무명 예술가들의 워크숍을 운영하면서 그들의 그림을 자기 작품으로 무단 도용한 거라고 주장했다. 사실이든 아니든 그 이야기는 칸딘스키조차 겉으로 보이는 게 전부가 아닐 만큼 세상이 엄청나게 흥미진진한 곳이라고 말해주는 것 같았다.

사라예보에서 우리는 따분했다. 사실 따분하지 않기도 힘든 곳이었다. 우리에겐 이상과 계획과 희망이 있었고, 너무도 거창했던 나머지 우리는 그것들이 교착된 이 작은 도시를, 나아가 세상을 바꿀 수 있으리라고 믿었다. 우리는 항상 끝낼 수 없을 프로젝트에 착수했고, 그래서 단 한 번도 끝을 내지 못했다. 언젠가는 바우하우스 Bauhaus에 관한 영문 서적 번역을 시작했다가 첫 문단만 번역하고 그만두었다. 그다음엔 히에로니무스 보슈Hieronymus Bosch에 관한 책 번역에 돌입했지만 둘째 쪽에도 이르지 못했다. 애초에 우리의 영어 실력이 그리 뛰어나지도 않았을뿐더러 의지할 만한 영어사전도, 굳은 인내도 없었다. 우리는 러시아의 미래주의와 구성주의 예술가에 관한 글을 읽고 토론했으며 예술의 혁명적 가능성에 매료되었다. 이사도라는 끊임없이 새로운 행위 예술을 생각해냈는데 예를 들면 동틀 무렵 빵을 한 백 덩이쯤 들고 어딘가에 나타나 빵으로 십자가를 만들자는 것이었다. 이는 새 시대의 새벽과 시인 흘리브니코프 Khlebnikov*를 상징하는 퍼포먼스로 시인 이름의 첫음절 '흘리브hleb' 가 다수의 슬라브계 언어에서 공통적으로 빵을 의미하는 단어인 데서 착안했다. 물론 실행에 옮기지는 않았다. 단순히 새벽에 어딘가에 간다는 것만으로도 난관이 많았기 때문이다. 그러다 결국 이사도라는 사라예보 인민 극장의 계단에서 세르비아의 고전 서사시 '산의 화관The Mountain Wreath'을 각색한 공연을 올렸다. 비록 나는 참여하지 않았지만 친구 몇 명이 출연했다. 그들은 내용에 담긴 체제 전복적인 메시지보다 불특정 행인들이 사라예보인 특유의 위협적인 태

---

* 러시아 미래주의를 창시한 시인이자 극작가.

도로 야유를 퍼부을까봐 더 걱정했다.

마침내 우리는 한 사회주의 청년 단체에서 우리의 혁명 판타지를 실현할 방도를 찾았다. 청년단은 우리에게 공간을 내주면서 돈을 벌려는 의도가 없음을 확인했고 선량한 대중 활동의 선을 넘지 않으며 사회주의적 자주 관리 가치관*을 존중하리라는 다짐을 받았다. 후에는 친구들(지금은 런던에 사는 구샤와 필라델피아의 고가 그리고 사라예보의 벅코) 몇 명이 더 합류했다. 우리는 침대보를 이어 꿰맨 천에 손 글씨로 적은 슬로건들로 공간을 장식했다. 그중에는 "제5차원이 탄생했다!"라는 러시아 미래주의의 선언문을 그대로 따온 것도 있었다. 벽에는 무정부주의 기호와 (사회주의 청년단에 대한 배려로) 평화의 상징과 카지미르 말레비치Kasimir Malevich의 십자가를 그렸는데, 청년단 히피들의 흐리멍덩한 눈에는 종교를 암시하는 것처럼 보인다고 해서 일부는 다시 그려야 했다. 이런 우리 조직은 볼렌스놀렌스Volens-Nolens(라틴어로는 '좋든 싫든'이라는 뜻인) 클럽이라는 허세 가득한 우스꽝스러운 이름으로 불렸다.

우리가 허세를 혐오했으니 일종의 자기혐오가 된 셈이었다. 개관식 저녁 행사를 계획하며 우리는 사라예보의 문화계 엘리트들을 초대하느냐 마느냐를 두고 열띤 설전을 벌였다. 그들은 개관식이란 개관식은 전부 찾아다니는 한량들로, 그들이 표방하는 **문화인다움**이란

---

* 소련의 중앙 집권적 사회주의에 반대하며 국가 전력을 노동자·농민·기술자의 자주적인 관리 밑에 두고자 하는 사회주의 사상.

밀수품을 불법 판매하는 거리의 행상들이나 트리에스테$^{Trieste^*}$에서 구입한 싸구려 이탈리아 옷을 입고 돌아다니는 게 전부였다. 그들을 초대는 하되 사방에 쇠울짱을 둘러서 그들의 옷이 가리가리 찢어지게 만들자는 의견도 있었다. 더 좋았던 의견은 암흑 속에서 개관식을 진행하고 머리에 손전등을 매단 떠돌이 개를 몇 마리 풀어놓자는 것이었다. "개들이 참석자를 물어뜯기 시작하면 그것 참 기가 막히겠네" 하고 우리는 맞장구를 쳤다. 그러나 프로젝트를 정당화하기 위해서 개관식에 일부 사회주의 인사들을 초청해야 했던 청년단 히피들은 우리 의견을 절대 수렴하지 않을 게 분명했다. 결국 우리는 엘리트들과 동네 불량배들을 함께 불러놓고 싸움판이 벌어지기를, 그래서 들창코 한두 개쯤은 깨지기를 바라는 선에서 만족해야 했다.

그러나 슬프게도 그런 일은 일어나지 않았다. 떠돌이 개도, 물어뜯기도, 싸움도 없는 개관식에는 멋지고 점잖은 행색의 사람들이 다수 참석했다. 그 이후로 우리는 매주 금요일마다 프로그램을 진행했다. 어떤 금요일에는 패널 전체가 술에 취하고, 그중에서도 사회자가 가장 만취한 채로 알코올 중독과 문학을 주제로 한 토론을 진행했다. 또 어떤 금요일에는 세르비아에서 만화가 두 명을 초청해 그들의 예술을 논하고, 전시회를 열어 그들의 작품을 전시했다. 한 만화가는 엄청나게 취한 데다 무대 공포증까지 겹쳐서 화장실로 들어

---

* 이탈리아 동북부 지방의 항구 도시.

가 문을 걸어 잠그고 밖에 나오기를 거부했다. 관객들이 기다리는 동안 우리는 문을 열라고 사정사정했다. 마침내 정신을 추스른 그는 안전한 화장실의 품을 떠나 무대에 올랐고 관객을 향해 고함을 내질 렀다. "당신들! 대체 문제가 뭡니까? 이런 거에 속지 마세요! 다 헛 소리니까!" 너무나 좋았다. 그다음엔 〈라니 라도비Rani Radovi〉라는 영 화를 상영했다. 유고슬라비아에서는 검은 물결Black Wave*의 계보를 잇는다는 이유로 상영이 금지된 영화였다. 사라예보에서도 상영된 바가 없었지만 영화를 보고 싶은 마음에 복제판을 구하고 영사기를 빌렸으며 베오그라드**에서 감독까지 불러들였다. 감독은 젊은 열성 팬 무리의 아양 섞인 초청에 한껏 우쭐해 했다. 고다르의 영향을 잔 뜩 받은 영화에 등장하는 젊은이들은 만화책과 혁명을 논하며 폐품 집적소를 돌아다니다가 비도덕적이고 광적인 소비지상주의의 상징 과도 같은 마네킹들과 성행위를 벌인다. 외설적인 장면에 약간의 부 담을 느낀 영사기사는 그 부분에서 필름을 바꾸고 고장이라는 화면 을 보여주었다. 자기 영화가 상영된다는 데 흥분해 알딸딸하게 술이 오른 감독 빼고는 그 사실을 아무도 눈치채지 못했다. 우리는 사라 예보 최초로 (그리고 아마 마지막으로) 존 케이지의 음악 공연을 기획 하기도 했다. 열두 개의 끼익 거리는 라디오를 동시에 틀어놓는 연 주곡과 그 이름도 악명 높은 '4분 33초'—녹음된 기나긴 고요와 맞

* 사회주의의 장밋빛 아닌 현실을 담아낸 60년대 영화 운동.
** 세르비아 공화국의 수도.

닥뜨린 청중의 반응을 통해 우연한 음악이 창조된다는—의 음반을 재생했다. 그러나 엘리트 한량들이 대부분이었던 청중은 '4분 33초'가 연주되고 있다는 사실을 인지하지 못했고, 저절로 생겨난 우연의 음악 같은 데는 손톱만큼도 관심이 없었으며, 조용해진 김에 거나하게 술이나 마셔댔다. 그때 가족 휴가도 포기하고 이혼당할 위험을 감수한 채 사라예보로 날아온 연주가가 무대 위에 올라 마이크 앞에 섰다. 무대를 주시하던 몇 안 되는 청중만 덥수룩한 머리의 한 남자가 마이크 앞에 서서 오렌지 한 개와 바나나 한 개를 까먹는, 아마 그 자리에 있는 사람들은 아무도 모를, 너무도 적절한 제목의 존 케이지 음악 '오렌지 한 개와 바나나 한 개'를 연주하는 모습을 보았다.

엘리트들을 더 괴롭히지 못한 게 괴로워서 단순히 음악만 틀기로 한 밤에도 고통을 선사하기로 했다. 우리의 디제이 구샤는 프랭크 자파와 오노 요코가 불협화음으로 괴성을 지르는 음악과 작곡할 때 전기톱과 파워 드릴을 즐겨 쓰는 훌륭한 독일 밴드 아인스튀어첸테 노이바우텐의 음반을 틀었다. 이에 엘리트들이 자리를 떠나기도 했지만—우리는 그들이 자리를 지키며 극심한 정신적 고통을 경험하길 바랐다—결코 굴하지 않았다. 그리고 이런 작전들은 청년단 히피들에게도 잘 통하지 않았다.

볼렌스놀렌스 클럽의 종말을 초래한 건 흔히들 말하는 '내적 간극' 때문이었다. 클럽 내부적으로 우리가 너무 많이 타협했다고 생각하는 이들이 있었다. 머리에 손전등을 매단 떠돌이 개를 포기한 순간부터 우리는 그저 그런 (사회주의판) 물질만능주의로 떨어지는 미끄럼틀을 탄 셈이었다. 모든 것이 끝나버리기 전에 광견병에 걸린 떠돌이 개들을 폐관식 밤 행사에 풀어놓자는 생각도 했었다. 그러나 볼렌스놀렌스 클럽은 최후의 발악도 해보지 못한 채 조용히 깨갱하며 문을 닫았다.

클럽이 문을 닫고 우리는 다시 전면적인 권태에 빠져들었다. 나는 자기연민을 담은 시를 쓰는 데 몰두했고, 그러다보니 권태와 무의미를 정신없이 넘나드는 데다 죽음과 자살에 관한 환각적인 이미지까지 첨가된 끔찍한 시들을 천 편 가까이 모았다. 안락한 사회주의 품에서 성장한 젊은이들이 대개 그렇듯 나 역시 부모의 집에 얹혀사는 허무주의자였다. 내 시선집을 출간할 수 있는 유일한 방법이란 생각에 심지어 '무용한 시선집'이라는 것을 고안하기도 했다. 이사도라도 해보자고 의지를 보였지만 주변이 온통 무용한 시들 천지였음에도 우리는 아무런 결실을 맺지 못했다. 이제 아무것도 할 일이 없었고 뭔가를 해볼 방법도 금세 바닥이 났다.

생일 파티

이사도라의 스무 번째 생일이 다가오면서―평범한 방식은 늘 내키지 않아 했던―그녀는 카나페 안주 술판에 화장실에선 누군가 섹스나 하는 그런 생일 파티를 원치 않았다. 이사도라는 자신의 생일 파티가 일종의 행위 예술이기를 바랐다. 그래서 푸리에주의적인 난장술판(내가 선호했던 형식)과 사회주의 유고슬라비아의 애국 영화에나 나오는 나치의 칵테일 연회 중에 어떤 걸 할지 고민하고 있었다. 영화 속에 그려진 나치의 연회는 주로 멀끔한 군복을 입은 문란하고 오만한 독일 놈들이 1943년 즈음에 벌인 초호화 연회와 비슷한데, 동네 창녀들과 '변절자들'이 모여 나치의 길고 번쩍이는 장화를 핥는다. 그리고 그 가운데 가까스로 내부 세력 잠입에 성공한 젊은 공산주의 스파이만이 이를 지켜보고 있다가 훗날 이들의 죗값을 치르게 한다. 어찌 된 연유에서인지 안타깝게도 난장술판이 나치 연회에 밀렸다.

생일 파티는 1986년 12월 13일에 열렸다. 젊은 남자들은 검정 셔츠를 입고 머리에는 헤어 오일을 발랐으며, 젊은 여자들은 적당히 연회복에 가까운 드레스를 입었다. 하지만 십대였던 내 여동생만 공산당 소녀 역을 맡아 공산당 소녀다운 원피스를 입었다. 파티는 독일의 점령이 시작된 직후인 1940년대 초반의 언젠가를 배경으로 했고, 서사는 영화 속에 나타난 은근한 퇴폐와 일부 허무주의를 따라한 기행을 담고 있었다. 카나페 위에는 마요네즈로 나치당의 만卐자 표식이 그려져 있었고, 벽에는 "거시기를 믿사오니"라는 구호가 붙어 있었으며, 화장실에서는 니체의 저서 《이 사람을 보라Ecce Homo》를 태우는 의식이 거행되었다. 내 여동생은 어린 공산주의자라는 이유로 임시 감옥으로 정한 방에 감금되었고, 구샤와 나는 생가죽 채찍을 두고 싸웠으며, (지금은 캐나다 몬트리올에 사는) 베바는 파티 때마다 즐겨하던 대로 죽은 파업자들의 이야기가 담긴 꽤나 구슬픈 공산주의 찬가를 불렀다. 나는 우크라이나인 부역자 역할을 맡아 기다란 장화를 신고 컵에다 보드카를 마시고 있었다. 우리들은 부엌에 (어느 파티든 부엌에 가면 항상 내가 있었다) 모여 여전히 맹위를 떨치던 티토 숭배와 국가 의례 폐지를 논의했다. 그리고 결국 시위를 주최하자는 궁리를 해냈다. "가게 유리창을 깨부술 그 날을 기대하겠어. 죄다 못생긴 가게들인 데다 난 깨진 유리가 좋거든" 하고 말했다. 부엌에는 내가 알지 못하는 사람들도 있었고, 그들은 우리 이야기를 아주 유심히 듣고 있었다. 다음 날 아침, 나는 자괴감과 함께 눈을 떴다. 대개 지나친 과음과 함께 찾아오고, 다량의 구연산과 숙면으로 치유되는 감정이었지만 이번만은 한동안 쉽사리 가시지 않았고 실은 아직도 조금 남아 있다.

그 다음 주에 나는 국가보안국으로부터 내방해달라는 정중한—거절할 수 없는 그런—초청 전화를 받았다. 보안국 사람들은 나를 열세 시간 내리 심문했고, 그 과정에서 그날 파티에 참석했던 이들 모두가 친절한 보안국 사무실을 이미 방문했거나 방문할 예정임을 알게 되었다. 여기서 지루하게 세세한 사항을 전부 짚고 넘어가진 않겠지만, 그저 좋은 경찰과 나쁜 경찰이 교대로 심문하는 것은 문화권을 초월한 전략이라고만 해두겠다. 두 부류의 경찰은 이미 모든 것을 알고 있었고(부엌의 청중들이 과연 열심히도 들었더라), 그들은 나치의 칵테일 연회라는 형식을 크게, 아주 크게 문제 삼았다. 순진하게도 나는 정말 단순히 예술 행위였을 뿐이고 기껏해야 장난이 지나쳤던 것이라고 설명했다. 그리고 부엌에서의 시위 공상만 쏙 빼놓고 말한다면 손목만 살짝 때리고, 부모님에게 궁둥짝을 패주라고 당부하면서 편안한 허무주의의 둥지로 돌려보내줄 거라고 생각했다. '좋은' 경찰은 유고슬라비아 청년들 사이에서 발흥하는 파시즘에 관한 내 의견을 물었다. 나는 그가 무슨 말을 하는 건지 알 수 없었지만, 그런 경향에 대한 반대 의견을 열성적으로 표명했다. 그다지 믿는 눈치는 아니었다. 감기를 앓고 있던 나는 자주 화장실에 갔고—안에는 걸쇠도 없고 창문엔 창살을 쳐놓은—화장실 밖에는 좋은 경찰이 행여 내가 손목을 긋거나 변기 위에 올라가 목이라도 맬까봐 지키고 서 있었다. 나는 거울 속 (유리를 깨트린 다음 목을 그어버렸을 수도 있었을) 내 모습을 바라보면서 생각했다. '여드름투성이에 침침한 낯빛이며 멍한 눈 좀 보라지. 나치는커녕 위험하다고 생각하는 게 가당키나 한 얼굴인가?' 그들은 마침내 우리를 풀어주었고 모두의 손목은 퉁퉁 부어 있었다. 어머니는 친척 집을 방문하느라 다른 고장에 출타 중이었고 아버지는 에티오피아에 있었다. ("네 아버지를 에티오피아까지 보내줬는데, 은혜를 고작 이런 식으로 갚나?" 하고 나쁜 경찰이 내게 말했었다.) 나는 전부 지나갈 일이라는 생각에 보안국에 억류되었다는 사실을 부모님에게 애써 알리지 않았다.

그러나 전부 지나갈 일이 아니었다. 몇 주가 흐르고—당시 슬로보단 밀로셰비치Slobodan Milošević* 정권의 병적인 민족주의를 대변하는 목소리로 변해가던—베오그라드의 일간지 〈폴리티카Politika〉의 사라예보 특파원은 사라예보의 한 유명인사 자택에서 열린 생일 파티를 제보하는 익명의 편지를 받게 된다. 편지에 따르면 파티에는 나치의 표식이 보란 듯이 전시되었고 우리 사회가 신성시하는 모든 것을 위반한 채 역사의 가장 후미진 곳에 자리하는 가치들이 추앙받았다. 소식은 곧 소문 왕국의 수도와도 같은 사라예보 전역으로 확산되기 시작했고 그날 파티에 누가 있었으며, 파티가 열린 곳이 누구의 집인지에 대한 어림짐작이 나돌았다. 베오그라드의 분위기에 종종 장단을 맞추던 보스니아 공산당은 당 회의에서 당원들에게만 내밀하게 관련 소식을 알렸고, 친절한 국가보안국에서 얻어낸 온갖 세부 정보와 그날 파티에 무슨 일이 있었는지 참석자들의 이름만 빼고 전부 설명했다. 그리고 그 회의에는 우리 어머니가 앉아 있었다. 긴 장화를 빌려 신고 (굳이 무슨 콘셉트인지 설명할 필요도 없었던) 파티에 간다고 나서던 아들을 떠올린 어머니는 두 자녀가 모두 그 파티에 있었음을 깨닫고는 거의 심장 마비를 일으킬 뻔했다. 바들바들 떨면서 집으로 돌아온 어머니에게 나는 자초지종을 전부 고백했고, 그러는 내내 어머니가 정말 졸도라도 할까봐 마음을 졸였다. 어머니

---

* 구 유고 연방의 제3대 대통령이자 세르비아 공화국의 제1대 대통령.

의 머리카락은 일찌감치 하얗게 세어버렸는데, 그 상당한 책임이 과거의 내 모험들에 있는 것 같아 면목이 없다.

곧이어 사라예보 언론에는 염려하는 시민들로부터 편지가 빗발치기 시작했다. 편지 발신인 중에는 분명 보안국이 시간제로 고용한 사람들도 끼어 있었을 것이다. 많은 사람이 합심하여 요구하길, 사라예보에서 나치 모임을 조직한 이들의 명단을 대중에게도 공개해 사회주의 체제 안에 움튼 암적인 존재들의 싹을 즉시 무자비하게 솎아내야 한다고 했다. 순종적인 대중들의 압박에 못 이겨 1987년 1월 이른바 '나치 19인'의 명단이 기꺼이 공개되었다. TV와 라디오 방송은 그들의 이름을 빠짐없이 열거했고, 행여 전날 밤에 놓친 이가 있을세라 다음 날 아침 신문에도 명단이 실렸다. 시민들은 자발적으로 회의를 주최하기 시작했고 다수가 엄벌을 요구했다. 대학생들도 자발적인 회의를 가졌고, 일부는 볼렌스놀렌스 클럽의 퇴폐적인 퍼포먼스를 떠올리기도 했으며, 작금의 청년들은 어디로 향하는가의 문제로 귀결되면서 그 해답으로 엄벌 촉구를 제시했다. 해방 전쟁의 참전 용사들도 자발적인 회의를 열어서 노동은 우리 가정에 아무런 쓸모가 없다는 그들의 굳은 신념을 확인한 뒤 역시나 엄벌을 요구하고 나섰다. 나와 마주친 이웃들은 고개를 돌리고 지나갔고, 같은 대학교 학생들은 내가 듣는다는 이유로 영어 수업을 보이콧했고, 담당 교수는 교실 구석에서 조용히 눈물을 훔쳤다. 친구들은 부모님들의 만류로 우리를 만나는 것이 금지되었다. 이 모든 게 내게는 나와 동명의—무기력한 허무주의 괴짜—인물이 등장하는 소설을 읽고 있는 것처럼 느껴졌다. 그의 삶과 나의 삶이 교차했고, 실제로 극적으로 중첩되었다. 어느 순간부터는 내 존재 자체가 의심되기에 이르렀다. 만약 내 실재가 다른 누군가가 상상한 허구라면? 만약 세상의 참모습을 알지 못하는 사람이 오직 나 하나뿐이라면? 나는 생각했다. 만약 나의 인식의 막다른 끝에 와 있는 거라면? 만약 내가 그저 순전히 백치인 거라면?

보안국으로부터 온 집안을 수색당하고, 서류란 서류는 모두 빼앗긴 이사도라는 가족들과 함께 베오그라드로 떠나서 영영 돌아오지 않았다. 남아 있는 우리 몇은 현실을 함께 받아들였다. 맹장 절제술을 받아 병원에 입원해 있던 고가는 간호사들에게 조롱을 당했고, 구샤와 베바와 나는 그 어느 때보다 가까워졌다. 우리는 사람들의 자발적인 모임에 찾아갔고, 우리의 실재가 어떤 현실적인 감각을 불러일으키거나, 모든 게 그저 형편없는 예술 행위 혹은 어긋나버린 몹쓸 장난이었다고 설명할 수 있거나, 사실 따지고 보면 우리끼리의 파티에서 우리가 뭘 하든 남들이 상관할 바는 아니지 않느냐고 설득할 수 있을 거라는 헛된 희망을 품었다. 그러나 모임에 참석한 다양한 애국자들과 사회주의 신봉자들은 좋은 경찰 – 나쁜 경찰 전략을 되풀이했다. 내가 단 한 번도 당원이었거나 또 그렇게 될 일 없는 공산당이 우리 대학에서 주최한 모임에 불쑥 찾아갔을 때는 티호미르라는 이름(번역하면 '고요한 평화'라 뜻)의 사내가 나쁜 경찰이었다.

"너는 우리 할아버지 유골에 침 뱉은 거야!" 그는 계속 고함을 질렀고, 모든 게 그저 웃자고 시작한 일이었다고 설명할 때마다 불신에 차서 으르렁거렸다. 젊고 친절한 여성 당 서기가 그를 진정시키려고 무던히도 애를 썼지만 아무 소용없었다.

공산당은 이제 우리의 행동거지를 주시하고 있었다. 그렇다는 게 우리 집을 찾아온 한 남자의 이야기였다. 당의 주위원회에서 나를 확인해보라고 보내온 그는 친척 아저씨 같은 목소리로 내게 말했다. "조심하게, 저들은 자네를 아주 유심히 지켜보고 있어." 그 말에 번뜩 나는 카프카가 이해되었다. (불과 몇 년 뒤에 그는 아버지가 집 밖에서 취급하던 꿀을 좀 사고 싶다는 핑계로 다시 우리 집에 찾아왔다. 생일 파티와 관련된 사건들은 언급하지 않았지만 그는 "시대가 그런 때였지" 하고 말했다. 그리고 작가가 되고 싶어 한다는 자신의 열 살짜리 딸 이야기를 하면서 지갑에 자랑스럽게 품고 다니던 딸의 시를 내게 보여주었다. 자살 기도문의 초고처럼 들렸던 그 시의 첫 구절은 이렇게 시작했다. "나는 살고 싶지 않다, 아무도 날 사랑하지 않는걸." 그는 딸이 너무 부끄러워서 자신에게 시를 보여주지 않지만, 그래도 마치 우연인 양 바닥에 시를 떨어뜨려서 그가 발견하게 만든다고 했다. 헤몬네 꿀통을 잔뜩 이고 걸어나가던 그의 뒷모습이 기억난다. 그의 딸이 아직 살아 있기를 바란다.)

마침내 스캔들로 인한 소란은 잦아들었다. 한편으로는 많은 사람들이 소란의 시끌벅적한 정도가 사안의 실제 중대성과 반비례한다는 걸 깨달았기 때문이었다. 우리는 사회주의의 신성한 가치들에 의

문을 제기하는 그 어떠한 시도도 초장에 싹을 잘라버릴 것이라는 본보기를 젊은이들에게 보여주고 싶어 했던 보스니아 공산당의 희생양이었다. 다른 한편으로 더 큰 이유는, 훨씬 더 중대한 스캔들이 무력해진 공산당 정권을 물고 늘어진 데 있었다. 몇 달째 정부는 국영 기업 아그로코메르츠Agrokomerc의 몰락을 둘러싼 소문을 진압하지 못하고 있었다. 소문인즉슨, 당 중앙 위원회의 거물들과 친분이 두터운 총수가 존재하지도 않는 사회주의판 채권을 발행하여 자신의 소제국을 완성했다는 것이다. 거기다 비민주적인 공산주의 규칙들과 사이비 종교 수준의 티토 숭배에 대해 진지한 의문을 품거나 제기했다는 연유로 체포되거나 공개적으로 문책을 당한 사람들이 있었다. 우리들과는 달리 그 사람들은 자신들이 말하는 바를 분명히 알고 있었다. 그들은 사상을 발전시켰고, 확고한 지적 또는 정치적 입지에서 발언했으며, 그들의 원칙은 후기 청소년기의 혼란스러운 감정들과는 다른 범주에 속해 있었다. 나중에야 나는 우리들이 바로 손전등을 머리에 매단 떠돌이 개들이었고, 동물 단속반이 우리를 찾아왔던 것이며, 모두의 기억에 남은 건 그저 우리가 싸질러 놓은 개똥뿐이라는 사실을 깨닫게 되었다.

그 후로도 몇 년간, 내가 그 생일 파티가 파시스트 집회였다고 확신하고 언제든지 우리를 교수대로 보내버릴 준비가 되어 있는 사람들과 맞닥뜨렸다. 당연히 내가 내 연루 사실을 자발적으로 제공하지는 않았다. 한번은 예비군 소집일에 사라예보 근처 산 중턱에 위치한 황무지에서 술에 취한 예비군들과 모닥불의 온기를 함께 나누고 있었는데, 그들 모두 생일 파티 참석자들을 최소한 흠씬 두들겨 패줬어야 했다고 생각했다. 거기에 나도 전적으로 동의하면서—그들의 목을 아주 매달아버렸어야 했다고 비딱하게 주장하면서—한껏 흥분했다. 그런 놈들은 한참 동안 고문을 당해봐야 하는데, 하고 내가 말하자 전우들은 살기등등한 동조의 표시로 고개를 끄덕였다. 그 순간에 나는 나 아닌 누군가였다. 잠깐 동안 적의 몸에 들어가보았고 두려우면서도 동시에 자유로운 기분이 들었다. 자, 이제 그렇게 되길 바라며 한잔하자고 예비군들이 제의했고 우리는 모두 그렇게 했다.

이 모든 것들을 둘러싼 현실성에 관한 의문은 오랜 시간 나를 괴롭혔다. 게다가 베오그라드에 사는 이사도라가 결국엔 완전히 거침 없는 파시스트가 돼버렸던 사실도 혼란을 더했다. 90년대의 베오그라드는 가장 맹렬한 파시즘의 비옥한 토양이었으니 그녀는 집으로 돌아간 셈이었다. 그녀는 세르비아 파시즘의 풍부한 전통을 기념하는 대중 공연을 올렸다. 그리고 한 사내와 데이트하기 시작했는데, 그는 훗날 전시에 크로아티아와 보스니아에서 활동하던 세르비아 자원병들이자, 살육자들이자, 강간자들의 집단인 흰수리단의 우두머리가 되었다. 나중에 이사도라는 《전범의 약혼녀Fiancée of a War Criminal》라는 제목의 회고록을 쓰기도 했다. 우리의 우정은 중단된 지 오래였지만 나는 무슨 일이 일어났던 건지 계속 자문할 수밖에 없었다. 아마도 그녀의 파시스트 성향이 꾸민 그 파시스트 파티가 내 눈엔 제대로 보이지 않았던 건지도 모른다. 무용한 시선집의 무한한 가능성에 눈이 멀어 그녀가 봤던 것을 나는 보지 못했는지도 모른다. 아마도 나는 그녀의 체스 뮤지컬 속 하나의 폰*에 불과했는 지도 모른다. 아마도 나의 삶이 그저 뉴멕시코의 한 슈퍼마켓 냉동 식품 코너나, 아니면 그런 장소들에서 현현하는 성모마리아 같은 무 언가였는지도 모른다. 오직 신봉하는 자들의 눈에만 보이고 다른 이 에게는 터무니없이 느껴지는 그런 무언가처럼 말이다.

앨폰스 카우더스의 삶과 업적

생일 파티의 촌극을 뒤로하고 1987년에 나는 사라예보의 한 라 디오 방송국에서 젊은 도시인구를 대상으로 하는 프로그램의 일을 시작했다. 〈오므라딘스키 프로그램〉이라는 제목의 청춘 프로그램이 었다. 실제 제작진도 전부 아주 젊은 데다 라디오 방송 경험도 매우 적거나 전무했다. 나는 여전히 라디오 방송가를 맴돌던 생일 파티 관련 잡음 때문에 봄에 진행된 첫 면접에서는 고배를 마셨지만, 라 디오 음성과는 분명 어울리지 않는 우물거리는 목소리에도 불구하 고 가을에 진행된 면접을 통과했다. 방송국 관리자들은 우리 프로

---

* 장기의 졸卒에 해당하는 체스의 기물.

그램에 어느 정도 표현의 자유가 주어졌다, 이는 당시가 정치적으로 변모하던 시기이기도 했고, 행여 필요하다면 젊은 아무개인 우리가 비난을 받으면 되었기 때문에 가능한 일이었다. 나는 문화계 소식을 보도했고 이따금씩 멍청한 정부와 어리석은 일반에 관한 독설을 써서 생방송으로 발표했다. 얼마 후부터는 반박 불가한 (그리고 근거 없는) 전문가의 식견으로 영화와 책에 관한 오만한 평론을 쓰기도 했다.

그러는 내내 아주 짧은 소설도 쓰고 있었다. 어느 순간부터는 내요청으로 일주일에 3~4분가량이 주어져 친구(지금은 각각 체코슬로바키아 브르노와 영국 런던에 사는) 조카와 네벤이 진행하던 상당히 인기 있는 라디오 쇼에서 내가 쓴 소설을 낭독할 수 있게 되었다. 코너의 제목은 〈사샤 헤몬이 진실과 거짓을 들려드립니다〉, 줄여서 '**사헤진거들**'이었다. 내 소설 가운데 일부는 우리 가족을 난처하게 만들었다. (생일 파티 소동으로 이미 난처할 대로 난처해졌지만) 우크라이나인 사촌을 주인공으로 내세워 어쩌다 사지 불구가 된 그가 불행한 삶을 살다가 서커스단에 들어가 무대 위에서 밤낮으로 코끼리들의 공이 되어 데굴데굴 굴러다닌다는 내용의 연작 소설을 썼기 때문이다.

그즈음 쓴 소설이 〈앨폰스 카우더스의 삶과 업적〉이다. 티토를 조롱하는 내용인 데다가 잘난 체하는 얼간이들과 저질 섹스가 난무하고 히틀러나 괴벨스 같은 인물들까지 연관되어 있었기 때문에 출간되기 어려운 소설이라는 건 나조차도 자명하게 알고 있었다. 게다가 당시 유고슬라비아의 문예지 대부분은 이런저런 문화유산을 찾아내고 무용한 문학선집에 쉬이 맞아떨어질 시나 산문 작가를 재발굴하느라 여념이 없었는데, 이 작가들은 훗날 전쟁을 도발하느라 바쁠 사람들이었다. 그래서 나는 내 소설을 3분짜리 '**사혜진거들**'에 맞게 일곱 편의 연재물로 쪼개고 각각의 연재물에—나는 역사가이고 앨폰스 카우더스는 역사적 인물임과 동시에 나의 광범위한 연구 주제임을 의심할 여지없는 전문가적 논조로 주장하는—도입부를 추가했다. 한 도입부에서는 소련의 기록 보관소에서 카우더스를 파헤치는 자료를 발견해 돌아온 내게 환영 인사를 건넨다. 다른 도입부에서는 앨폰소 카우더스의 위대한 가르침을 정견으로 내세운 '초국가적 포르노당의 전당대회'에 내가 귀빈 자격으로 참석하기 위해 이탈리아에 갔다가 방금 귀국했다는 사실을 청취자들에게 알린다. 또 다른 도입부에서는 존재하지도 않는 한 청취자가 역사가로서의 합당한 용기를 보여준 점을 들어 나를 칭찬하고 내가 라디오 방송국의 대표로 임명되도록 추대한 편지를 인용한다. 나는 내가 하는 일을 아무도 모른다고 생각했다. 친절하게 내게 방송 시간을 내어 주었던 친구들과 굳이 라디오 채널을 변경하지 않는 청취자들을 제외하곤 아무도 '**사혜진거들**'을 듣지 않았으며 코너 자체도 너무 짧았다. (27초 만에 끝난 한 연재물은 '**사혜진거들**'의 시엠송보다도 짧았다.) 그러나 좋은 경찰도 나쁜 경찰도 그다지 자극하고 싶지 않았던 나는 크게 신경 쓰지 않았다.

일곱 편의 연재물을 다 방송하고 나서는 우물거리는(여전히 내 친구들은 보스니아의 방송 전파를 장식한 음성 가운데 가장 최악이었다고 치켜세워주는) 내 목소리로 연재물 전체를 연속해서 녹음한 뒤 히틀러와 스탈린의 연설문들, 순종적인 대중의 환호성, 공산주의 응원가 '릴리 마를렌Lili Marleen'과 같은 20세기의 치명적인 음향 효과까지 곁들였다. 그리고 조카와 네벤의 쇼는 20분짜리 내 녹음 파일을 중간 광고 하나 없이 한 번에 죽—라디오 방송에 있어서는 자살 행위나 다름없이—내보냈다. 조카와 네벤의 쇼를 찾은 게스트로 소개된 나는 계속 역사가인 척했고 사전에 친구들에게는 어떤 상황에서도 웃지 말라고 당부해두었다. (미안하지만 정말 웃긴 이야기였다.) 친구들은 모두 내가 쓴 청취자 편지를 읽었고, 악명 높은 생일 파티 이후로 익숙해진 성난 말투와 기상을 흉내냈다. 한 편지는 나 또는 나 같은 사람들은 신성한 기억을 모독한 죄로 교수형에 처해야 한다고 주장했다. 다른 편지는 우리에게 고된 노동의 가치를 일깨워주는 (앨폰스 카우더스가 싫어하는) 말들에게 좀 더 존경을 표하라고 요구했다. 또 다른 편지는 오스트리아─헝가리 제국의 대공을 암살한 가브릴로 프린치프Gavrilo Princip*의 묘사에 반박하며, 제국의 왕위 계승자를 총살하기 위해 사라예보 거리의 한 모퉁이에 숨어 있던 프린치프는 절

---

* 세르비아계 보스니아인 민족주의자로서 당시 보스니아 헤르체고비나를 통치하던 오스트리아-헝가리 제국의 황태자 부부를 총살하였다. 이 사건으로 제1차 세계대전이 발발했고, 프린치프는 20년 형을 받아 투옥하던 중에 결핵으로 사망했다.

대로 바지에 오줌을 지리지 **않았다**고 주장했다.

편지들을 읽은 뒤에 청취자들과 전화 연결을 시도했다. 나는 (1) 실제로는 아무도 카우더스 연재를 듣고 있지 않고, (2) 듣는 이가 있더라도 헛소리로 여길 것이며, (3) 진실이라고 믿는 사람들은 약쟁이나 얼간이, 혹은 정신이 미약하여 역사와 환상과 라디오 쇼의 경계가 모호해진 노인들뿐이라고 생각했다. 따라서 청취자들의 질문이나 이의 제기에 아무런 준비도 되어 있지 않았음은 물론이고 더 이상의 거짓이나 미심쩍은 사실을 조작해낼 의도도 없었다. 그러나 생방송을 하는 한 시간가량 전화통은 불이 났다. 대다수의 사람이 카우더스 이야기를 믿었고 수많은 까다로운 질문을 던지고 논평을 내놓았다. 한 의사는 전화를 걸어 사람은 스스로 맹장을 떼어낼 수 없다며, 카우더스는 그랬다는 나의 주장에 반박했다. 어떤 남자는 전화해서 말하길 지금 손에—카우더스에 대해 광범위하게 다뤄야 할—산림 백과사전을 들고 있는데 그에 대한 기록을 전혀 찾을 수 없다고 했다. 나는 그럴듯한 대답을 생각해냈고, 한순간도 웃지 않은 채 역사가라는 인물을 온전히 연기해내면서 줄곧 나의 위장이 들통날까 두려워했다. 보통 배우들이 그럴 테지만 관객들이 위장에 가려진 진짜 나의 가짜 모습을 알아볼까봐 조마조마했다. 내 연기는 그만큼 속이 뻔히 들여다보였다. 좋은 경찰이나 나쁜 경찰(아마도 나쁜 경찰)이 전화를 걸어와 지금 당장 국가보안국 본부로 재소환할지 모른다는 공포를 겨우 떨쳐냈다.

그러나 가장 야릇했던 공포는 누군가 전화를 걸어 이렇게 말하는 것이었다. "이 거짓말쟁이야! 당신은 카우더스에 대해 아무것도 몰라! 내가 당신보다 훨씬 잘 알지―바로 이게 사실이야!" 그 순간, 카우더스 씨는 실재가 되었다―그는 스튜디오의 방음 유리창에 현현한 나의 성모마리아였고, 그 너머에는 무심한 표정의 음향 엔지니어와 초월적인 광기의 전율로 빛나던 사람들이 몇 명 있었을 뿐이다. 현실의 틈을 파고든 판타지가 현실을 장악한 그 흥분되는 순간은 마치 프랑켄슈타인 박사의 수술대에서 일어난 시체가 박사의 목을 조르기 시작한 순간과 매우 흡사했다.

몇 달간, 심지어는 몇 년간 사람들은 나를 멈춰 세우고 물었다. "그가 정말 존재하는 거요?" 나는 누군가에게는 그렇다고, 누군가에게는 아니라고 대답했다. 그러나 그 문제의 진실은 정녕 답을 알 길이 없다는 데 있었다. 스위스의 입자 가속기 속 아원자 입자들처럼 카우더스 씨는 명멸하는 일순간 동안 존재했지만, 그의 존재를 물리적으로 기록하기엔 시간이 충분치 않았다. 그가 존재한 순간은 너무도 짧아서 나로선 그가 신기루였는지, 집단적인 환각이 임계에 달해 나타난 결과물이었는지 판단할 수 없었다. 어쩌면 그는 자신의 악의적인 오라에 내가 돌이킬 수 없이 발광發光했었다는 사실을 알려주려 내 앞에 현현했던 것인지도 모른다.

카우더스가 지금은 어디에 있는지는 알지 못한다. 어쩌면 그가 진실과 거짓을, 사실과 허구를 배후에서 조종함으로써 내가 상상하고

지어낸 걸 나 스스로 미련하게 믿고 있다는 이야기를 쓰게 만들고
있는지도 모르겠다. 아니면 언젠가 A. K라고 (그가 편지에 즐겨 서명하
는 대로) 서명된 편지 한 통을 받게 되며, 그 편지에는 빌어먹을 속임
수는 이제 전부 끝났고 심판의 시간이 도래했다, 라고 쓰여 있을지
도 모르겠다.

전시의 삶

1991년 2월, 사라예보의 잡지 〈나시다니Naši Dani〉의 편집직을 맡게 된 나는 부끄럽지만 스물일곱의 나이에도 얹혀살고 있었던 부모님의 집에서 곧바로 독립해 나왔다. 역시 같은 잡지사에 취직한 친구 다보르, 페자와 함께 나는 코바치라는 낡은 동네에 위치한 방 세 개짜리 아파트에 세를 들었다. 이제 정규직 직장이 생겼고 스스로 생계를 꾸리게 되었으니 많은 성인들이 부모와 함께 살면서 평생 무직으로 나이 먹어가는 서글픈 공산주의 사회에서는 나름 어른스러운 성취를 이룬 셈이었다.

내 변변찮은 경력은 라디오 방송국에서 짧고 황당무계한 소설 외에도 영화와 문학과 이런저런 멍청한 일들에 관한 사설을 쓴 것이었다. 그러니 나시다시에서도 문화면의 편집자가 되어 어찌어찌 잡지의 마흔여덟 쪽 지면 가운데 열세 쪽을 (그게 뭐가 됐든 간에) 문화면으로 확보했다. 전 세대 언론인들이 전부 안락한 공산주의의 저능에 오염되었다고 확신했던 나는 스물일곱을 넘긴 사람의 글은 내 문화면에 싣지 않겠다고 못을 박았고, 그로 인해 일부 언론 베테랑들에게 여전히 너그러웠던 다른 편집자들과 자주 다투게 되었다. 한편 개인적으로는 짧고 신랄한 양면짜리 풍자 사설과 '과격한 도시인'으로서 그려 본 〈사라예보 리퍼블리Sarajevo Republika〉라는 칼럼을 썼다. 젊고 급진적인 내 모습에 취해 있던 나는 스스로 빚어낸, 개뿔 아무도 관심 없는 공간에서 혼자 놀고 있었다.

나머지 편집진들 역시 라디오 방송국에서 온 사람들로 구사회주의 정권은 물론 공산주의 유고슬라비아의 애처로운 잔당들을 분열시키는 데 여념이 없었던 현 급진 민족주의 정치권을 향한 경멸을 공유했다. 우리의 고용주는 자유당이었고, 구체제에서 그들의 전신은 사회주의 청년 연합이었다. (나는 돈을 받고 자유당 정견의 문화 부문을 작성하기도 했다.) 우리가 고용된 건 이전 편집진이 통째로 해고된 뒤였다. 그 이유가 이제는 정말로 기억나지 않지만, 그저 고용주가 근본적인 변화를 원했기 때문이라고 생각하고 싶다. 나시다니는 사회주의 청년을 규정하는 거라면 뭐든 떠받드는 걸로 정평이 난 40년 출간 역사의 잡지였다.

우리는 즉각적인 호소력을 갖춘 잡지를 격주로 제작하는 법을 신속하게 익혀야 했다. 그리고 유감스럽게도 그럴 만한 기회가 곧 찾아왔다. 우리의 초기 출판물 가운데 한 편을 통째로 할애하여 베오그라드에서 일어난 반反밀로셰비치 시위를 보도하게(지지하게) 된 것이다. 시위대는 결국 유고 연방군 탱크의 힘을 빌린 밀로셰비치에 의해 진압되었고, 당시 어린 두 학생이 흘린 피는 군에 의한 민간인의 첫 출혈이었다. 우리는 그 출혈이 멈추지 않으리라는 걸 알고 있었다. 봄 무렵에는 크로아티아에서 발생한 전쟁이 절정에 치달았다. 전시의 잔혹 행위들에 대한 보도가 밀려들기 시작했고, 우리 잡지는 참수된 시체들의 사진과 세르비아 민병대의 수장인 (지금은 헤이그에서 재판 중인) 보이슬라브 셰셸의 인터뷰를 게재했다. 셰셸은 크로아티아인들의 눈구멍을 녹슨 숟가락으로 파버리겠다고 선포한 걸로 악명이 높았는데, 어쩐지 멀쩡한 숟가락으로는 성에 차지 않은 모양이었다.

전쟁 초기에만 해도 이런 선포는 이례적으로 끔찍한 일탈처럼 여겨졌다. 그저 미꾸라지 몇 마리가 물을 흐리고 있는 거라고 생각하며 위안을 찾는 게 그때는 가능했다. 특히나 유고슬라비아/세르비아 당국과 크로아티아 당국 모두 머지않아 정상화될 거라고 거듭 장담하는 상황에서는 더욱 그랬다. 그러나 우리 잡지는 군용 트럭들이 세르비아계 주민이 대부분인 보스니아 지방으로 무기('바나나'로 위장한 화물)를 이송 중이라는 기사를 터트린다. 그리고 점점 공격적으로 치닫는 보스니아 의회의 회의들을 보도했고, 기자회견에 참석해 (지금은 헤이그에서 재판 중인) 라도반 카라지치Radovan Karadžić*가 내

---

* 보스니아 헤르체고비나의 세르비아계 강경파 정치인이자 보스니아 내전 발발에 관여한 전범으로, 정신과 의사와 시인으로 활동한 전력이 있다.

대학 시절 은사를 대동하고 나타나 부삽같이 생긴 주먹으로 연단의 탁자를 내려치며 거의 대놓고 폭력과 전쟁이라는 협박을 해대는 장면을 목격했다.

알면 알수록 더는 알고 싶지 않은 상황이었다. 우리 삶의 구조는 우리가 정상이라고 굳게 믿어온 일상의 연속성에 기반하고 있다. 그런데 여태껏 그저 정상적으로 살기 위해 노력하고 있었을 뿐이라는 확신이 들자 우리는 쾌락주의적 망각을 열성적으로 좇기 시작했다. 매일 밤 벌어진 음주 파티는 꼭두새벽까지 이어졌다. 우리는 춤도 아주 많이 췄다. 실제로 내가 출간한 문화면의 한 사설에서 구샤는 다가오는 재앙을 멈추고 싶다면 모두의 가장 시급한 임무는 바로 춤을 더 많이 추는 것이라고 썼다.

나시다니에서 번 돈의 상당수가 슬롯머신으로 들어갔다. 통계적 승률마저 배제하도록 조작된 기계들이었지만 도박만큼 강렬한 망각에 이르는 길도 없었다. 더욱 효과적으로 현실을 부정하는 방법은 약에 취해 몽롱한 채로 빈센트 미넬리의 영화 〈지지Gigi〉를 보면서 고함을 지르는 것이었다. "지지, 내가 정신없는 바보인 거야? 아니면 내내 눈뜬장님으로 살았나······." 페자와 나는 이따금 오후부터 거나하게 취해서 국제 쾌락주의 운동의 선구자 격인 딘 마틴의 노래를 따라 불렀다. 토요일에는 우리 집 마당에 모여 양고기 꼬치를 먹고 (내무부 장관이 마약 밀매를 관리하게 되면서 다른 약물과 마찬가지로 구하기가 훨씬 쉬워진) 고급 대마를 피우며 황홀한 봄날을 만끽했다. 대마가 불러온 극한의 허기를 양고기로 채웠고, 엄청나게 먹어댄 고기의 무게만 아니었다면 전쟁 없는 머나먼 풍경 속으로 열기구처럼 두둥실 떠오를 것만 같은 기분이 들 때까지 대마초를 피웠다.

모든 것이 파괴되기 전의 그 행복했던 나날들, 아직은 무엇으로든 삶을 구원할 수 있을 것이라는 망각에 이르는 게 가능했던 그 시절! 우리는 뭐든 다 했다. 잡지 한 권을 마감하고 편집하기 위해 밤을 지새우면서 커피와 담배에 취해 몽롱한 상태로 연명했고, 포르노를 보고 시를 썼으며, 축구에 대한 열띤 논의를 펼치거나, "1만 마르크를 준다면 말이랑 수간하겠어?" 혹은 "그랜드마스터 아니톨리 카르포프가 과연 초고속 쾌속정을 가지고 있을까?"와 같은 광적인 논쟁을 끝없이 파고들었다.

그리고 상대가 누구든 가리지 않는 난잡하고 황홀한 성교가 이어졌다. 애인이 그 자리에 있든 말든 눈만 몇 번 마주치면 섹스를 결정하기에 충분했다. 교제라는 제도는 영영 중단된 것처럼 보였다. 침대로 뛰어들기 전에 만나서 데이트하는 과정은 더 이상 불필요해졌다. 사실 침대도 필요 없었다. 건물 복도, 공원 벤치, 자동차 뒷좌석, 욕조, 심지어는 마룻바닥으로도 괜찮았다. 우리는 **타이타닉** 섹스에 한껏 빠져들었다. 가라앉는 배 위에선 위안을 찾거나 관계를 발전시킬 여유 같은 건 없었다. 목전에 다가온 대재앙만큼이나 쾌락을 극대화하고 죄책감을 억제하는 것도 없었기에 재앙적 희열의 짧은 한때였고 섹스하기 정말 좋은 시간이었다. 인간 역사의 특별한 순간이 선사한 이 엄청난 기회를 충분히 즐기지 못한 것 같아 안타까울 따름이다.

한여름 무렵에는 병적인 망각이라는 위태로운 상태를 유지하는 것도 힘들어졌다. 잡지사에서 사라예보의 마약 밀매 취재를 위한 정보원으로 활용하던 거래상이 고향인 크로아티아에 방문차 돌아갔다가 강제징용을 당했고, 그로부터 얼마 뒤 참호에서 가까스로 우리에게 전화를 걸어와 광분한 목소리로 음성 녹음을 남겼다. "여기서 무슨 일이 벌어지고 있는지 상상도 못 할 거요!" 배경에서는 총소리가 들렸다. 그는 최전선에 있는 자신에게 닿을 수 있을 전화번호도 남기지 않았고, 남겼다 한들 우리가 그에게 다시 연락했을지도 의문이다. 그러다 페자가 크로아티아 전선을 취재하기 위해 특파되었다가 크로아티아 군인들에게 체포되어 고문을 당했다. 그의 석방을 위한 협상이 이뤄진 뒤, 호된 고문을 당하고 풀려난 페자는 훌쩍 나이를 먹은 몰골로 사무실 문 앞에 나타났다. 돌아온 그는 밤에는 잠을 자지 못했고, 낮에는 침울한 표정으로 사무실을 서성거렸다. 그의 눈빛은 멍했고, 정신은 딘 마틴에도 반응하지 않았으며, 짙게 물든 푸른 멍들은 옅은 노란색으로 변해갔다. 결국 참다못한 내가 그를 앉혀놓고 그의 얼굴에 녹음기를 들이밀면서 크로아티아 교전 지역에서 겪은 일들을 털어놓게 했다. 그가, 미련하게 크로아티아 자원병으로 가득 찬 버스를 탔고, 구타에 이어 억류와 이른바 취조를 당했으며, 굴욕적일 만큼 멍청한 좋은 경찰과 나쁜 경찰 쇼가 펼쳐졌고

(좋은 경찰은 펫숍보이스를 좋아했다), 고환이 쥐어 짜이고 신장을 강타당한 뒤, 입에다 총을 쑤셔넣는 바람에 총 맛이 느껴졌다, 등등 두서없이 얘기를 늘어놓았다. 그가 진술을 마쳤을 때 나는 녹음기를 끄고 90분짜리 녹음테이프를 그에게 건네면서 의례적으로 말했다. "이제 이건 치워두고 그만 넘어가자." 그때 나는 내가 똑똑한 줄 알았다.

그러나 그만 넘어갈 데는 없었다. 7월에 나는 잡지사를 관두고 몇 주간 우크라이나에 가게 되었는데, 때는 마침 8월 쿠데타와 소련의 붕괴가 우크라이나의 독립으로 이어진 시기였다. 9월 초 내가 사라예보로 돌아왔을 때 이미 우리 잡지사는 문을 닫았고 더 이상 방세를 낼 돈이 없었던 페자와 다보르는 코바치의 아파트를 정리한 뒤 각자의 부모님 집으로 돌아갔다. 도시는 한 풀 기가 꺾였고 희열은 모두 식어버렸다. 친구들과 자주 어울렸던 올림픽 박물관 카페를 찾은 어느 날 밤, 나는 멍한 눈으로 지극히 머나먼 곳을 응시하는 사람들을 보았다. 서로 거의 대화도 없이 몇은 약에 그득하니 취하고, 몇은 자연스레 마비된 채로, 모두가 이제는 부정할 수 없는 사실로 인한 공포에 사로잡혀 있었다. 이제 다 끝장이라는 사실. 전쟁은 눈앞에 당도했고 이제 누가 살고, 누가 죽일지, 그리고 누가 죽임을 당할지 잠자코 기다렸다가 보게 될 일만 남았다.

마의 산

우리 가족은 사라예보에서 20마일쯤 떨어진 야호리나산Jahorina Mountain에 통나무 산장을 하나 가지고 있었다. 야호리나산에는 스키 리조트가 있어서 십대 시절 나와 동생은 겨울방학마다 스키를 타거나 파티를 하며 한 달 내내 산장에 죽치고 있었고, 부모님은 주말에만 들러 음식을 나르거나 빨래를 해주고 산장의 상태를 살폈다. 겨울의 야호리나가 스키객들, 여행자들, 친구들로 바글거린 데 반해 여름이 되면 대개 산을 찾는 발길이 뚝 끊겼다. 다른 산장 주인들도 우리 부모님처럼 주말에만 도시의 열기를 피해 설렁설렁 나무일을 하러 올 뿐이었다. 불지옥 같은 사라예보에 비하면 야호리나는 천국이라는 부모님의 성화에도 나와 동생은 여름 산행을 꺼렸다. 우리는 부모님 없는 도시의 가마솥 안에서 느긋하게 푹푹 익어가는 편이 훨씬 더 좋았다.

그러다 80년대 후반의 언젠가부터 나는 야호리나의 여름 산을 찾기 시작했다. 내 작은 피코* 자동차에 책과 음반을 가득 싣고 한 번 떠나면 한 달씩 산에 머무르곤 했다. 당시 이십대 중반의 나이로 여태 부모님과 함께 살던 나로서는 자주와 사생활 관련 문제는 차치하더라도 부모님이 가족 행사에 참여하라고 끊임없이 강요하고 별의별 집안일을 다 만들어내는 통에 진득하게 집중해서 책을 읽는 게 여간 어렵지 않았다. 반면, 야호리나 산장에서의 시간은 전적으로 내 소관이었고, 그렇게 주어진 시간을 하루에 여덟에서 열 시간씩 책만 읽으며 수도자처럼 보냈다. 수도자의 삶에서 잠시나마 벗어날 때는 오직 내 미련한 몸뚱이가 음식과 커피 말고도, 일종의 신체적 활동을 바랄 때뿐이었다. 그럴 때는 장작을 패거나 가끔은 수목한계선 너머 산 깊숙이 거칠고 황량한 풍경 속으로 보스니아의 사무치는 광야를 굽어보는 산봉우리들을 향해 몇 시간이고 산을 올랐다. 나는 사람들을 피해 다녔고 담배나 와인이 떨어졌을 때만 2마일쯤 떨어진 외딴 슈퍼마켓에 걸어 다녀왔다.

산을 찾기 전 몇 주 동안은 존 르 카레**의 (몇 년간 여름만 되면 읽고 또 읽은) 스마일리 시리즈부터 구약성서 신화들의 기원에 관한 학술

---

* 이탈리아 자동차 제조사 피아트Fiat에서 생산하는 소형 자동차 피아트 500의 유고슬라비아 복제품.

** 영국의 스파이 소설의 거장으로 실제 첩보원으로 활동한 경력이 있다. 대표작으로는 《추운 나라에서 돌아온 스파이》, 《스마일리의 사람들》 등이 있다.

서까지, 현대 미국 문학 단편선집들부터 코르토 말테제Corto Maltese 만화책까지, 독서 목록을 엄선하며 지냈다. 하루 열 시간을 내리 책만 읽는 데는 그만의 특별한 장점이 있었다. 바로 일종의 과민한 기쁨에 빠져들게 되는 것인데, 덕분에 하루 평균 400쪽에 달하는 독서가 가능해졌다. 책은 내 머릿속에서 복잡하고도 광활한 공간을 구축했고, 그 공간을 빠져나올 수 없었다. 밥을 먹을 때도, 산을 오를 때도, 잠을 잘 때도 계속 그 안에 머물렀다. 《전쟁과 평화》를 읽으며 보냈던 주에는 볼콘스키와 나타샤가 자주 꿈에 찾아오기도 했다.

사고와 언어의 고갈로 내면의 소모를 경험하던 이십대의 나는 자주 불안과 우울에 잠겼다. 그런 나의 정신을 재충전하고 언어 장치와 생각 기계를 재시동하기 위해 산을 찾았다. 그러나 나의 은둔 생활은 부모님을 걱정시켰고, 친구들은 내가 점점 정신을 놓고 있는 건 아닌지 의심했다. 밤에는 산을 방황하는 가축의 울음소리와 방울 소리, 바람 소리와 지붕을 긁는 나뭇가지 소리만이 들려왔다. 활기찬 새들이 아침 인사를 건네는 이른 시간이 되면 나는 눈을 뜨자마자 곧바로 책을 읽기 시작했다. 읽고, 먹고, 산을 오르고, 잠을 자는 단순한 금욕의 삶에 나는 빠져들었다. 자진한 나의 내핍 생활은 산까지 이고 간 그 어떤 고통도 치유해주었다.

독서를 위해 마지막으로 야호리나를 찾은 건 1991년 9월 말 무렵이다. 1991년의 여름 대부분을 우크라이나에서 보낸 나는 소련의 종말과 우크라이나의 독립을 직접 목격했다. 그해 여름 크로아티아에서 일어난 전쟁은 작은 사건들이 대학살로, 소규모 접전이 유고 연방군에 의한 부코바르Vucovar 마을의 대파괴로 급속하게 악화되었다. 내가 사라예보로 돌아온 8월 말에는 사람들의 정신에 이미 전쟁이 뿌리내렸고, 공포와 혼란과 약물이 드리워져 있었다. 당시 무일푼이었던 내게 포르노 잡지에 글 대는 일을 제안한 페자는 자신도 시작할 예정이라며, 다가오는 전쟁에서 눈을 돌리려는 사람들이 그런 잡지를 넙죽 집어 들 거라고 확신했다. 나는 행여 전쟁에서 죽게 된대도 내 최후의 작업이 추잡한 도색 글쓰기만은 아니길 바랐기에 (마치 그것 말고도 다른 할 일이 있을 것처럼) 친구의 제안을 거절했다. 그리고는 차 한가득 책을 싣고 야호리나의 산장으로 떠나 전쟁이 죽음과 망각으로 모든 것을 전부 삼켜버리기 전까지 최대한 많은 것을 읽고 또 썼다.

그해 12월까지 나는 야호리나에 머물렀다. 전쟁이 한번 머릿속을 파고들기 시작하면 정신을 불사르고 강탈할 것 같아 두려웠다. 그랬던 내게 산중의 수도자 생활은 원초적인 정신 보호 수단이 되어 주었다. 산에서 나는 토마스 만의 《마의 산The Magic Mountain》과 카프카의 편지들을 읽었고, 광기와 죽음과 엉뚱한 언어유희로 가득 찬 글을 계속 썼다. 그리고 벽난로에 타다 만 장작들을 지긋이 바라보며, 그해 가을에 사망한 마일스 데이비스의 음악을 들었다. 산을 오를 때는 만의 소설에서 카스토르프와 세템브리니가 나누던 것과 별반

다르지 않은 대화를 상상 속의 누군가와 주고받았다. 차오르는 불안을 가라앉히기 위해 수많은 장작을 패기도 했다. 가끔은 아무런 보호 장구도 없이 가파른 절벽을 기어올랐다. 자위를 위한 일종의 자살 기도로써 미끄러지지 않고 정상에 이른다면 이 전쟁에서 살아남을 거라는 생각을 했다. 일상적인 의례 가운데 하나는 오후 7시 30분에 방영되는 저녁 뉴스를 보는 것이었는데 뉴스에서는 단 한 번도 좋은 소식을 들어 본 적이 없었다. 늘 안 좋기만 했다.

몇 년 뒤 시카고에서 분노 조절에 도움이 된다는 훈련을 수행하느라 고생하던 중에 나는 늘 미소 짓는 심리치료사의 안내에 따라 호흡을 가다듬고, 평온과 안전 하면 떠오르는 장소를 상세하게 떠올리기 위해 애쓰고 있었다. 그때마다 예외 없이 내가 떠올린 장소는 야호리나의 산장이었고, 그곳의 아주 사소한 것 하나까지도 놓치지 않고 기억해내려고 한참을 노력했다. 아버지가 못 하나 박지 않고 만들어낸 나무 탁자의 매끄러운 표면, 소리가 나지 않는 뻐꾸기시계 아래 뭉텅이로 걸린 유효기간 지난 스키장 입장권, 부모님이 사라예보 집에서 산장으로 옮겨놓은 절대 고장 날 것 같지 않던 냉장고, 그리고 내가 난생처음으로 혼자서 읽은 냉장고의 제조사명—오보드세티네. 심리치료 시간마다 나는 기억해냈다. 그곳에서의 고적한 독서가 내 어수선한 정신을 얼마나 맑게 해주었는지, 늘 콧가를 맴돌던 소나무 향이, 높은 고도의 상쾌한 공기가, 아침 산으로 굴절해 들어오던 햇살이 나의 상처를 얼마나 어루만져주었는지.

산중 생활이 막바지에 다다른 1991년의 가을 무렵 나는 아이리시 세터종인 우리 집 애완견 멕과 함께 지내고 있었다. 아직 어린 강아지였던 멕은 아침이면 새 소리와 함께 눈을 뜬 뒤, 내 볼과 이마를 핥아 얼굴을 침 범벅으로 만들어놓았다. 그럴 때면 나는 동틀 녘에 강아지가 할 수 있는 건 뭐든 해보라고 산장 밖으로 멕을 내보낸 뒤 침대로 돌아가 책을 읽거나 문학 속 인물들이 가득한 꿈으로 돌아가기 위해 다시 잠을 청했다. 어느 날 아침, 그렇게 멕을 밖에 내보내고 책 속에 깊이 빠져들었던 나는 연이은 총소리에 깜짝 놀랐다. 밖을 내다보니 흰색 벨트로 보아 헌병인 듯한 군부대가 보였다. 방독면을 쓴 헌병들은 보이지 않는 적군을 향해 허공에 공포탄을 싸대며 우리 산장을 지나 산속으로 진군하고 있었다. 그들 틈에는 아무것도 모르는 어린 강아지 멕이 백치처럼 이리저리 날뛰며 그들을 향해 짖어대고 있었다. 근거리에서 발사된 공포탄 한 발이면 멕이 죽을 수도 있었기에 나는 잠옷 차림에 한 손에는 책을 든 그대로 진군하는 헌병부대를 쫓아 나섰고, 그들 뒤를 따르는 멕을 절박하게 불러댔다. 내 부름에도 전혀 아랑곳하지 않던 멕을 헌병대가 휴식을 위해 잠시 멈추었을 때에야 겨우 따라잡았다. 방독면을 벗고 거친 숨을 몰아쉬는 그들의 얼굴에 땀이 쏟아지는 사이 나는 황망하게 저지르지도 않은 내 잘못을 거듭 사과하고 있었다. 전쟁 리허설에 빠져

지칠 대로 지친 그들은 아무 말도 하지 않았다. 멕의 목줄을 잡아끌고서 슬리퍼를 신은 채로 비틀비틀 산을 내려오는 동안 헌병들은 새 전투 위치를 가늠했다. 그들이 나를 향해 총구를 겨눴을지도 모를 일이다.

이른 12월의 어느 아침, 실의에 빠진 채 추위에 떨던 나는 기운이 너무 없어서 불도 지피지 못하고 미지근한 차를 마시며 앉아 있었다. 멕은 내 무릎에 머리를 기대어 쓰다듬어주길 기다렸다. 나는 창밖의 암울한 안개를 응시하며 우리 모두에게 일어날 일을 생각했다. 속수무책으로 임박해오는 전쟁에 압도당한 내 정신은 이제 그 어떤 책을 읽고, 그 어떤 글을 쓴대도 더는 치유될 수 없었다. 가장 깊은 절망의 한 구석에 막 가닿으려던 바로 그 순간—혹은 이 특별한 순간은 적어도 내 기억에서는 이렇게 편집된다—전화벨이 울렸다. 미국 문화원의 직원이라는 전화 속 여성은 내가 미 공보부의 후원으로 한 달간 미국에 초청되었다고 말했다. 그해 초여름 미 문화원장과 한 차례 면접하긴 했지만, 거기에 무슨 기대를 했던 것도 아니고 거의 잊고 지냈다. 실은 한참 동안 일종의 사기 전화를 받은 게 아닌가 의심하고 있다가 전화 속 그녀가 문화원에 방문해 미국 초청 관련 세부사항을 조율해달라고 하기에 나는 그러겠다고 했다. 전화를 끊고 나는 불을 지피기 시작했다. 그리고 다음 날 산을 떠났다.

있을 수 없는 일을 있게 하라

1991년 10월 14일에 열린 보스니아 헤르체고비나 의회의 한 회의에서 라도반 카라지치가 연설을 했다. 당시 의회는 연초 슬로베니아와 크로아티아의 분리 독립으로 유명무실해진 유고슬라비아로부터 독립할지 여부를 묻는 국민투표 시행을 논의 중이었다. 카라지치는 그날 거기서 슬로베니아와 크로아티아의 전철을 밟는다면 '고통과 생지옥행 고속도로'에 오르게 될 것이라고 의회에 경고했다.

그 시각 나는 야호리나의 산장에서 글을 읽고 쓰며 마음을 추스르고 있었다. 나는 저녁 뉴스를 켜고 카라지치가 맥 빠진 의원들을 향해 고래고래 소리를 내지르는 장면을 보았다. "보스니아 헤르체고비나를 생지옥으로, 이슬람교도들을 전멸의 길로 끌고 갈 생각일랑 접어두시오. 이 땅에 전쟁이 벌어지면 이슬람교도들은 자기 방어할 능력이 없을 테니까." 기자회견에서 이미 몇 차례 본지라 내게는 익숙했던, 그만의 장황하고도 성난 연설을 퍼붓는 내내 카라지치는 연탁의 가장자리를 꽉 움켜쥐고 있었고, 여차하면 기진맥진한 사람들을 향해 언제라도 내던져버릴 것처럼 보였다. 그러다 갑자기 연탁을 놓더니 '전멸'이라는 단어를 내뱉으면서, 검지를 치켜들어 허공을 찔렀다. 보스니아 대통령이자, 이슬람교도인 알리야 이제트베고비치는 언짢은 기색을 감추지 못했다.

카라지치의 분노의 연설은 흐릿한 화질의 유튜브 영상을 통해 쉽게 찾아볼 수 있다. 인터넷과 텔레비전을 한번 거치면 거의 뭐든 무해하고 진부해진다지만 영상 속 카라지치의 연설은 아직도 간담이 서늘해진다. 당시 강경파 민족주의를 표방하던 세르비아 민주당 Serbian Democratic Party, SDP은 카라지치가 당대표를 맡고 있었고 과반수의 주민이 세르비아계로 구성된 일부 보스니아 지방을 이미 점령했다. 그렇다고는 하나 그가 선출직 신분이거나 의회의 구성원인 건 아니었다. 그날 그는 그저 그럴 수 있었기에 그 자리에 있었다. 그리고 그의 존재로 말미암아 의회가 무력하고 무의미해졌다. 세르비아계가 주도하는 유고 연방군의 비호를 받으며 연단에 선 그날의 카라지치는 의회가 대변하는 사람들의 생사를 좌지우지할 수 있는 권좌에 있었다. 그 사실을 그도 알았고, 또 즐기고 있었다.

치유를 위한 몇 주간의 (카프카와 만) 독서 덕분에 평온을 되찾은 나는 카라지치가 '전멸'이라는 단어로 무얼 말하려는 건지 처음엔 선뜻 이해하지 못했다. 좀 순화되고 덜 겁나는 해석을 찾다가 '역사적 망각'을 뜻하는 건가, 했다. 역사적 망각은 그게 무슨 뜻이든 간에 받아들일 수 있었다. 그러나 그가 하려던 말은 망상과 공포로 치우치곤 하던 나의 인본주의적 상상력을 훌쩍 뛰어넘었고, 그의 어휘는 사라예보인들이 "보통의 삶"이라 일컫던 것에 전쟁이 드리웠을 때 내가 절박하게 붙들고 있었던 정상적 습관의 범주를 한참 벗어났다.

결국 의회는 국민투표가 바람직한 길이라고 결정했다. 투표는 1992년 2월에 치러졌고, 세르비아인의 보이콧에도 불구하고 보스니아인 과반수가 독립에 찬성표를 던졌다. 3월 내내 사라예보의 거리 곳곳에는 바리케이드가 쳐졌고, 도시를 둘러싼 산지에서는 연일 총성이 울려 퍼졌다. 4월에는 카라지치의 저격수들이 의회 건물 앞에서 반전 평화 시위를 하던 이들을 저격했고, 두 명의 여성이 목숨을 잃었다. 5월 2일 사라예보는 마침내 세상으로부터 단절되었고 현대 역사상 가장 긴 포위전이 시작되었다. 여름이 끝나갈 무렵 세상에 있는 거의 모든 신문의 1면에 세르비아 죽음의 수용소 사진이 실렸다. 그제야 나는 박복한 보스니아 의회를 앞에 두고 연설한 그날의 카라지치가 보스니아 이슬람교도들을 향해 학살의 채찍을 쳐들었고 동시에 맛대가리 없는 당근으로 겨우 목숨을 부지할 수 있는 기회를 제시했다는 걸 깨달았다. "그렇게까지 하게 만들진 마시오." 사실상 그는 이렇게 말하고 있었다. "당신들을 위한 지옥이 열린대도 나는 내 집처럼 편하게 있을 테니까."

그날 의회의 회의 결과가 어찌 됐든 카라지치는 자신의 전차 행렬의 속력을 높여 기꺼이 고통과 생지옥행 고속도로로 향했을 거란 사실엔 이제 의심의 여지가 없다. 그때는 보이지 않던 것들이 지금은 명확해졌다. 전쟁을 치르지 않을 가능성은 애초에 철저히 배제돼 있었다. 전멸 기계는 기분 좋게 속력을 내고 있었고 학살 작전을 위한 모든 것이 제자리에 척척 준비되어 있었다. 그의 목적은 단순히 보스니아 이슬람교도들의 파멸과 실향만이 아니라 순혈의 땅에서 대통합을 이뤄낸 위대한 세르비아였다. 그런데도 그날 의회 앞에서 카라지치는 왜 그런 연설을 했던 것일까? 애초에 평화는 선택사항도 아니었으면서, 왜 굳이 그랬을까?

내가 알던, 그리고 사랑했던 모든 것들이 얼마나 잔혹하게 산산조각 났는지 받아들이는 데 오랜 시간이 걸렸다. 그 재앙이 어떻게 시작될 수 있었는지 이해하기 위해 세세한 면면들을 집착하고 분석하느라 다른 여유 없이 지냈다. 카라지치가 체포되고, 나는 그가 왜 굳이 그런 연설을 했는지 알아내기 위해 유튜브 영상을 보고 또 봤다. 그리고 이제는 그날 그 연설의 초점은 연설이라는 행위 그 자체에 있었음을 알게 되었다. 그의 행위는 사면초가에 몰린 보스니아 의회를 향한 게 아니었다. 방송을 보고 있을 애국심 강한 세르비아인들, 그와 영웅 대서사를 함께 쓰기 위해 희생과 살육과 인종 청소마저 감내할 각오가 되어 있는 자기 사람들을 향한 것이었다. 카라지치는 강하고 확고한 지도자적 면모를 갖췄으며 어리석거나 부당하지 않다는 걸 사람들에게 보여주고 있었다. 본인 입장에서는 전쟁이 무모하게 내린 결정이 아니며, 학살이 불가피할 수도 있음을 충분히 인지하고 있다고 피력했다. 그는 해내기 힘든 일이 있대도 위축되지 않고 가차 없이 해낼 것이었다. 살육의 생지옥을 지나 광명과 구원이 기다리는 땅으로 인도할 지도자가 바로 카라지치 자신이었다.

카라지치의 롤 모델은 페타르 페트로비치 네고시Petar Petrović Njegoš의 서사시 '산의 화관The Mountain Wreath'에서 찾을 수 있다. 여느 보스니아인들처럼 나 역시도 학교에서 억지로 배워야 했던 사회주의 고전 '산의 화관'은 티토의 유고슬라비아에서 널리 통용되던 이른바 '자유'라는 틀 안에서 쉬이 해석할 수 있다. 17세기 말을 배경으로 하고 1847년에 출간된 '산의 화관'은 세르비아 서사시의 전통이 깊이 녹아 있고 세르비아 민족주의 문화의 근간을 이루는 작품이지만, 나는 읽을 때마다 지루해서 눈물이 날 지경이었다. 중심인물로는 몬테네그로의 주교이자 군주인 블라디카 다닐로가 등장하는데, 당시 몬테네그로는 서서히 영토를 잠식해오는 강력한 오스만 제국에게 세르비아가 유일하게 빼앗기지 않은 영토였다. 다닐로는 일부 세르비아계 몬테네그로인들이 이슬람교로 개종하는 것을 큰 문제로 생각했다. 다닐로 입장에서 이들은 튀르크족의 제5열*의 사람들로 세르비아인들의 자유와 자주에 영원한 위협을 가하는 절대 신뢰할 수 없는 족속들이었다.

---

* 제5열이란 국가나 도시 등 한 집단의 내부에서 적대 집단에 조력하여 각종 모략 활동을 하는 사람들을 의미한다.

현명한 지도자답게 다닐로는 대책 강구에 도움을 얻고자 위원회를 소집한다. 그는 피에 굶주린 전사들의 조언에도 귀를 기울인다. 10음절의 시구로, 한 전사가 조언한다. "고통 없이 불리는 노래 없고, 고통 없이 단조 되는 검 또한 없나이다." 그리고 다닐로는 평화와 공존과 이런저런 청을 하는 이슬람교도 사절단을 맞이한다. 그러나 사절단에게는 목숨을 부지하는 조건으로 "선조들의 신앙"으로 돌아가라는 제안이 주어진다. 다닐로는 자유를 말하면서 자유 수호에 수반되는 어려운 결정도 함께 말한다. "늑대가 양에 대한 권리가 있듯/ 독재자도 어린 백성에 대한 권리 있을지니// 허나 독재자의 목을 짓밟고/ 압제를 지혜의 정도로 인도함이/ 무릇 인간의 성스러운 임무니라."

어른 아이랄 것 없이 세르비아인이라면 거의 누구나 알만한 시구에서 다닐로는 마침내 이슬람교도들의 전면적이고 가차 없는 몰살만이 유일한 대책임을 깨닫는다. "쉴 틈 없는 고통이 몰아치게 하라." 그는 명한다. "있을 수 없는 일을 있게 하라." 다닐로는 살육의 지옥을 지나 영예와 구원에 이르는 길로 자기 사람들을 이끌고 갈 작정이었다. "먼 훗날의 후손들을 위한 꽃이/ 우리 무덤 위에 피어오르리라."

늑대가 편지를 배달한다는 (그렇다고 사라예보에서 말하곤 했다) 보스니아의 한 지방에서 자란 카라지치는 세르비아 서사시에 정통했다. 구슬레gusle*를 다루는 솜씨가 좋아서 (사실 솜씨랄 게 필요도 없었지

---

* 슬로베니아, 크로아티아, 세르비아 등 동남부 유럽 지역에서 연주하는 나무로 된 현악기.

만) 서사시를 낭독하며 연주를 곁들이곤 했던 그는 블라디카 다닐로가 지핀 타오르는 불꽃 속에서 자기가 맡을 역할을 알고 있었다. 카라지치는 지도자로서 순교하는 길을 자신의 운명으로 여겼다. 블라디카 다닐로가 시작한 위업을 마무리할 자가 바로 자신이라고 믿었다. 그는 먼 후세대가 불러줄 영웅 서사시의 주인공이 되고자 했다.

뉴에이지* 협잡꾼으로 위장하고 베오그라드의 등잔 밑에 숨어 지내던 시절, 카라지치는 매드 하우스Mad House라는 술집에 자주 출몰했다. 매드 하우스에서는 매주 구슬레 연주를 곁들인 세르비아 서사시 낭독 공연이 열렸다. 벽에는 카라지치를 비롯해 세르비아계 보스니아군의 지도자였던 (현재 헤이그에서 재판 중인) 라트코 믈라디치 장군의 전시 사진이 자랑스럽게 걸려 있었다. 한 지역 신문은 카라지치가 이곳에서 자신이 몰살의 위업을 위해 나서는 영웅으로 등장하는 서사시를 적어도 한 번 이상은 직접 낭독했다고 보도했다. 그 끔찍한 포스트 모더니즘적 장면을 상상해본다. 위장하고 도피 중인 전범이 자신을 더욱 강력한 영웅으로 내세우기 위해 10음절 시구로 된 자기 죄를 직접 낭송하는 그 끔찍한 장면을.

여기서 가장 비극적이고 가슴 미어지는 아이러니는 역사에 길이 남을 카라지치의 가짜 영웅 노릇이 근 십 년간이나 이어졌다는 사실이다. 반짝하고 꺼져버린 카라지치의 지옥 불에서 수백이 목숨을 잃

---

* 현대 서구적 가치를 거부하고 영적 사상, 점성술 등에 기반을 둔 생활 방식.

었고 (우리 가족을 포함한) 수만이 조국에서 쫓겨났으며 세르비아 서사시 영웅의 전당에 그를 입성시키는 대가로 셀 수 없이 많은 사람들이 고통받았다. 돌팔이 영적치료사라는 기이한 위장을 한 채 체포됐던 그가 지금쯤 헤이그 감옥에서 수형자를 앞에 두고 자신이 현자로 등장하는 시를 낭송할 장면을 떠올려본다.

작가라면 라도반 카라지치의 이야기에서 셰익스피어 비극의 초심자용 교훈을 그냥 지나치기 어려울 것이다. 카라지치의 진정한 집은 그가 타인을 위해 열어젖힌 지옥뿐이었다. 세르비아계 보스니아인의 지도자가 되기 전과 (카라지치가 쓸모를 다할 때까지 한때 그를 지지했던) 슬로보단 밀로셰비치 대통령에 의해 쫓겨난 이후의 그는 별볼 일 없는 아무개에 불과했다. 그저 그런 정신과 의사, 특출날 것 없는 시인, 지질한 협잡꾼이 전범으로 체포될 즈음에는 이마 위에 올려 묶은 꽁지머리로 우주의 기운을 끌어모은다는 현란한 사기꾼이 되어 있었다. 카라지치의 비인간적인 잠재력을 활짝 펼칠 수 있었던 피의 무대는 오직 전쟁뿐이었다. 그가 정녕 그럴 수 있었던 건 있을 수 없는 일이 결국엔 일어났기 때문이다.

강아지들의 삶

어릴 적 나는 길에서 발견한 추저분한 몰골의 강아지들을 자주 집으로 데려오곤 했다. 장차 나의 애완견이 될 강아지가 새로운 인생을 즐길 수 있도록 소파 쿠션들을 모아 폭신한 침대를 만들어주었다. 우리 집이 편안하게 느껴질 즈음엔 강아지도 나와 평생의 우정을 약속할 준비가 되어 있을거라 생각했다. 그러나 일을 마치고 귀가한 부모님은 눈을 의심할 정도로 난장판이 된 집과 마주했다. 강아지가 쿠션을 물어뜯고 바닥에는 오줌을 싸놓은 것이다. 지체 없이 내 평생의 친구 후보는 삭막한 사라예보 거리로 내쫓겼다.

가난한 소작농 가정에서 나고 자란 부모님은 농장 가축의 노역에 의존할 줄은 알아도 동물을 애완한다는 개념은 이해하지 못했다. 그 때문에 나는 애완견 소유권을 놓고 그들과 열띤 논쟁을 벌여야 했다. 그러나 우리 집은 민주적인 조직이 아니었고, 가족에 대한 의무가 그 어떤 의무와 열정을 우선한다는 부모님의 뜻을 두 말 없이 받아들일 수밖에 없었다. 권리 측면에서 보자면 매 끼니와 잠자리, 교육과 사랑 이외에 다른 권리를 보장한다는 가족 권리 헌장 같은 것도 없었다. 게다가 애완견을 향한 내 열망을 관 속에 집어넣고 최후의 대못을 박은 건 어머니의 반박할 수 없는 주장이었다. 제 앞가림도 제대로 한 적 없는 내가 강아지 뒤치다꺼리를 제대로 할 리 없다는 것이었다.

반면, 내 동생 크리스티나는 (그때나 지금이나) 타고난 독불장군이었다. 내가 종종 이런저런 권리를 주장하기 위해 한창 투쟁 중일 때 훨씬 효과적인 접근을 택했다. 자신의 권리를 부모님과 논하느라 시간을 낭비하는 대신 제게 당연히 그럴 권리가 있는 것처럼 곧바로 행동에 나섰고, 내키는 대로 권리 행사에 들어갔다.

동생이 처음으로 데려온 건 샴고양이 한 마리였다. 그러나 고양이는 복막염 비슷한 병에 걸려 죽었고 고양이로서는 매우 희귀한 사례라고 했다. 우리는 그 조그만 사체를 수의과대학 연구자에게 기증했다. 동생이 그다음으로 데려온 얼룩무늬 시골 암고양이는 우리가 아파트 밖으로 잠깐 내보내준 사이 차에 치여 죽었다. 크게 상심한 어머니는 더 이상의 상실은 감당할 수 없다며 더는 애완동물을 집에 들이지 말라는 금지령을 내렸다.

자기 내키는 건 뭐든 할 수 있다는 불가침의 권리를 오랫동안 행사해온 크리스티나는 어머니의 금지령을 철저히 무시했다. 1991년 봄, 동생은 세르비아의 북부 마을 노비사드에 사는 개 사육사를 찾아냈고, 새로 사귄 남자친구를 동원해 사라예보에서 200마일쯤 떨어진 그곳까지 차를 몰고 갔다. 그리고 모델 일을 하면서 모은 돈으로 눈부신 적갈색 털을 가진 아이리시 세터 강아지 한 마리를 구해 집으로 데려왔다.

충격을 받은 아버지는—도시에서 강아지들은 아무 쓸모없을 게 분명했고, 더군다나 휘황찬란한 아이리시 세터는 말할 것도 없었다—당장 사육사에게 돌려주라는 듣지도 않을 명령을 했다. 당연히 동생은 콧방귀도 끼지 않았다. 어머니는 자신이 과도한 신경을 쏟게 될 또 하나의 생명체에 예측 가능한 논리를 대며 저항했지만, 강아지를 보자마자 사랑에 빠졌다는 걸 한눈에 알아볼 수 있었다. 강아지는 하룬지 이틀인지 만에 누군가의 신발을 물어뜯고도 곧바로 용서를 받았다. 우리는 강아지에게 멕이라는 이름을 지어주었다.

사라예보 같은 작은 도시에서는 그 누구도 고립된 삶을 살 수 없다. 무슨 경험이든 결국엔 공유하게 되기 마련이다. 멕이 우리 집에 처음 왔을 무렵 바로 길 건너에 살던 내 절친한 친구 베바도 돈이라는 이름의 셰퍼드 강아지 한 마리를 키우게 되었다. 베바의 아버지 블라도 삼촌은 유고 연방군의 하급 장교로, 사라예보 인근의 군 창고에서 근무했는데 그곳의 망보는 강아지가 새끼를 낳은 것이다. 베바는 새끼들 가운데 가장 굼뜨고 어설픈 강아지 한 마리를 골라왔다. 만약 새끼들에게 무슨 일이 생긴다면 가장 먼저 위험해질 놈이란 걸 알았기 때문이다.

베바는 크리스티나가 처음 사귄 남자친구이자 동생의 남자친구들 가운데 유일하게 진정으로 내 마음에 들었던 친구다. 둘은 고등학교에 다닐 때 사귀기 시작해서 두 해 정도 만나다가 헤어졌다. 헤어진 뒤 동생은 한동안 화가 나 있었지만, 그래도 나는 베바와 친하게 지냈다. 곧 우리는 떼려야 뗄 수 없는 사이가 되었고, 특히 같이 밴드를 시작한 이후에 더욱 가까워졌다. 이별을 극복한 뒤에는 동생도 베바와 다시 친구로 돌아갔다. 두 집에 강아지가 온 지 얼마 안 되어 강아지들을 데리고 함께 산책을 다니기 시작했다. 그 무렵 부모님 집에서 독립한 나는 종종 밥을 먹거나 가족과 시간을 보내기 위해 본가를 찾았는데, 멕이 오고부터는 더욱 자주 찾아갔다. 애완견을 향한 내 어릴 적 소망이 독불장군 같은 내 동생 덕분에 이뤄졌고, 멕과 산책하는 게 너무나 좋았다. 베바와 나는 멕과 돈을 데리고 강가를 걷거나 강아지들이 잔디밭을 구르는 걸 보면서 벤치에 앉아 담배를 피우며 음악과 책, 영화와 여자 애들에 관해 떠들었다. 신이 난 강아지들은 서로의 목덜미를 깨무는 장난을 치고 놀았다. 강아지들이 서로 어떻게 친해지는 건지 잘은 모르지만 멕과 돈은 베바와 나처럼 절친한 친구가 되었다.

내 기억에 멕과 돈이 마지막으로 함께했던 시간은 1992년의 도래를 기념하기 위해 다 같이 야호리나산을 찾았을 때다. 동생과 나, 그리고 친구들—합해서 사람이 열 명—말고도 멕과 돈, 친구 구사가 데려온 무슨 종인지 확인이 어려운 (구사는 칵테일 스패니얼이라고 했다) 에너지 넘치는 라키까지 강아지 세 마리가 함께였다. 산장의 좁고 한정된 공간 안에서 사람들은 개들에 걸려 넘어지고, 개들은 개들 방식으로 치고받고 싸워대는 통에 서로 떼어놓기 일쑤였다. 꼭 두새벽까지 프리퍼런스Preference 카드게임을 하며 놀던 밤에 구사와 나는 논쟁을 벌이다 언성을 높였고, 이에 흥분한 강아지들이 다 같이 짖어대는 바람에 지붕이 떠나가는 듯했다. 우리가 함께 공유했던 이전 삶의 강렬한 친밀감이 모두 녹아 있는 순간이기에 지금도 그때를 떠올리면 온몸이 달아오른다. 모두가 함께 했던 그 한 주가 사라예보에서의 평범한 일상을 떠나보내는 송별회가 될 줄은 그땐 정말 몰랐다. 그로부터 몇 주 후 나는 미국으로 떠났고, 산장으로는 두 번 다시 돌아올 수 없었다.

동생과 베바 역시 멕과 돈이 함께 한 마지막을 아직 기억하고 있었다. 두 사람이 강아지들을 데리고 근처 공원으로 산책하러 나갔던 1992년 4월이었다. 사라예보를 둘러싼 산지에서는 총성이 커졌고 유고 연방군의 전투기가 도시의 상공에서 위협적으로 음속을 돌파하는 바람에 강아지들이 발광하듯 짖어댔다. 둘은 헤어지면서 "또 보자!" 하고 인사했지만, 그로부터 5년 동안 서로 만나지 못했다.

얼마 후 크리스티나는 당시 사귀던 남자친구를 따라 베오그라드로 떠났다. 우리 부모님은 2주를 더 사라예보에 머물렀는데, 산발적인 총격과 포격이 날로 심해지던 시기였다. 임시 지하 대피소에서 멕을 달래며 이웃들과 함께 대피해 있는 시간도 점점 늘어갔다. 그러다 1992년 5월 2일, 두 분은 멕을 데리고 사라예보를 탈출하는 기차에 몸을 싣는다. 도시의 모든 출구가 닫혀버리고 가차 없는 포위전이 시작되기 바로 직전이었다. 곧이어 기차역은 로켓 포격을 받았고, 그로부터 십여 년이 흐르도록 사라예보발 기차는 운행되지 않았다.

부모님은 보스니아 북서부에 위치한 아버지의 고향 마을로 향하는 길이었다. 세르비아인들의 손에 넘어간 프르나보르 지역에서 불과 몇 마일 떨어진 곳이었다. 돌아가신 조부모님의 집이 ('늑대 언덕'이라는 뜻의) 부치야크산에 그대로 남아 있었고, 그곳에 있는 가족 농가의 벌집을 아버지가 여태 돌보고 있었다. 사라예보를 떠나자고 고집한 것도 여름맞이 벌집 정비를 해야 한다는 게 주된 이유였다. 한동안 집에 돌아가지 못할 수 있다는 뚜렷한 가능성을 애써 부정하느라 부모님은 여권은 고사하고 두툼한 옷 한 벌 없이 작은 가방에 여름옷만 단출하게 싸서 떠나왔다.

전쟁 초반의 몇 달을 부치야크산에서 버틴 부모님의 주요 생존 수단은 아버지의 벌집과 어머니의 채소밭이었다. 인종 청소 작전지로 향하는, 혹은 전선에서 복귀하는 세르비아군의 호송 트럭이 조부모님의 집을 지났고 트럭 안에 술 취한 군인들은 학살의 찬가를 부르며 허공으로 거친 총질을 해댔다. 겁에 질려 집 안으로 숨은 부모님은 포위된 사라예보 뉴스에 몰래 귀를 기울였다. 이따금씩 멕이 군부대 트럭을 따라 신나게 내달렸고, 행여 술 취한 군인들이 악랄한 치기에 멕을 향해 총질이라도 할까봐 혼비백산한 부모님이 절박하게 멕을 부르며 뒤쫓아갔다. 트럭이나 군인들이 없을 때도 멕은 마치—내가 그렇게 생각하고 싶은 건지는 몰라도—야호리나산에서 함께한 나날들을 떠올리기라도 한 듯 산비탈을 오르락내리락 뛰어다녔다.

그런 멕이 그해 어느 여름날부터 갑자기 아팠다. 몸을 일으키지도 못했고 음식과 물을 거부했으며 오줌에는 피가 섞여 나왔다. 부모님은 집에서 가장 시원한 장소인 화장실 바닥에 멕을 눕혔다. 어머니는 멕을 쓰다듬으며 말을 걸어주었고, 멕은 그런 어머니의 눈을 똑바로 쳐다보았다. 어머니는 멕이 자기 말을 전부 알아듣는다고 늘 말했다. 부모님은 수의사를 불렀지만 동물 병원에 차는 한 대뿐이었고, 그 마저도 그 지역의 아픈 동물들을 찾아다니느라 항상 도로 위에 있었다. 마침내 수의사가 집에 도착하기까지는 이틀이 걸렸다. 수의사는 대번에 멕이 사슴 진드기에 감염되었으며, 피를 빨아먹고 통통 불은 진드기들 때문에 중독 증세를 일으킨 것이라고 진단했다. 그러면서 예후가 좋진 않지만 병원으로 찾아오면 효과가 있을 만한 주사를 놔줄 수 있다고 했다. 아버지는 삼촌에게서 원래는 돼지를 도살장으로 옮길 때 쓰던 수레와 트랙터를 빌렸다. 아버지는 기운 없이 축 늘어진 멕을 수레에 싣고 그를 살릴 주사를 구하기 위해 언덕길 아래 저 멀리 프르나보르까지 트랙터를 몰았다. 도중에 그의 트랙터를 지나치던 호송 트럭 안 세르비아 군인들이 가쁜 숨을 몰아쉬는 멕을 내려다보았다.

마법의 주사는 효과가 있었고, 다시 살아난 멕은 며칠 뒤 회복했다. 그랬더니 이번에는 차례를 바꿔 어머니가 심하게 앓기 시작했다. 담낭 안에 가득 찬 용종들이 염증을 일으킨 것이다. 과거 사라예보에서 어머니는 용종을 제거하는 수술을 권유받았지만 겁이 났던 어머니는 수술을 차일피일 미뤘고 그사이 전쟁이 터져버렸다. 어머니의 동생 밀리사브 외삼촌이 세르비아와 헝가리의 국경 마을 수보티차에서부터 차를 몰고 달려와 어머니가 긴급 수술을 받을 수 있도록 데려갔다. 아버지는 친구 드라간이 자신과 멕을 데리러 올 때까지 기다리기로 했다. 그 사이 아버지는 오랜 부재에 대비해 벌집을 정비했고, 멕은 근처 풀밭에 몸을 쭉 뻗고 누워 아버지의 곁을 지켰다.

며칠 뒤 드라간 아저씨가 도착했다. 오는 길에 아저씨는 부치야크 산꼭대기에 위치한 검문소에서 검문을 받았다. 털이 부숭한 검문요원들은 술에 취해 있었고 참을성도 없었다. 그들은 아저씨에게 어디 가는 길이냐고 물었고 우리 아버지를 만나러 간다는 그의 대답에 한동안 아버지를 예의주시하고 있었노라고 위협적으로 말했다. 그리고 (우크라이나 혈통인) 우리 가족에 대해서도 다 알고 있으며—그해 초반에 프르나보르에 있는 우크라이나 교회가 세르비아인들에 의해 파괴되었다―한때 세르비아인을 비난하는 글을 썼고 지금은 미국에 체류 중인 아버지의 아들(그러니까, 나)도 아주 잘 알고 있다고 했다. 그들은 우리 아버지를 제대로 손봐줄 채비가 이제 막 끝났다고 말했다. 검문 요원들은 자칭 늑대들이라고 하는 무장 단체 소속이었고, 이들의 수장인 벨리코라는 사내는 몇 년 전 아버지가 근처 산 우물에서 지하수를 끌어오는 문제를 논의하기 위해 주최한 회의에서 쫓겨난 적이 있는 인물이었다. 이후 벨리코는 오스트리아로 떠나 벌이가 좋은 범죄 경력을 쌓다가 전쟁이 발발하기 직전에 고향으로 돌아와 자신의 무장 단체를 조직했다. 아저씨를 보내주면서 늑대들은 한마디 덧붙였다. "헤몬한테 우리가 찾아가겠다고 전해."

사안이 매우 심각하다고 생각한 드라간 아저씨가 이 일을 전하자 아버지는 늑대들이 야밤에 들이닥쳐 멱을 따가기 전에 최대한 빨리 몸을 피하는 게 상책이라고 판단했다. 마침 검문소에서는 경비 교대가 이뤄졌고, 새로운 검문 요원들은 술에 취하지도, 참견하고 나설 만큼 무례하지도 않아서 아버지와 아저씨를 무사히 통과시켰다. 다행히 검문소의 늑대들은 아버지가 바닥에 계속 눕혀놓은 멱의 낌새를 눈치채지 못했다. 훗날 이유 없이 분풀이로 그랬는지, 꿀을 훔치려던 건지 검문소의 늑대들이 아버지의 벌집을 망쳐놓았다. (시카고로 보내온 편지에서 아버지는 전쟁으로 입은 손해를 통틀어 벌집 잃은 것이 가장 고통스러웠다고 전했다.)

세르비아의 국경으로 향하는 길에 아버지와 아저씨는 수없이 많은 검문소를 거쳤다. 아버지는 검문소를 지키는 군인들이 멋들어진 아이리시 세터를 본다면 단박에 도시 출신임을 알아볼 거라고 걱정했다. 지저분한 잡견이나 늑대가 밀집한 보스니아 시골 지방에 적갈색 아이리시 세터는 흔치 않았기 때문이다. 게다가 이쪽저쪽으로 사람이 죽어나가는 전쟁 판국에 잘 빠진 개 한 마리 살리겠다고 애쓰다가는 무장 군인들의 심기를 쉬이 거스를 수 있었다. 그래서 검문소를 지날 때마다 아버지는 몸을 일으키려는 멕을 손으로 눌러 주저앉히면서 귓속말로 달랬고, 그러면 멕도 바닥에 가만히 몸을 웅크렸다. 멕이 소리 한 번 내지 않고 일어나겠다고 고집을 부리지도 않은 덕분에 검문소의 그 누구도 기적적으로 멕을 발견하지 못했다. 그렇게 아버지와 아저씨는 무사히 보스니아 국경을 넘어 수보티차에 당도했다.

그러는 사이 포위된 사라예보에서는 베바가 보스니아군에 징집되었다. 보스니아군은 하룻밤 새 세르비아군으로 탈바꿈한 유고 연방군의 학살로부터 도시를 수호하고 있었다. 한편, 베바의 아버지는 교전이 점차 격화되던 시기에 사라예보 외곽의 군 창고에서 근무하다가 전투가 시작되고 얼마 지나지 않아 보스니아인들에게 체포되었다. 두 해가 지나도록 베바의 가족들은 아버지로부터 아무런 소식도 들을 수 없었고 그의 생사조차 알 수 없었다.

우리 가족이 전부 뿔뿔이 흩어지는 동안 베바네 가족은 여전히 우리 집 건너편 아파트에 살고 있었다. 그 작은 아파트에서 베바는 자신의 여자친구, 어머니, 남동생, 그리고 애완견 돈과 함께 지냈다. 머지않아 식량은 바닥을 보였다. 포위된 도시에서는 기름 몇 방울 뿌린 빵 한 조각이면 진수성찬이었고, 대부분의 사람들에게 주어진 식량이라고는 날마다 매끼니 쌀 조금이 전부였다. 버려진 개들이 무리를 지어 도시를 어슬렁대면서 이따금 사람을 공격하거나 숨이 끊어진 지 얼마 안 된 사체를 물어뜯었다. 개를 애완하거나 먹이는 것은 의심을 살 만한 사치로 여겨졌지만 베바의 가족은 뭐든 먹을 것이 생기면 돈에게도 나눠주었다. 그렇게 가족들 모두 뼈 가죽만 남았다. 자주 아무것도 나눌 게 없는 상황이 왔고, 돈은 어쩐지 그런 곤경을 이해하고는 절대 보채지 않았다. 포탄이 쏟아지면 돈은 아파트 주변을 서성이며 쿵쿵거리고 냄새를 맡거나 끽끽대는 소리를 냈는데, 이러한 이상행동은 베바의 가족이 전부 한자리에 모여야만 멈추었다. 진정된 돈은 바닥에 누워서 가족들을 하나하나 찬찬히 쳐다보았다. 한 번씩 가족들이 "멕은 어딨니? 멕 어디로 갔어?" 하고 놀리려고 물어보면, 돈은 현관문 쪽으로 달려가 신나게 왈왈 짖으며 옛 친구를 떠올렸다.

오줌을 누이기 위해 돈을 데리고 밖에 나가면 베바나 그의 가족들은 세르비아 저격수들을 피해 고층 아파트 그늘에 가린 좁은 골목에 머물러야 했다. 아이들이 돈과 함께 놀았고, 돈은 아이들의 쓰다듬는 손길을 허락했다. 몇 주 만에 돈에게는 치명적인 포격의 임박을 미리 감지하는 신묘한 재주가 생겼다. 마구 짖어대며 초조한지 제자리에서 빙글빙글 돌다가 털이 곤두선 채로 베바 어머니의 어깨에 올라타서 그녀를 비롯한 모두가 건물 안으로 대피할 때까지 밀쳐대는 것이었다. 그러고 나면 눈 깜짝할 새 근처 어딘가에서 포탄이 떨어지기 시작했다.

마침내 아버지와 멕은 수보티차에 머물던 어머니를 다시 만났다. 어머니가 담낭 수술에서 충분히 회복되자 부모님은 그리 멀지 않은 노비사드로 이동했다. 그곳에 외삼촌이 방 하나 딸린 작은 아파트를 한 채 소유하고 있었고 부모님은 그곳에서 지내기로 했다. 그 아파트에 일 년 정도 머무르며 부모님은 캐나다 이민에 필요한 서류들을 준비했다. 아버지는 종종 드라간 아저씨의 건축회사를 통해 몇 주씩 헝가리로 일을 하러 갔다. 그럴 때면 늘 곁에 있는 멕과 이따금씩 찾아오는 크리스티나만이 어머니에게는 유일한 위안이었다. 어머니는 사라예보가 그리웠지만 보스니아에서 일어나고 있는 일들에 겁이 났고 텔레비전과 라디오에서 쏟아져 나오는 세르비아의 무분별한 선전에 굴욕감을 느꼈다. 어머니는 하루하루를 눈물로 보냈다. 멕이 그런 어머니의 무릎에 얼굴을 대고 촉촉한 강아지의 눈빛을 보내면 어머니는 자신의 유일한 친구에게 속내를 모두 털어놓았다. 어머니는 일생 동안 일군 전부를 잃었다는 사실과 대면하느라 매일같이 힘겨운 시간을 보내고 있었다. 이전 삶에서 남은 거라곤 이제 아름다운 아이리시 세터 한 마리가 전부였다.

노비사드의 방 한 칸짜리 아파트에는 보스니아에서 온―친구의 친구나 친척의 친척―난민들로 가득 들어찼다. 부모님은 그 불운한 사람들이 독일이나 프랑스, 혹은 그때나 지금이나 그네들을 반기지 않을 어딘가로 이주할 때까지 재워주었다. 사람들은 바닥에 이리저리 누워 잤고, 그런 사람들의 몸을 요리조리 피해 화장실로 향하는 어머니를 멕이 졸래졸래 따라다녔다. 멕은 난민들을 개의치 않았고 그들을 향해 짖는 법도 없었다. 아이들에게는 쓰다듬으라고 몸을 대주기도 했다.

젊은 수컷인 멕은 종종 다른 개들과 충돌하곤 했다. 한번은 어머니가 바깥에 데리고 나간 사이 성질 사나운 로트와일러 한 마리와 맞붙었다. 둘이 서로의 목덜미로 달려들려는 찰나, 지혜롭지 못하게 둘을 떼어놓으려던 어머니의 손을 로트와일러가 물어뜯었다. 다행히 그 자리에 함께 있던 동생이 어머니를 데리고 응급실로 향했지만 응급실에서는 상처를 전혀 치료해주지 않았다. 대신 반창고와 파상풍 주사를 판매하는 의사의 주소만 동생에게 알려주었다. 집으로 돌아오는 길에 어머니와 동생은 차비가 모자랐고, 택시 기사는 나머지 요금을 받으러 다음날 다시 찾아오겠다고 했다. 동생이 대뜸 다시 와도 소용없다고, 내일도 모레도 아니 언제라도 돈이 없을 거라고 말했다. (운전기사는 더는 고집부리지 않았다. 당시 세르비아의 일일 인

플레이션은 300퍼센트에 육박했고, 돈이 있다 해도 이튿날이면 휴지 조각으로 변하던 시기였다.) 그로부터 몇 년간 어머니는 손을 제대로 움직이지도, 무언가를 움켜쥐지도 못했다. 멕은 자기 구역에 들어온 로트와일러의 냄새만 맡아도 미친 듯이 흥분하곤 했다.

1993년 가을, 마침내 부모님과 동생은 캐나다 이민에 필요한 서류 일체와 항공권을 모두 마련했다. 친척과 친구들이 작별 인사를 나누기 위해 찾아와주었다. 모두가 다시는 서로 만나지 못하리라는 걸 알고 있었다. 장례식만큼이나 많은 눈물이 쏟아졌다. 무슨 일이 있다는 것을 눈치챈 멕은 어머니와 아버지가 제 시야에서 벗어나는 걸 용납하지 않았다. 마치 저를 떼놓고 어딘가로 떠날까봐 걱정이라도 하는 것 같았다. 멕은 유난히 치근덕거리며 틈만 나면 머리를 부모님의 무릎에 갖다 댔고 누울 때는 부모님의 정강이에 몸을 기댔다. 멕의 애정 공세에 마음이 흔들렸지만 아버지는 캐나다에 멕을 데려갈 생각이 없었다. 그곳에선 무슨 일이 기다리고 있을지, 어디에 살게 될지, 애완견은커녕 식구들이나 제대로 건사할 수 있을지 확신이 없었기 때문이다. 반면, 어머니는 멕을 두고 캐나다로 떠난다는 것은 상상할 수 없는 일이었다. 멕을 낯선 이들과 남겨두고 떠난다는 생각만으로도 눈물이 왈칵 쏟아졌다.

한편, 베바는 사라예보에서 결혼을 했고 우리 집 길 건너에 있던 아파트에서 나와 신혼집을 차렸다. 베바가 업무상 장기간 집을 비우는 일이 많았고 적십자사에서 일하던 그의 아내 역시 자주 집을 나와 있었기에 돈은 베바의 어머니와 남동생이 데리고 있었다. 적십자 직원들을 따라 보스니아 전쟁 포로수용소를 방문한 베바의 아내는 시아버지가 생존해 있다는 사실을 알게 되었다. 전쟁의 시작과 함께 베바의 아버지가 귀가하지 못하게 된 이래로 돈은―"아버지 어디 갔어?" 하는 물음에―그가 군복을 걸어두던 옷걸이를 향해 뛰어오르곤 했다. 전쟁이 끝나갈 무렵 블라도 삼촌은 포로수용소에서 풀려났지만 돈은 그와 재회하지 못했다.

나는 베바의 가족에 대한 소식을 간간이 전해들을 수 있었다. 보스니아 교전 지역을 왕래할 수 있었던 외국인 친구가 전달해주는 베바의 편지를 통해서나 외신 기자단에서 일하는 친구의 주선으로 야밤에 갑작스럽게 걸려오던 위성 전화를 통한 것이 전부였지만 말이다. 포위된 동안 대부분의 정규 전화선은 거의 먹통이었는데, 아주 가끔 연결이 되기도 해서 틈날 때마다 절친한 친구에게 전화를 걸어보곤 했다. 1994년 어느 늦은 밤, 나는 시카고에서 즉흥적으로 베바의 집에 전화를 걸었다. 사라예보는 아주 이른 아침이었지만 전화벨이 울리자마자 베바의 어머니가 전화를 받았다. 그러고는 갑자기 주체할 수 없는 울음을 터뜨리기에 나는 문득 베바가 죽었나 하는 생각을 했다. 어느 정도 진정이 된 베바의 어머니는 베바는 무사하다고, 그런데 누군가 독을 타서 돈을 죽였다고 했다. 밤새 헛구역질을 하고 노란 점액을 토해내며 엄청난 고통에 시달리던 돈은 내 전화가 걸려오기 직전에 숨을 거뒀다. 베바 역시 그 자리에 있었다. 돈의 소식을 듣자마자 베바는 한밤중에 신혼집에서부터 자전거를 타고 내달렸다. 당시 통행금지가 내린 시간이었기에 목숨을 걸고 달려온 베바는 제시간에 도착해 숨이 끊어져가는 돈을 안아줄 수 있었고, 나와 연결된 수화기를 붙들고 통곡했다. 나는 뭐라 해줄 말이 없었다. 포위 아래 살고 있는 친구들에게는 늘 어떠한 위로도 해줄 수 없었다. 베바는 돈을 담요로 감싸 안고 15층 계단을 내려가 돈이 제일 좋아하던 테니스공과 함께 아파트 뒤켠에 고이 묻어주었다.

멕이 없이는 어떻게도 어머니를 달랠 수 없다는 걸 깨달은 아버지는 결국 항복했다. 1993년 12월, 부모님과 여동생 크리스티나, 그리고 멕은 캐나다에 도착했고 나는 그들을 만나기 위해 서둘러 시카고를 떠났다. 캐나다 온타리오주 해밀턴에 위치한 아파트 15층, 세간도 거의 없는 집 안에 들어서자마자 멕이 나를 향해 달려와 꼬리를 흔들며 반가워했다. 거의 3년이나 보지 못했는데도 멕이 여전히 나를 기억한다는 사실이 놀라웠다. 그동안 사라예보 자아를 상당 부분 잃어버린 기분이었는데, 멕이 제 머리를 내 무릎에 갖다 대는 순간 잃고 지냈던 부분이 어느 정도 돌아온 것 같았다.

해밀턴에서 멕은 행복한 삶을 살았다. 어머니는 늘 멕에게 '운 좋은 녀석'이라고 했다. 멕은 2007년 17살의 나이로 세상을 떠났다. 우리 부모님은 다시는 강아지를 키울 생각을 하지 못할 것 같다. 대신 어머니는 요즘 앵무새 한 마리에 속마음을 털어놓곤 하는데, 멕의 이름이 나올 때마다 눈물을 흘린다.

베바는 1998년에 캐나다로 이주했다. 그는 현재 아내와 아이들과 몬트리올에 살고 있다. 몇 년간 다른 강아지를 키우는 걸 거부하던 베바는 카훌라라는 이름의 사랑스러운 허스키 믹스견을 새 가족으로 맞이했다. 내 동생은 지금 런던에 살고 있고, 역시 멕을 보낸 이후로는 강아지를 키우지 않는다. 나는 단 한순간도 애완견 없이 살아본 적 없는 여인과 결혼했고 우리는 빌리라는 이름의 로디지아 리지백과 함께 살고 있다.

나의 삶이라는 책

니콜라 콜제비치 교수의 손가락은 피아니스트처럼 가늘고 길었다. 지금은 문학 교수이지만—80년대 후반 사라예보 대학 재학 시절에 나는 그에게서 문학을 배웠다—학생 때는 학비를 벌기 위해 베오그라드에 있는 재즈 바에서 피아노를 쳤다. 서커스 오케스트라 공연단에서도 연주한 적 있다는 교수의 젊은 시절을 상상하면, 무대 끝자락에 놓인 피아노에 앉아 악보대에는 셰익스피어의 비극을 펼쳐놓고 손가락은 피아노 건반 위에 얹은 채 무대 위 사자들에게는 아랑곳하지 않고 광대의 입장을 기다리는 모습이었다.

시와 비평 과목 담당이었던 콜제비치 교수는 우리에게 비평적 관점에서 시를 읽도록 가르쳤다. 특히 신비평주의자 클리언스 브룩스

Cleanth Brooks[*]는 교수에게 수호성인과도 같은 존재였다. 수업에서 우리는 정치적 요소든 작가의 인생이든 텍스트 외부의 것은 모두 배제하고 오로지 문학 작품에 내재한 특성만을 분석하는 방법을 배웠다. 당시 대부분의 교수들이 지루한 학자 악령에 씌어 열정도 없이 심지어는 오만한 태도로 강의했고 특별히 우리에게 무언가를 기대하지도 않았다. 반면, 콜제비치 교수의 수업에서 우리는 크리스마스 선물을 열어보듯 시 보따리를 풀어헤쳤다. 철학과 꼭대기 층의 작고 무더운 교실은 문학적 발견을 통한 연대감으로 가득 차 있었다.

콜제비치 교수는 문학에 조예가 아주 깊었다. 종종 즉석에서 영어로 셰익스피어를 인용하는 모습에 깊은 감명을 받았고, 언젠가는 나도 그처럼 읽지 않은 책이 없고 인용도 자유자재로 할 수 있게 되길 바랐다. 교수는 에세이 작문도 가르쳤는데—내가 수강한 유일한 작문 수업이었다—수업에서 우리는 몽테뉴를 비롯한 다양한 고전 작가들의 에세이 작품을 읽고, 고상해 보이는 사상을 짜내보려고 나름대로 노력했지만 늘 대가들을 어설프게 모방하는 데서 그쳤다. 그러나 몽테뉴와 같은 세계에 속할 무언가를 우리도 써낼 수 있다고 믿는 교수의 막연한 기대만으로도 우리는 우쭐했었다. 마치 고귀하고 점잖은 문학의 세계에서 함께 어울리자는 사적인 초대를 받은 기분이었다.

---

[*] 20세기 중반, 미국 문학계에서 유행했던 신비평주의 계보의 대표적인 비평가.

하루는 콜제비치 교수가 자신의 딸이 다섯 살부터 쓰기 시작했다는 책에 관해 말해주었다. 그의 딸은 '나의 삶이라는 책'이라는 제목을 붙인 그 책을 여태 맨 첫 장밖에 쓰지 못했다고 했다. 제2장은 인생 경험을 좀 더 쌓은 뒤 집필할 예정이기 때문이라고 했을 때 우리는 한바탕 웃음을 터트렸다. 삶이라는 책의 앞부분에 살고 있던 우리 역시 머지않아 급속히 전개될 무시무시한 줄거리를 상상하지 못했다.

졸업 후 나는 그가 가르쳐준 것들과 독서로 정복 가능한 세계에 나를 인도해준 데 감사 인사를 전하려 전화를 걸었다. 경외하는 교수에게 직접 전화를 거는 일은 당돌한 행동이었지만 그는 귀찮아하지 않았다. 교수는 밀야츠카 강변을 따라 걷는 저녁 산책에 나를 초대했고, 우리는 동무처럼 대등한 입장이 되어 문학과 인생을 논했다. 걷는 내내 그가 내 어깨 위에 손을 얹고 있었고 내 키가 그보다 훨씬 컸기 때문에 그의 손가락은 갈고리처럼 내 어깨를 꽉 죄었다. 불편했지만 아무 말도 하지 않았다. 기분 좋게도 그가 교수와 학생 사이의 경계를 넘어왔고, 나는 그 친밀한 순간을 깨고 싶지 않았다.

그 산보 이후 얼마 지나지 않아 나는 나시다니 잡지사에서 편집자로 일하기 시작했다. 그 무렵 콜제비치 교수는 세르비아 민주당의 고위 당원이 되었다. 당시 맹렬한 민족주의 단체였던 세르비아 민주당을 이끌던 라도반 카라지치는 재능 없는 시인에 불과했지만 훗날 세계적인 전범 수배자 명단에 이름을 올린다. 세르비아 민주당의 기자회견에 참석한 나는 카라지치의 피해망상적이고 인종주의적인 아우성을 들었다. 늙은 사자의 갈기가 제멋대로 뻗친 것 같은 그의 커다란 정방형 두상이 우리의 시야에 갑자기 등장한 순간이었다. 그리고 카라지치 옆에는 콜제비치 교수가 있었다. 왜소하지만 근엄하고 학구적인 분위기를 풍기던 그는 팔꿈치에 스웨이드 패치를 덧댄 트위드 재킷을 입고 두툼한 안경을 쓴 얼굴 앞에 기도를 하려는 듯 혹은 박수를 치려는 듯 긴 손가락으로 성긴 손깍지를 끼고 있었다. 회견이 끝나고 예의상 인사를 건네기 위해 교수에게 다가간 나는 그래도 아직 책에 대한 애정만큼은 같겠지 하는 마음이었다. 그런 내게 교수는 "이 일에 관여하지 말라"며 "문학과 함께 있으라"고 충고했다.

세르비아인들의 보스니아 공격과 사라예보 포위가 시작된 1992년, 나는 공교롭게도 미국에 있었다. 시카고에서 안전을 보장받은 채 나는 로켓 공격을 받은 트럭에서 탈출하려는 남자의 무릎과 발목에 세르비아 저격수의 총알이 박히는 모습을 보았다. 신문과 잡지 1면에서 앙상하게 뼈만 남은 세르비아 수용소 포로들과 '저격수 골목*'을 내달리는 사람들의 얼굴에 서린 공포를 보았다. 누군가 일부러 놓은 끈덕진 화염 속에서 사라예보 도서관이 전소하는 장면도 지켜보았다.

나는 문학 교수와 (전혀 소질 없긴 했지만) 시인이라는 사람이 수

---

* 보스니아 내전 당시 사라예보의 한 대로에 붙여진 별칭으로, 거리 곳곳에 잠복한 세르비아인 저격수들이 시민들을 저격했기 때문에 붙은 이름이다.

십만 권의 책을 파괴한 장본인들이라는 지독한 아이러니에서 헤어날 수 없었다. 이따금 뉴스에는 카라지치 옆에 서 있는 콜제비치 교수의 모습이 얼핏 비쳤다. 그때마다 카라지치는 당시 일어나고 있던 일들을 "정당방위"로, 혹은 아예 없는 일로 만들면서 열심히 부인하고 있었다. 종종 콜제비치 교수가 기자들을 직접 상대하기도 했는데, 그는 수용소에서 자행된 조직적 강간에 대한 질문엔 조롱으로 답했고, 세르비아인들의 범죄 관련 의혹들은 모두 '내전' 중엔 어디서나 흔히 발생하는 안타까운 일이라며 피해갔다. 보스니아 전쟁을 취재하던 외국인 기자들에 관한 마르셀 오퓔스의 다큐멘터리 영화 〈우리가 목도한 문제들The Troubles We've Seen〉에서 — '세르비아의 셰익스피어'로 소개된 — 콜제비치 교수는 편향된 구절을 흠잡을 데 없는 영어로 늘어놓는다. 그러다 배경이 된 사라예보에 세르비아 포탄이 떨어지는 소리가 들리자 세르비아 정교회의 크리스마스 기념 의식 중에 나는 소리라고 둘러댄다. "예로부터 세르비아인들이 즐겨온 풍습이지요"라고 말하는 교수는 제 영특한 대답이 기특했는지 얼굴 가득 미소를 짓고 있었다. 이에 그를 인터뷰하던 BBC 기자가 말했다. "지금은 크리스마스도 아닌데요."

나는 콜제비치 교수에 점점 집착하게 되었다. 그의 살상 기질을 눈치챌 수도 있었을 최초의 순간이 언제인지 밝혀내기 위해 무진장 애를 썼다. 죄책감에 몸부림치며 — 나의 서가가 타버린 자리에 남은 — 잿더미를 파헤치듯 그의 수업과 그와의 대화를 곱씹었다. 에밀리 디킨슨부터 다닐로 키슈까지, 프로스트부터 톨스토이까지, 즐겨 읽었던 책들과 시집들을 **안 읽은 상태로,** 교수가 가르쳐준 독서법 또한 안 배운 상태로 되돌렸다. 나는 눈치챘어야 했고 더 주의를 기울였어야 했다. 꼼꼼히 읽기*에 경도되어 어리석었던 나는 가장 존경하는 은사가 엄청난 범죄 모의에 가담하고 있다는 사실을 짐작하지 못했다. 그러나 한번 일어난 일을 다시 되돌릴 수는 없다.

이제와 분명히 깨달은 건 내가 교수의 문학관보다 그의 악에 훨씬 큰 영향을 받았다는 사실이다. 나는 악을 피해 역사에서 한 걸음 물러나 예술의 품으로 숨을 수 있을 거라고 믿었던 소중한 내 젊은 날의 한 페이지를 찢어버렸고 완전히 없애버렸다. 아마도 콜제비치 교수의 영향인지 내 글은 부르주아의 헛소리에 대한 참을성 없는 짜증으로 가득 차 있고 떨쳐낼 수 없는 무력한 분노로 얼룩져 있었다.

전쟁이 끝나갈 무렵 카라지치의 총애를 잃은 콜제비치 교수는 권력의 중심에서 밀려난다. 이후 술로 세월을 보내던 그는 이따금 외신 기자들과의 인터뷰에서 세르비아인들, 특히 자신에게 가해지는 불의를 격양된 어조로 비판했다. 그러다 1997년, 그는 셰익스피어로 가득 찬 자신의 머리를 총으로 날려버린다. 방아쇠가 두 번이나 당겨졌던 이유는 분명 그의 기다란 손가락이 둔탁한 방아쇠 위에서 파르르 떨렸기 때문일 것이다.

---

* 신비평주의의 텍스트 분석 방법 중 하나로, 텍스트의 외부 요소들을 배제하고 텍스트 자체만을 깊이 탐구한다.

만보객의 삶

1997년 봄, 나는 지금 사는 시카고에서 출발해 내가 태어난 사라예보로 향하는 비행기에 몸을 실었다. 보스니아 헤르체고비나에서 일어난 전쟁이 끝나고 1년 반이 지나 첫 귀국이었다. 사라예보가 포위되기 불과 몇 달 전 나는 그곳을 떠나왔다. 이제 고국에 남은 가족은 없었고 (우리 부모님과 여동생은 캐나다에 살고 있었다) 내가 친할머니처럼 여겼던 조제피나 숙모만 남아 있었다. 막 대학을 졸업한 부모님은 1963년에 사라예보로 이주했고 조제피나 숙모와 그녀의 남편 마틴 삼촌이 사는 아파트 방 한 칸에 세를 들었다. 마린 드보르에 위치한 그 아파트 셋방에서 나를 임신했고, 그곳에서 나는 생애 첫 두 해를 보냈다. 당시 십대 자녀 둘을 키우고 있었던 숙모와 삼촌은 나를 친손자처럼 예뻐했다. 지금까지도 어머니는 그들 때문에 내가 버릇없어졌다고 생각한다. 부모님은 다른 지역으로 이사를 간 뒤에도 두어 해 동안은 매일같이 나를 끌고 그들을 찾아갔다. 전쟁이 우리의 일상을 산산조각내기 전까지 우리 가족은 늘 조제피나 숙모와 마틴 삼촌의 집에서 크리스마스를 보냈다. 우리는 매년 똑같은 의례를 치뤘다. 똑같이 정성스럽게 차린 고열량 음식으로 커다란 테이블을 가득 채웠고 똑같이 혀가 타들어 갈 것 같은 헤르체고비나산 와인에 똑같은 사람들이 모여 똑같은 농담과 담소를 주고받았다. 물론 돌쟁이 시절의 내가 저녁 목욕 전에 엉덩이를 내놓고 아장아장 복도를 활보했다는 이야기도 매년 빠지지 않았다.

포위전이 끝나갈 무렵 마틴 삼촌이 뇌졸중으로 세상을 떠났으니 1997년에는 조제피나 숙모 혼자 살고 있었다. 나는 도착하자마자 숙모를 찾아가 진탕 난장판이 되어버린 내 인생이 시작된 그 방에서 (그리고 아마 그 침대에서) 지냈다. 벽에는 포탄 파편과 총알이 지나간 흔적으로 구멍이 숭숭 나 있었다. 숙모의 아파트가 강 건너편에 자리를 잡았던 세르비아 저격수의 조준선 안에 정확히 걸려 있었던 것이다. 독실한 가톨릭 신자인 조제피나 숙모는 주변에 넘쳐나는 반증에도 불구하고 인간은 근본적으로 선하다는 믿음을 어떻게 해서인지 여태 간직하고 있었다. 그녀에 따르면 저격수도 원래는 선한 사람이었다는데, 그 이유는 자신과 남편의 머리 위로만 총질을 하다 지켜보고 있으니 집 안에서 너무 함부로 움직이지 말라고 경고도 해줬기 때문이랬다.

사라예보에 와서 처음 며칠은 별다른 일 없이 조제피나 숙모의

124

참혹하고 숙연해지는 포위전 경험담과 삼촌의 죽음에 대한 세세한 증언을 (삼촌이 어디에 앉아 있다가, 무슨 말을 하다가, 어떻게 털썩 주저앉았는지) 들었고 도시를 배회하고 다녔다. 나는 내가 미국으로 떠나온 1992년의 사라예보와 새로이 마주하게 된 사라예보를 맞춰보려고 노력했다. 그러나 포위전이 불러온 도시의 변화는 받아들이기 쉽지 않았다. 단순히 한 사물이 다른 사물로 바뀌는 것처럼 단순한 변화는 아니었기 때문이다. 모든 것이 내가 알던 것과 기가 막힐 정도로 달랐고, 모든 것이 예전과 기가 막힐 만큼 같았다. 우리 가족의 예전 셋방은 (그리고 아마 예전 침대는) 그대로였다. 건물들도 같은 위치에 서 있었다. 다리들도 같은 지점에서 강을 가로지르고 있었다. 거리도 예전과 다름없이 복잡하지만 익숙한 논리로 뻗어 있었다. 도시의 배치는 변한 것 없이 그대로였다. 그러나 셋방에는 포위전의 상흔이 남았다. 건물들은 포탄과 유산탄에 맞아 훼손되거나 붕괴 직전의 벽으로만 서 있었다. 최전선으로 쓰였던 강을 가로지르는 다리들은 일부 파괴되었고, 그 주변도 상당히 무너졌다. 박격포가 떨어진 거리 곳곳에 균열이 생겼고, 한 예술 단체는 포격 지점에 생긴 작은 함지로부터 뻗어 나온 균열선을 붉은색 페인트로 메웠다. 놀랍게도 사라예보인들은 그걸 '장미꽃'이라고 불렀다.

나는 도시 중심부에 내가 사랑했던 장소들을 전부 가본 뒤, 도시 외곽의 언덕 높이 비좁게 난 길들을 배회하고 다녔다. 언덕 아래로는 경계 없는 지뢰밭에 푸르른 신록의 세계가 펼쳐졌다. 아무 건물이나 골라 들어가 복도나 지하실 냄새를 맡아보기도 했다. 가죽 가방, 오래된 잡지, 축축한 석탄 가루의 익숙한 내음 말고도 오물과 고된 삶의 냄새가 풍겼다. 포위전 당시 사람들은 자기 집 지하실을 대피소 삼아 포격을 피했다. 나는 한가로이 카페를 떠돌며 커피를 마시기도 했고, 전쟁 전에 기억하던 맛과는 다른 커피 맛을 느꼈다. 커피에서는 이제 옥수수 탄 맛이 났다. 보스니아인으로 미국 시카고에 살면서 이미 일종의 실향을 경험한 바 있었지만, 이건 또 다른 경험이었다. 나는 한때 나의 고향이었던 곳에서 실향을 느끼고 있었다. 나를 둘러싼 사라예보의 모든 것들이 고통스러울 정도로 익숙하면서 동시에 너무나 낯설고 멀게만 느껴졌다.

하루는 근심에 싸여 정처 없이 걷다가 전쟁 전에는 '유고 연방군의 길'이라 불렸고 이제는 '사라예보 수호자의 거리'라 불리는 길을 따라 내려갔다. 사회주의가 양양했던 시절부터 노동대학이라고—지금은 퍽이나 구시대적으로 들리게—불리던 곳을 지나는 순간, 나는 무언가에 홀린 듯 고개를 돌려 어깨너머로 대학교 입구의 기다란 통로를 쳐다보았다. 내 의지로 돌아본 게 아니었다. 고개를 돌린 건 내 몸이었고, 그사이 내 정신은 앞으로 몇 발짝 더 나아가는 중이었다. 참을성 없는 행인들의 보행을 방해해가며 구시대의 노동대학 앞에 한참을 멍하니 서 있다가 나를 돌려세운 무언가의 정체를 깨달았다. 노동대학 안에는 (전쟁이 일어나기 두어 해 전에 문을 닫은) 영화관이 있었고, 그 시절 나는 그곳을 지날 때마다 영화 포스터와 상영

시간표를 붙여놓은 안내판을 들여다보곤 했었다. 육체에 남은 몇 가닥, 빛바랜 기억으로부터 상영 영화를 확인하려고 돌아보던 과거의 행동을 소환해낸 건 내 몸이었다. 그 제기랄 놈이 마치 깊은 바다에 던져졌을 때 수영하는 법을 소환하는 것처럼 신작 영화 포스터라는 도회적 자극에 반응하도록 훈련된 기억을 불러냈다. 그 무의식적인 돌아보기에 이어 내 정신은 프루스트풍의* 진부한 기억들로 가득 찼다. 옛날 옛적에 사라예보의 노동대학 영화관에서 세르조 레오네 감독의 〈원스 어폰 어 타임 인 아메리카Once Upon a Time in America〉를 보았다. 그리고 지금의 나는 그 영화관의 바닥 청소에 쓰이던 톡 쏘는 소독약 냄새를 기억한다. 끈적한 인조 가죽 좌석에 들러붙은 내 몸을 떼어내던 감촉을 기억한다. 상영관 장막이 열리면서 덜거덩거리던 소리를 기억한다.

1992년 1월 24일, 나는 사라예보를 떠나 미국에 갔다. 그때는 내가 돌이킬 수 없이 실향민이 되어 고향을 찾게 되리라고는 생각도 못했다. 당시 스물일곱(하고도 반)살이었던 나는 다른 곳에서 살아본 적도 그리고 싶은 마음도 없었다. 미국으로 떠나기 전 몇 해 동안은 기자로 일했다. 내 소속은 과거 평화로운 사회주의 유고슬라비아에서 이른바 '청년언론'이라 불리던 기자단으로, 티토의 일당제 정

---

* 프랑스 소설가 마르셀 프루스트의 문체에 착안하여 '복잡하고 상세한 회상'을 의미한다.

부가 감압실에서 키워낸 주류 언론에 비하면 통제가 덜한 편이었다. 내 마지막 유급직은 나시다니 잡지사에서 문화면을 편집하는 일이었다. (전쟁 전에는 **문화** 영역이 날로 혐오스러워지는 정치계로부터 피난처가 되어주는 느낌이었다. 그러나 이제는 **문화**라는 단어를 들으면 흔히 헤르만 괴링Hermann Göring*의 발언이 떠오른다. "**문화**라는 말을 들으면 권총에 손이 간다.") 나는 영화 평론을 썼지만 〈사라예보 리퍼블리카〉라는 칼럼으로 훨씬 더 유명했다. 칼럼의 제목은 지중해의—두브로브니크나 베니스 같은—르네상스 도시 국가들뿐 아니라 '코소보 공화국Kosovo Republika'이라는 슬로건을 암시하려는 의도로 지었다. 코소보 거리의 벽에 슬로건을 새겼던 '민족통일주의자들'은 코소보가 유고 연방 내에서 공화국의 지위를 획득하고, 세르비아의 '자치주'라는 기존 지위에서 탈피하여 완전한 자주 국가로 거듭나길 바라는 사람들이었다. 그러니까 말하자면 나는 사라예보의 과격분자였다. 난해한 사라예보 은어로 거만하게 가득 채운 칼럼을 통해 도시 전설을 재창조하고 찬미함으로써 사라예보만의 독특함과 고유한 자주 정신을 내세우기 시작했다. 내가 발표한 첫 칼럼은 (굽지 않고) 요리한 보스니아 전통 음식을 파는 아시치니차 식당에 관한 것이었다. 사라예보 토박이인 하지바이리치 가문이 150년간 운영해 온 아시치니차 식당에 관한 놀라운 전설이 하나 있다. 1970년대 정부가 보조하고

---

* 독일 나치당의 군인이자 정치인.

리차드 버튼이 티토로 열연한 제2차 세계대전 배경의 영화 〈수체스카의 전투The Battle of Sutjeska〉의 촬영 당시 엘리자베스 테일러의 까다로운 입맛을 만족시키기 위해 유고 연방군의 헬기가 보스니아 동부 깊은 산지에 자리한 세트장까지 '아시치니차의 부레지치buredžici*'를 몇 번이나 공수해갔다는 것이다. 오늘날까지도 많은 사라예보인들이 보랏빛 눈동자**의 엉덩이를 살찌우는 데 사라예보가 일부 기여했을지 모른다는 사실에 매우 뿌듯해한다.

　다음 칼럼은 사라예보의 바로크 양식 은어에 담긴 철학을 주제로, 그 다음엔 도시 전설 (재)창조에 필수적이라고 믿었기에 카프나에서 매일 같이 시도했던 무궁무진한 시간낭비성 전략들에 대해, 그런 다음엔 습관성 패배자들과 하류인생, 그리고 멋쟁이 증명이 필요한 젊은 도시인들이 자주 들락거렸던 빙고장에 대한 칼럼을 썼다. 또 다른 칼럼은 도시의 심장부를 관통하는 주요 보행로인 (사회주의의 몰락기부터는 페르하디야라 불리던) 바세미스키나에 관한 것이었다. 구시가부터 도심까지 죽 뻗은 이 길을 나는 도시의 동맥이라 지칭했다. 많은 사라예보인들이 적어도 하루에 두 번은 이 길을 따라 산책했고, 그 덕분에 도회의 인파가 순환되었기 때문이다. 바세미스키나에 자리한 수많은 카파나 가운데 하나를 골라 커피 한 잔 마실 정도의 시간만 앉아 있으면 온 도시의 행렬이 눈앞에 펼쳐진다. 90년대

---

* 사워크림을 끼얹은 미트파이.
** 보라색 눈동자로 유명한 엘리자베스 테일러의 별명.

초에는 바세미스키나에 터를 잡은 불법 행상들이 재봉틀 바늘부터 스크루 드라이버나 러시아어 ─세르비아어─크로아티아어 사전까지 와해된 사회주의가 남긴 싸구려 잔해들을 내다 팔았다. 지금 보니 해적판 DVD와 중국산 플라스틱 장난감, 허브치료제나 기적적인 섹스보조기구와 같은 제3세계 자본주의의 쓰레기가 전부다.

거리 전문 칼럼니스트라 자칭하며 소재를 찾아 도시 전체를 훑고 다니던 나는 사라예보의 구석구석을 익히고 아이디어를 짜냈다. 그 때도 이 말을 썼는지 기억나진 않지만 지금은 그 시절의 내 젊은 자아를 보들레르*의 만보객으로 자꾸만 상상하게 된다. 어디에나 존재하길 바라면서 특별히 아무 데도 존재하지 않고 단지 도시를 배회하는 것만으로 도시와 소통하던 그런 사람이었다. 이야기와 역사로 점철된 작은 도시─여전히 그렇지만─사라예보에는 내가 알고 또 사랑했던 사람들이 넘쳐난다. 제대로 골라 들어간 카파나의 테라스에 앉아 있거나 거리를 돌아다니면 왠만한 지인들은 전부 관찰할 수 있는 그런 곳이었다. 바세미스키나의 어귀나 언덕을 타고 비좁게 난 이름 모를 길을 조사하고 다니던 내 머리는 완벽한 표현들로 넘쳐났고 드물진 않지만 여전히 신비롭게 순전한 열의가 내 몸을 사로잡았다. 내 눈 앞에 펼쳐진 도시는 달아오른 내 정신뿐만 아니라 신체까지도 배회하고 다녔다. 아마 뇌졸중을 부르는 수준에 달했던 카페인

---

* 프랑스의 시인이자 비평가.

섭취량의 영향도 있었을 것이다. 보들레르에게 와인과 아편이 있었다면 내게는 커피와 담배가 있었다.

1997년의 내가 그랬던 것처럼 과거 사라예보의 나도 그저 복도에서 나는 냄새를 맡기 위해 건물에 들어가곤 했다. 지난 한두 세기에 걸쳐 수많은 신발 밑창에 닳고 닳아 뭉툭해진 돌계단의 가장자리를 관찰했다. 경기가 없는 날이라 텅 빈 젤리오 축구 경기장에 들어가—평생회원 시즌 티켓을 보유한—은퇴자들이 축구장 벽을 따라 빙빙 돌면서 지난날의 비통했던 패배와 믿기 어려운 승리를 회상하며 향수에 잠기는 것을 엿듣기도 했다. 나는 평생을 알고 지냈던 장소들을 다시 찾아가 그곳들을 낯설게 경험함으로써 그동안은 지나친 익숙함에 흐릿해진 세세한 경계들을 포착했다. 얼굴들, 냄새들, 광경들, 그 모든 감각을 한데 모아 사라예보라는 구조와 면면을 나의 내면에 완전하게 건축해냈다. 서서히 나는 나의 내면세계를 외면세계로부터 분리할 수 없다는 걸 깨달았다. 물리적으로나 형이상적으로나 나는 **정착**해 있었다. 만일 골목길에 서서 오스트리아-헝가리제국의 전형적인 건축 양식인 프리즈* 장식을 올려다보고 있거나, 공원의 외딴 벤치에 앉아 미적거리며 공 물어오는 개들이나 사랑을 나누는 연인들을 쳐다보고 있는—자못 염려스러운 행동을 하고 있는—나를 발견한다면 내 친구들은 그저, 또 칼럼을 구상 중이구나,

---

* 건축물의 겉면이나 실내면에 띠 모양으로 붙이는 장식물.

했을 것이다. 십중팔구, 나는 그러는 중이었다.

거창한 계획에도 불구하고 내가 〈사라예보 리퍼블리카〉 칼럼을 예닐곱 편밖에 쓰지 못했을 때 나시다니는 자연스레 재정 위기에 봉착했다. 유고슬라비아가 해체되는 상황에서 우리 잡지사의 소멸은 큰 이목을 끌지 못했다. 1991년 여름, 이웃한 크로아티아에서 벌어진 일련의 사건들이 악화되어 본격적인 전쟁으로 급속히 확산되었고, 군이 비밀리에 부대와 무기를 세르비아계 주민이 과반수인 보스니아 지방에 배치하고 있다는 소문이 파다하게 퍼졌다. 사라예보의 일간지 〈오슬로보제네Oslobodjenje〉는, 보스니아 헤르체고비나가 군부대를 재배치하려는 군사 계획을 입수해 보도했고, 이는 전쟁의 임박을 여실히 보여주는 증거였지만 군은 해당 계획을 강력히 부인했다.

뻔한 전쟁의 가능성을 부정한 건 군 대변인들만이 아니었다. 비록 의도는 다를지라도 사라예보의 도회인들조차 그 분명한 걸 외면하느라 여념이 없었다. 1991년 여름은 파티와 섹스와 약물로 넘쳐났다. 웃음소리는 병적이었고, 거리는 낮이나 밤이나 인파로 가득 찼다. 피할 수 없는 재앙이 자아낸 고혹한 분위기에 휩싸여 도시는 그 어느 때보다 아름답게 빛났다. 그러나 절망스럽게도 이른 9월 무렵부터는 그 다단한 부정 작전이 막을 내리고 있었다. 거리를 배회할 때면 어느 건물에 저격수가 자리 잡기 좋을지, 염려될 만큼 자주 관찰하고 다녔다. 포화 속에 몸을 웅크리는 내 모습을 상상하면서도 이러한 상상을, 어딜가나 전쟁 도발 중인 정치권에서 받은 스트레스의 피해망상 증상으로만 여기고 대수롭지 않게 넘겼다. 이제야 돌이켜 생각해보니 젊은이들이 질병의 증상을 상상할 순 있어도 죽음까지 떠올리기는 어렵듯 그때의 나 역시 총력으로 펼쳐지는 **전쟁**까지는 떠올릴 수 없었기에 전시의 **상황들**을 상상하고 있던 거였다. 삶은 너무나 연속적이고 부정할 수 없는 강렬한 현재처럼 보였다.

오늘날의 사라예보에서는 죽음이 상상하기도 너무 쉽고 연속적이며 부정할 수 없는 현재가 되었다. 하지만 그 시절의—아름다운 불멸의 존재, 파괴할 수 없는 도회 정신의 공화국—사라예보는 내 안에도 밖에도 완전하게 살아 있었다. 사라예보라는 지울 수 없는 감각적 실재와 도시가 가진 구체성이 전쟁의 추상성에 맞서 저항하고 있는 것처럼 보였다. 허나 이제 실재하는 모든 것들 가운데 가장 구체적인 것이 전쟁임을 배웠다. 전쟁은 내면과 외면을 전부 무너뜨려 영혼을 판판하게 짓밟을 수 있는 환상적인 현실 그 자체다.

1991년의 어느 초여름 날, 나는 사라예보에 위치한 미국 문화원에 면접을 보러 갔다. 지금은 사라진—문화 애호가로 위장한 스파이 단체였으면 했던—미 공보부가 문화 교류의 일환으로 운영한 국제 방문 프로그램의 적격 여부를 판단하는 자리였다. 물론 초청 대상이 된 것만으로도 뿌듯한 일이었다. 내 젊은 날엔 사라예보에서 미국 문화를 피하려면 눈과 귀와 입을 막는 것도 모자라 혼수상태로 살아야 했을 정도였기 때문이다. 고등학교를 졸업한 1983년에 가장 좋아하는 영화를 대라면 나는 언제나 코폴라 감독의 〈지옥의 묵시록Apocalypse Now〉을 꼽았다. 패티 스미스, 텔레비전, 토킹 헤즈를 숭배했고 내게는 CBGB*가 독실한 종교인들의 예루살렘 같은 성지였다. 홀든 콜필드**의 (번역된) 말씨를 종종 따라했으며 아무것도 모르는 아버지를 꼬드겨 생일 선물로 찰스 부코스키의 소설책을 받아냈다. 대학을 졸업할 때쯤인 1990년에는 〈그의 연인 프라이데이His Girl Friday〉의 (이상한 발음으로) 대화 일부를 여동생과 연기했고 영화감독 브라이언 드 팔마의 천재성을 인정하지 못하는 사람들에게는 화를 냈다. 퍼블릭 에너미의 성난 욕설이 담긴 랩을 따라 할 수 있었으며 소닉 유스와 스완스의 음악을 귀에 딱지가 앉도록 들었다. 번역본으로 나온 미국 단편 문학 선집들을 경건한 마음으로 읽기도 했는데, 주로 존 바스와 도널드 바셀미의 작품들이 장악한 선집이었다. 바스의 유명한 에세이를 아직 제대로 읽어 보진 못했지만 그가 고안한 '고갈의 문학'이라는 개념은 정말 멋지다고 생각한다. 브렛 이스턴 엘리스Bret Easton Ellis와 상업 자본주의에 관한 에세이도 한 편 쓴 적이 있다.

나는 문화원을 관장한다는 남자와 이런저런 (주로 저런) 잡담을

---

* 미국 맨해튼 이스트 빌리지에서 1973년부터 2006년까지 운영된 음악 클럽. 패티 스미스, 텔레비전, 토킹 헤즈 등 펑크록과 뉴웨이브 밴드들이 공연하던 곳이다.
** 제롬 데이비드 샐린저의 소설 《호밀밭의 파수꾼》의 주인공.

나눈 뒤 집으로 돌아갔다. 그러나 미국 방문이 성사되리라는 기대도 없었고, 더군다나 그 남자가 실제로는 나를 평가하고 있다는 사실조차 알아채지 못했다. 미국 문화에 대한 동경에도 불구하고 직접 방문하는 것에는 그다지 크게 관심을 두지 않았다. 한동안 케루악처럼 미국 전역을 방랑하고 다니면 좋겠다는 생각은 했지만 특별히 사라예보를 떠나고 싶은 마음은 없었다. 나는 사라예보를 사랑했다. 내 아이들과 손주들에게 사라예보에 관한 이야기를 들려주고 싶었고 사라예보에서 늙어 그곳에 묻힐 생각이었다. 그 무렵 불규칙하나 열정적인 관계를 이어오던 나의 어린 연인은 사라예보를 떠나 외국으로 이주하기 위해 열심히 노력 중이었는데, 그녀는 자신이 여기 속하지 않는 느낌이라고 했다. 이에 나는 아마 영화나 어딘가에서 들은 말을 인용해 말했다. "문제는 네가 어디 속하느냐가 아니라, 무엇이 네게 속해 있냐는 거야." 그때 내 나이 스물일곱(하고도 반) 살이었고 사라예보는 내게 속해 있었다.

그 여름날의 한담을 거의 까맣게 잊고 지내다가 그해 12월 초 미국 문화원으로부터 한 달간 미국에 초청되었다는 전화를 받았다. 당시 맹렬한 전쟁 도발에 지쳐 있던 나는 초청을 받아들였다. 잠시 떠나 있다 보면 심적으로 조금은 안정되리라는 생각이었다. 한 달가량 미국을 돌아본 뒤 사라예보로 돌아오기 전에는 시카고에 사는 옛 친구를 만나 볼 계획도 세웠다. 1992년 3월 14일, 나는 시카고 오하라O'Hare 공항에 도착했다. 하늘이 광활히 맑고 화창했던 날로 기억한다. 공항을 빠져나오는 길에 난생처음으로 시카고의 스카이라인을 보았다. 저 멀리 거대하고 기하학적인 도시는 푸르른 창공의 역광 속에 어둑한 에메랄드빛을 내뿜고 있었다.

한편, 같은 시각 유고 연방군 부대는 보스니아 전역에 완전한 배치를 마치고 과거에는 부정했던 군사 작전을 수행해나갔다. 세르비아계 무장 단체들은 학살을 자행하느라 정신없었다. 사라예보 거리 곳곳에 바리케이드가 쳐졌고 무작위 총성이 난무했다. 4월 초, 보스니아 의회 건물 앞에서 평화 시위를 펼치던 이들이 카라지치 저격수들의 표적이 되었다. 두 명의 여성 시위자가 총에 맞아 죽은 베르반야 다리가 조제피나 숙모의 집에서 불과 100미터 밖에 떨어져 있지 않으니, 내가 수정된 방의 벽을 난도질한 그 선한 저격수의 짓이 아닌가 하는 생각이 들기도 한다. 사라예보 외곽의 산지에는 이미 무르익을 대로 익은 전쟁이 맹위를 떨치고 있었지만 도시의 심장부에 사는 사람들은 여전히 전쟁이 도시까지 미치기 전에 어찌어찌 종결될 거라고 믿는 듯했다. 시카고에서 걱정되어 묻는 나의 질문에 어머니는 "벌써 어제보다 총소리가 덜하다"며 전쟁이 무슨 지나가는 소나기인 양 대답했다.

그러나 아버지는 내게 계속 밖에 있으라고 충고했다. 집에 돌아와 봐야 좋을 일 하나 없다고도 덧붙였다. 나는 5월 1일 시카고발 귀국편 비행기에 오를 예정이었지만, 사라예보의 상황이 더 악화되자 가족과 친구들의 생사를 둘러싼 두려움과 죄책감 사이에서 갈피를 잡지 못했고, 당시에도 그 이전에도 상상하기 힘들었던 미국에서의 내 미래를 걱정하느라 밤잠을 설쳤다. 나는 양심의 소리와 싸웠다. '네가 진정 〈사라예보 리퍼블리카〉라는 칼럼의 저자라면 집으로 돌아가서 전멸 작전에 맞서고 도시와 그 정신을 수호해야 한다.'

그렇게 무던히도 양심과 싸우며 마치 걷는 것만으로 양심적 불안을 떨쳐낼 수 있을 것처럼 시카고 거리를 한없이 헤매었다. 보고 싶은 영화를 하나 골라서—영화비평가 시절의 버릇이기도 했고 주의도 돌릴 겸—친구의 도움을 받아 상영관을 찾아다니기도 했다. 당시 머물던 우크라이나빌리지에서 대중교통을 이용해 극장에 도착하면 표를 사고 남은 두어 시간은 극장 주변을 빙빙 돌며 방랑했다. 나의 첫 번째 여정은 부촌인 골드코스트의 오크 스트리트에 위치한 (이제는 영화관이 아닌) 에스콰이어Esquire로 향하는 것이었다. 내게는 에스콰이어가 플리머스의 바위Plymouth Rock* 인 셈이다. 그때 본 영화가 마이클 앱티드 감독의 〈붉은 사슴비Thunder Heart〉로 발 킬머가 미국 원주민 혼혈 FBI 요원으로 분해 인디언 보호구역에서 일어난 사건을 수사하는 과정에서 어쩌다 자신의 과거와 혈통을 받아들이게 된다는 내용이었다. 자세한 내용이 생각나지는 않지만 들리는 것처

---

* 영국의 종교 박해를 피하려던 청교도를 태우고 런던에서 출발한 '메이플라워호'가 1620년에 미국 플리머스(현 매사추세츠주)에 처음 상륙했을 때 최초로 밟았다고 전해지는 바위.

럼 그다지 좋은 영화는 아니었던 걸로 기억한다. 골드코스트에서의 나의 첫 방랑도 세세하게 기억나지는 않는데 등교 첫날의 기억이 학교에 대한 전체 기억에 묻히듯 그날 역시 다른 방랑의 나날들과 섞여 구별이 힘들어졌다.

이후로도 나는 시카고 전역에 있는 영화관을 찾아다니며 그 주변을 빙빙 배회했다. 이른바 나쁜 동네에서는 나쁜 영화도 더 많이 보게 되었지만 그것 말고 특별히 더 나쁜 일을 당하지는 않았다. 그런 동네를 돌아다니려 하는 사람은 많지 않았고, 내가 걸을 공간은 늘 넘쳐났다. 영화를 볼 돈이 없을 때는—당시 내 주요 수입원은 과거 내 친구들과 그들의 친구들에게 가르쳐주곤 했던 프리퍼런스 카드게임이었다—위커 파크, 벅타운, (솔 벨로Saul Bellow의 유년 시절 고향인) 홈볼트 파크와 같이 영화관은 없지만 우크라이나 빌리지에서 가깝고 갱들이 들끓는다며 조심하라는 주의를 듣곤 했던 동네들을 탐험했다.

나는 멈출 수 없었다. 고뇌에 찬 만보객은 걸을 수밖에 없었다. 아킬레스건이 아리고 머릿속에는 공포와 사라예보를 향한 그리움이 가득 찰 때까지 걷고 또 걷다가 마침내 미국에 남자는 쪽을 체념하듯 받아들였다. 5월 1일, 나는 집으로 향하는 비행기에 오르지 않았다. 5월 2일에는 사라예보로 가는 도로들이 전부 폐쇄되었고 (우리 부모님을 태운) 마지막 사라예보발 열차가 출발했으며 현대 역사상 가장 긴 포위전이 시작되었다. 시카고에서 나는 정치적 망명 신청서를 제출했다. 이제 남은 거라곤 내 남은 인생뿐이었다.

보행 탐사를 통해 시카고에 점차 익숙해지기는 했지만 아직 도시를 잘 **안다**고는 할 수 없었다. 도시에 나를 안착시킬만큼 충분히 몸소 체험하지 못했다. 시카고에 **존재**하는 법을 아직 몰랐기에 나는 형이상적으로도 온전하지 못했다. 미국의 도시 시카고는 사라예보와는 근본적으로 구조 자체가 달랐다. (몇 년 후 나는 당시의 시카고에서 느꼈던 내 감정을 완벽하게 압축해놓은 벨로의 문구를 발견했다. "시카고는 아무 곳도 아니었다. 정해진 장소가 아니었다. 그저 미국이라는 공간을 향해 방출된 무언가일 뿐이었다.") 경험을 공유했고 또 공유할 수 있을 익숙한 얼굴들로 가득 찬 사라예보의 도시 풍광에 비하면, 내가 이해하려고 애쓰던 시카고는 익명을 좇는 일들로만 채워진 암흑한 곳이었다.

사라예보에서 나는 나만의 인프라를 갖추고 있었다. 내 카페나, 내 이발소, 내 정육점, 거리에는 나를 알아보는 사람들, 나라는 사람을 규정하는 공간들, (축구를 하다 넘어져 팔이 부러졌던 지점, 옛사랑들 가운데 처음이었던 사랑을 만나려고 기다리던 골목 어귀, 그녀와 첫 키스한 벤치와 같은) 내 삶의 지형들. 익명의 추구는 불가능에 가까웠고, 사생활은 말 그대로 불가해했으며 (보스니아어 사전에 '사생활'이라는 말은 없다), 사라예보의 지인들은 내가 그들을 아는 것만큼이나 나를 잘 알고 있었다. 내면과 외면의 경계는 사실상 부재했다. 어쩌다 내가 사라진대도 사라예보의 지인들이 공통의 기억을 한데 모아 나라는 사람을 재건해낼 테고, 소문은 수년에 걸쳐 쌓이고 또 쌓일 것이다. 내가 누구라는 감각, 자아의 가장 심오한 정체성은 인간관계망에서의 내 위치에 따라 결정되었고, 그 인간관계망의 물리적 필연의 결과가 도시라는 구조물이었다. 반면, 시카고는 사람들을 한데 모으기 위함이 아니라 서로 안전거리를 두고 떨어져 살기 위해 만든 도시였다. 규모와 힘과 사생활 보호라는 욕구를 주요 치수로 하여 건축한 도시처럼 보였다. 거대하기 그지없는 도시는 자유와 고립의, 자립과 이기의, 프라이버시와 고독의 구분을 외면했다. 시카고 안에는 내 자아가 위치할 인간관계망이 없었다. 내 안에 존재하던 나의 도시 사라예보는 포위와 파멸의 위기에 놓여 있었다. 나는 물리적 실향과 형이상적 실향을 동시에 겪고 있었다. 그러나 아무 데도 살지 않을 순 없다. 나는 그저 시카고에서도 갖게 되길 바랐다, 사라예보에서 가졌던 내 영혼의 지형도를.

걷기가 필요했던 것만큼이나 아니 어쩌면 더욱 긴급하게 나에게는 적당한 벌이의 일자리가 필요했다. 그러나 그동안 쌓아온 어떠한 경험도 미국에서 구직하는 데 도움이 되지 않았다. 드 팔마의 전작들이나 고갈의 문학에도 급하게 일자리를 찾는 법에 대한 조언은 없었다. 불법적이고 최저 임금 미달에, 심지어는 타인의 사회보장 번호까지 요구했던 몇몇 일자리들(엿 먹어, 애리조나!)*을 거친 뒤 취업허가를 받고 포화 상태인 최저 임금 노동 시장에 진출했다. 나는 문

---

* 미국의 사회보장국이 애리조나주에 소재해 있다.

지기나 바텐더를 찾는 레스토랑 매니저들과 일용직 알선 회사 직원들의 구미에 맞춰 일부 거짓을 담은 방대한 과거사를 창조해냈고, 그 세계의 중심에는 미국 문화와의 친숙함이 자리했다. 그러나 정작 고용주들은 눈곱만큼도 관심이 없었다. 내가 (1) 미국 영화에 대해 장황하게 떠들면 제일 하찮은 일자리조차도 얻기 어렵다는 것과 (2) "전화 드릴게요!"는 그냥 하는 말이라는 사실을 깨닫는 데까지 몇 주가 걸렸다.

나의 합법적인 첫 직업은 집집마다 돌아다니며 그린피스Greenpeace의 지지를 호소하는 호별 방문원 일이었는데, 태생적으로 그린피스는 부적응자에게도 열려 있는 단체였다. 구직 문의를 위해 처음 그린피스 사무실에 전화를 걸었을 때만 해도 나는 어떤 일인지는 고사하고 **호별 방문**이라는 단어의 뜻조차 몰랐다. 당연히 나로서는 관사는 매번 빠트리고 외국인 억양이 짙게 묻어나는 부족한 영어로 미국인들과 그들의 문간에 서서 말을 섞는 게 두려웠지만, 집과 집을 오가는 동안의 자유로운 보행에는 목말라 있었다. 그렇게 1992년 초여름부터 나는 뚜렷한 특징 없이 따분하지만 의기양양한 서부 교외 지역(샴버그, 네이퍼빌)과 웬만한 병원 크기의 저택에 자동차들이 떼로 주차된 대궐 같은 차고가 딸린 북부 해안 지방의 부촌들(윌멧, 위네트카, 레이크 포리스트), 그리고 나를 집안까지 들여 눅눅한 트윙키를 대접해주던 노동자 계층이 사는 남부 지역(블루 아일랜드, 파크 포리스트)에서 호별 방문원으로 일하게 되었다. 머지않아 나는 그 집

잔디의 상태와 우편함에 꽂힌 잡지들, 자동차의 브랜드(볼보를 타면 진보적이다)만 보고도 해당 가정의 연소득과 정치적 성향을 짐작할 수 있게 되었다. 나는 보스니아와 유고슬라비아에 관한 질문과 이들 국가와 체코슬로바키아 간의 있지도 않은 관계에 관한 질문을 참아낼 수 있도록 중무장했다. 스타 트렉 정신에 관한 강좌 내내 미소를 잃지 않았고 차분하게 "네, 사라예보에서도 경이로운 피자와 텔레비전을 가질 수 있었습니다"라고 확인시켜주었다. 포르쉐를 산 지 얼마 안 돼서 돈이 한 푼도 없다고 양해를 구하던 청년에게는 미소로 화답했다. 부드러운 말씨의 천주교 신부의 집에 들어가 레모네이드 한 잔을 마시는 동안에는 신부의 젊고 아름다운 남자친구가 술에 취해 따분한 표정을 짓고 있었다. 한 사내가 자신의 총과 그걸 쓰겠다는 의지를 보여주었을 때는 알폰스 무하의 인쇄 작품이 벽에 걸린 이웃 부부의 집으로 피신했다. 한 무리의 배 나온 대머리 오토바이 운전자들과 헬멧 착용 규정을 논의하기도 했는데, 그들 가운데 일부는 베트남에서 조국을 위해 싸웠으니 고국의 고속도로에서 머리통이 깨질 자유도 있다고 믿는 참전 용사들이었다. 같이 호별 방문 일을 하던 아프리카계 미국인 동료들이 고즈넉한 교외를 수호하는 경찰관에게 몇 번이고 검문을 당하는 장면도 목격했다.

내가 가장 좋아했던 활동 근거지는 말할 것도 없이 풀먼, 베벌리, 레이크뷰와 하이드, 링컨, 로저스 파크들 같은 도심 지역이었다. 조금씩 내 머릿속에는 시카고 거리의 이 집 저 집, 이 건물 저 건물의

지도들이 모여 시카고라는 땅의 지형도가 그려지기 시작했다. 이따금씩 호별 방문 일을 시작하기 전에 동네 식당으로 들어가 느긋하게 시간을 보내며 미국 커피의 옥수수 탄 맛을 음미하려 애썼고 도보의 인파와 골목에서의 마약 거래, 그리고 친절한 여성들을 관찰했다. 가끔은 완전히 농땡이 치면서 할당된 동네를 걸어다니기만 했다. 그때의 나는 저임금의 이민자 만보객이었다.

동시에 나는 포위된 사라예보에 관한 텔레비전 중계를 집요하게 쫓으며 화면 속 사람들과 장소를 확인하고 도시의 파괴 정도를 멀리서나마 가늠해보려고 노력했다. 5월의 끝 무렵 바세미스키나로 세르비아의 포격탄이 떨어져 배급줄에 서 있던 사라예보인 수십 명이 목숨을 잃은 살상 장면을 보았다. 화면 속 사람들을—장미처럼 붉은 피 웅덩이 속에서 고통스러워 몸을 비틀고 다리가 뜯겨나가 충격으로 얼굴이 일그러진 이들을—알아보려고 시도했지만 포기했다. 한때는 내 것으로 여겼고 장난삼아 '도시의 동맥'이라고 불렸던 거리는 내가 뒤로 하고 떠나온 사람들이 흘린 진짜 동맥혈로 흥건하게 젖었다. 그런데도 내가 할 수 있는 일이라고는 헤드라인 뉴스의 30초 순환 영상을 보는 것뿐이었다.

시카고에서도 내 고향에서 일어난 격변의 규모를 짐작할 수 있었다. 우리 동네(소치야르노)와 도심을 잇는 길은 '저격수의 골목'이라는 새 이름이 생겼다. 내가 은퇴자들의 대화를 엿듣던 젤리오 축구 경기장은 세르비아인들의 손에 넘어갔고 나무로 된 관중석은 모조리 불타버렸다. 동네 최고였으니 세계에서도 최고였던 소문somun* 을 팔던 코바치의 작은 빵집도 불에 타 없어졌다. 1984년 동계 올림픽 기념관이 들어선 오스트리아-헝가리제국 양식의 아름다운 건물은 포격을 맞아 부서졌다(그리고 여전히 폐허로 남아 있다). 모조 무어 양식**으로 지어진 국립 도서관 건물도 폭격을 당했고 소장서 수십만 권이 전소되었다.

1994년 12월, 나는 당시 보스니아의 전쟁 범죄 가능성에 관한 증거를 모으던 드폴 법과대학교의 국제 인권법 연구소에서 잠깐 봉사 활동을 했다. 그때쯤 호별 방문원 일을 그만두고 노스웨스턴 대학원에 입학한 때라 돈이 급해서 일자리를 구할 수 있을까 하는 마음에 시내에 위치한 연구소의 사무실을 무작정 찾아갔다. 장차 나의 고용주가 될지도 모를 연구소 직원들은 과거의 나와 현재의 나에 대해 알 길이 없었기에─과거에 스파이였을지도 모를 일이었다─단순 봉사 업무처럼 보이는 일들만 시켰다. 처음에 나는 강제수용소에 대한 증언이나 언급을 모아 놓은 데이터베이스에 자료를 입력하는 일을 했다. 그러다 나중에는 사라예보의 파괴되거나 훼손된 건물들의 사진을 보면서 아직 어딘지 확인되지 않은 건물의 위치를 기록하는 업무가 주어졌다. 건물들 다수가 지붕이 뚫렸거나 구멍이 숭숭

---

* 납작한 발효 빵.
** 이베리아 반도의 이슬람 건축 양식. 대표적인 예로 알함브라 궁전이 있다.

났거나 타버렸거나 창문이 날아가고 없었다. 사진에 찍힌 사람은 거의 없었으나 어쩐지 사체의 신원을 파악하는 일을 하는 기분이었다. 이따금 거리나 심지어는 정확한 주소가 떠오르기도 했고 어떤 건물들은 너무도 낯익어서 비현실적으로 느껴지기까지 했다. 예를 들면 다니엘라 오즈메길과 그랄랴 토미슬라바길이 만나는 모퉁이에 있던 건물이 그랬다. 고등학교 시절, 나는 그 건물 앞에서 지지코바크길을 따라 내려오는 내 여자 친구 레나타를 기다리곤 했다. 항상 늦는 레나타가 또 늦으면 그 건물의 1층 슈퍼마켓에 들어가 사탕이나 담배를 샀었다. 나는 그 건물을 수년간 알고 지냈다. 너무나 확고하게 서 있던 잊을 수 없는 건물이었다. 그 건물을 단 한 번도 신경 쓰지 않고 살다가 시카고에 와서 그것의 사진을 보게 된 것이다. 사진 속 건물은 포탄으로 인해 지붕이 붕괴되고 몇 개의 층이 주저앉아 속이 텅 빈 헛헛한 모습이었다. 이제 그 슈퍼마켓은 내 침수된 기억 저장고 안에만 존재한다.

사진으로는 알아볼 수 있으나 정확히 어딘지는 기억이 가물가물한 건물도 있었고, 도무지 낯설어 도시의 어디쯤에 위치한 것인지 짐작조차 할 수 없는 건물도 있었다. 그로부터 나는 도시 전체를 소유하는 데 굳이 도시 전체를 구석구석 알 필요는 없다는 사실을 터득했다. 하지만 시카고 시내에 자리한 사무실 안에서 나는 아직 내가 모르는 사라예보가 있다는 생각과 비처럼 쏟아지는 포화 속에서 판지로 된 무대처럼 산산조각 나고 있는 그곳을 영영 알 수 없게 될

지도 모른다는 생각에 두려워졌다. 내 정신과 내 도시가 같다고 한다면 나는 정신을 잃어가고 있는 셈이었다. 내 사적 공간을 시카고로 전환하는 일은 형이상적으로도 중요했지만 정신적으로도 시급했다.

우크라이나 빌리지에서 1년여쯤 살다가 1993년 봄, 나는 시카고 노스사이드의 호반 지역인 에지워터로 이사했다. 그곳에서 딱히 성공했다 할 수 없는 고독한 예술가들이 모여 사는 '예술가 레지던스'라는 건물에 작은 원룸을 하나 임대했다. 레지던스에서는 도시의 익명성 범주를 넘지 않은 선에서 얕은 공동체 의식을 공유할 수 있었다. 뮤지션과 댄서와 배우들에게는 리허설을 위한 공간이, 작가의 꿈을 꾸는 이들에게는 공용 컴퓨터가 제공되기도 했다. 레지던스의 관리인도 어쩌면 그리 딱 맞게 이름이 '아트'였다.

그 당시 에지워터는 싼값에—질 나쁜—헤로인을 구하러 가는 곳이었다. 그 탓에 험한 동네이니 주의하라는 말을 자주 들었지만, 그곳에서 본 다채로운 절망들은 나의 절망과 정확히 같은 선상에 놓여 있었다. 하루는 윈스럽 애비뉴의 한 건물 옥상 난간에 걸터앉아 뛰어내릴지 말지 고민하고 있는 젊은 여자를 올려다보고 서 있었다. 거리에는 남자 두엇이 "뛰어"라고 계속 소리를 질렀다. 못돼먹은 작자들이 순전한 악의로 그런 거였지만, 그때의 나에게는 그들의 제안이 삶이라고 부르는 이 끝나지 않을 문제를 해결할 수 있을 꽤나 적절한 해법처럼 들렸다.

여전히 그린피스의 호별 방문원으로 일하고 있었을 때라 시카고의 이런저런 동네와 교외 지역을 매일같이 걸어 다닌 덕에 몇몇 지역에는 이미 많이 익숙해져 있었다. 그러나 밤이 되면 내 집이라 부를 수 있을 에지워터의 원룸으로 돌아왔고, 그곳에서 위안을 주는 일련의 의례들을 거행하기 시작했다. 잠들기 전에는 약에 취해 복도 한 켠을 어슬렁거리며 정신 나간 독백을 하는 남자가 간간이 덜거덕거리며 고층 선로를 지나는 열차 소리에 누그러져 침묵하는 것을 들었다. 아침에는 커피를 마시며 창문을 통해 그랜빌 고층 선로 역에서 기차를 기다리는 사람들이 늘 마주치는 이들을 알아보는 모습을 보았다. 이따금씩 브로드웨이에 위치한 (이제는 없어진 지 오래인) 쇼니스 식당에 가서 아침 식사에 돈을 펑펑 쓰기도 했다. 쇼니스는 나 같은 사람이나 초등학생들처럼 서로 손잡고 떼로 몰려오는 윈스럽 양로원의 침 흘리는 노인들에게 2.99달러짜리 무제한 아침 식사를 제공하는 곳이었다. 오직 한 가지 생맥주만 팔고 예술가들이 고주망태로 취해 있는 지노스노스 술집에서는 바에 앉아 시카고 불스의 승리 장면을 보다가 아직 팔꿈치를 들 수 있을 정도로만 취한 사람들과 하이파이브를 했다. 주말에는 영화관 옆에 있는 로저스 파크의 한 커피숍에 가서 체스를 두곤 했다. 종종 같이 체스를 두던 피터라는 이름의 아시리아계 노인은 나를 무방비 상태로 몰아넣고 기권하겠다고 하면 매번 같은 농담을 했다. "그럼 글로 써줄 텐가?" 그러나 내게서 글이 나올 일은 없었다. 철저하게 실향한 나는 보스니아어로도 영어로도 글을 쓸 수 없었다.

조금씩 에지워터의 사람들이 나를 알아보기 시작했고 나도 길에서 마주친 그들에게 인사를 건네기 시작했다. 시간이 지나면서 내게도 이발소가, 정육점이, 영화관이, 그리고—사라예보에서 배웠듯 도회의 어느 사적인 관계망에서나 필수적인—다채로운 인간 군상이 지속적으로 유입되는 커피숍이 생겼다. 나는 미국의 한 도시를 내 것이라 부를 수 있도록 사적인 공간으로 전환하는 일에는 시작점으로 삼을 만한 특정 동네가 필요하다는 사실을 깨달았다. 머지않아 나는 에지워터를 우리 동네라고 부르기 시작했고 동네 사람이 되었다. 그때쯤 시카고를 사랑하는 건 코가 부러진 여자를 사랑하는 것과 같다는 글을 쓴 넬슨 올그런Nelson Algren*이 어떤 마음이었을지도 이해하게 되었다. 나는 에지워터의 부러진 코들과 사랑에 빠졌다. 그리고 레지던스의 구식 공용 맥 컴퓨터에 영어로 된 내 이야기를 처음으로 써보았다.

그러니 1994년 봄, 전쟁을 피해 배 한가득 실려 온 보스니아인들이 다다른 동네가 에지워터라는 사실은 내게 굉장한 의미가 있었다. 어느 날 창밖을 내다보던 나는 거리를 거니는 한 가족을 보고 충격을 받았다—헤로인을 구하려는 사람 말고는 딱히 보행자가 없었던—거리의 그들은 틀림없이 보스니아 대형으로 걷고 있었다. 가

---

* 미국의 소설가로, 시몬 드 보부아르와 사랑에 빠지기도 했다.

장 연장자인 남성 가장이 앞장서고 천천히, 딱히 정처 없는 속도로, 손은 엉덩이춤에 올려놓은 채 모두들 온갖 걱정을 담은 무거운 짐을 한껏 짊어진 마냥 몸을 구부정히 숙이고 걷고 있었다. 얼마 후 에지워터에는 보스니아인들이 가득 찼다. 현지 정서와 맞지 않게 그들은 저녁이면 산책을 했고 그들의 발걸음에는 실향민의 고뇌가 고스란히 묻어났다. 과묵한 그들은 여럿이 무리를 지어 호숫가의 터키식 카페에서 커피를 마셨고 (그러고 보니 그곳을 이제 적당한 카파나로 바꿔놓았으며), 담배 연기와 전쟁으로 인한 트라우마가 그들 머리 위로 둥둥 떠올라 흑운을 만들었다. 그들의 자녀는 길모퉁이에서 마약 거래가 이뤄지는 것도 모르고 신나게 놀고 있었다. 나는 이제 내 방 창문에서, 카파나에서, 거리에서 그들을 관찰할 수 있었다. 마치 그들이 에지워터에 있는 나를 찾아온 것만 같았다.

1997년 2월, 사라예보로의 첫 귀국을 두어 달 앞두고 베바가 시카고로 나를 찾아왔다. 고국을 떠나온 후로는 그를 한 번도 만나지 못했던 참이었다. 만나서 처음 며칠 동안은 포위전 속에서 살아온 베바의 삶과 포위된 도시에 전쟁이 몰고 온 끔찍한 변화에 대해 들었다. 내가 아직 예술가 레지던스에 살고 있을 때였다. 2월의 강추위에도 불구하고 베바는 나의 삶이 새로이 시작된 장소를 보고 싶어 했고, 그래서 우리는 쇼니스로, 체스 카페로, 꽁꽁 얼어버린 호수 위의 카파나로 에지워터를 돌아다녔다. 베바는 내가 다니던 이발소에서 머리를 잘랐고, 내가 사던 정육점에서 고기를 샀다. 그리고 건물 난간에 앉아 있던 젊은 여자며 익숙한 대형으로 걷던 보스니아 가족들과 아시리아인 피터까지 나만의 에지워터 이야기를 들려주었다.

그러고 나서 에지워터를 벗어나 우크라이나 빌리지로 이동했고, 그곳에서 살던 집도 보여주었다. 나는 나를 미국인 체형으로 살찌웠던 또 우크라이나 노인들(내가 버거킹의 기사들이라 불렀던)이 69센트 짜리 커피를 시켜 놓고 우크라이나 정치를 논하는 것을 엿들었던 버거킹에도 베바를 데려갔다. 우리는 골드코스트 주변을 배회하며 어느 부잣집 아파트 안에 거리에서도 보이도록 멋지게 걸어놓은 마티스 그림을 보았다. 에스콰이어 극장에서 영화도 보았다. 우리는 워터타워를 찾아갔고 시카고 대화재에 대해서도 들려주었다. 우리는 알 카포네Al Capone*가 마티니를 마시던, 루이 암스트롱부터 찰리 밍거스까지 모든 재즈 거장들이 공연했던 그린밀Green Mill에 가서 한잔했다. 성 발렌타인데이 대학살이 일어난 장소에도 갔다. 창고는 이미 사라진 지 오래였지만 도시 전설에 따르면 아직도 개들이 그 주변을 지날 때마다 피 냄새를 맡고 으르렁거린다고 한다.

시카고 이곳저곳을 베바에게 보여주며 도시 전설과 에지워터에서의 내 삶에 대해 이야기하다가 이민자로써의 내 내면이 미국의 외면과 조응하기 시작했음을 깨달았다. 시카고의 상당 부분이 내 안으

---

* 미국 시카고를 중심으로 활동한 이탈리아계 갱단의 두목. 1929년 성 발렌타인데이 대학살 등 수많은 폭력 및 살인 사건을 배후에서 조종했다.

로 들어와 그 안에서 터를 내렸다. 이제 내가 그 부분을 완전히 점유하고 있었다. 나는 사라예보의 눈으로 시카고를 보았고, 이제 두 도시가 복잡다단한 내면 풍경을 빚어내 그 안에서 이야기가 만들어질 수 있게 되었다. 사라예보로의 첫 귀국을 마치고 돌아온 1997년 봄, 시카고는 내게 속해 있었다. 나는 집을 떠나 집으로 돌아왔다.

시카고를 떠나기 싫은 이유:
무작위로 뽑은 미완성 리스트

1. 여름날 해 질 무렵 차를 몰고 서쪽으로 질주하기. 강렬한 햇살에 눈이 멀어 앞차들조차 보이지 않고, 투박한 창고와 정비소는 진한 주홍빛으로 타오른다. 해가 넘어갈 즈음엔 모든 것이 깊어진다. 벽돌 건물 전면은 쪽빛으로 물들고, 숯 같은 어둠이 내려 지평선을 뭉갠다. 하늘과 도시는 한없이 펼쳐진다. 어디로 향하든 그게 서쪽이다.

2. 추운 겨울 그랜빌 고가철도역 따뜻한 조명 아래 사람들이 옹기종기 모여 선 모습, 마치 전구 아래 모여 있는 여린 병아리들 같다. 혹독한 자연이, 시카고의 역사가, 문명의 이야기가 내몬 인간 연대의 한 이미지다.

3. 윌슨 스트리트 해변에서 마주한 미국이라는 광활함. 갈매기와 연은 저절로 두둥실 떠다니고, 강아지들은 들쭉날쭉 밀려오는 파도

를 쫓아 달리다 허공에 대고 짖어댄다. 도시 아이들은 집에서 만든 약을 시험해보느라 저 멀리 영국 리버풀에서 인디애나주 게리까지 은밀한 항해에 나선 배들을 보지 못한다.

4. 일광의 각도가 급격히 바뀌는 이른 9월에는 도시 어디서나 모든 사물과 사람이 더 나아 보이고 모서리들은 전부 몰랑해진다. 뜨거운 고통의 여름이 물러나고 겨울의 차디찬 고통은 아직 찾아오지 않은 이때, 사람들은 금방 사라져버릴 친절하고 온화한 도시를 한껏 누린다.

5. 포스터 스트리트 해변의 농구 코트에서 조각같이 인상적인 몸을 가진 한 사내가 농구하던 모습. 드리블, 슈팅, 언쟁, 덩크슛까지 농구 한 경기를 뛰는 내내 입에 물고 있던 이쑤시개는 침을 뱉을 때만 뺐다. 수년간 내게는 그가 시카고의 멋 하면 떠오르는 영웅이었다.

6. 호수 강변을 따라 얼어붙은 커다란 얼음 산맥. 유별나게 추운 겨울이면 한동안 얼어붙어 있던 호수는 육지로 얼음을 밀어낸다. 살을 에는 듯한 겨울 날, 그곳에 서서 경외의 눈으로 바라보다 깨닫는다. 판상 지각 표층이 서로를 밀어내며 수십만 년 동안 산맥을 만들어내던 과정과 똑 닮았다는 것을. 이 아름다운 태고의 형상이 엉망이 된 레이크쇼어 드라이브(고가도로) 위의 성난 운전자들 시야에도 펼쳐지지만, 앞만 보는 그들 대부분은 관심조차 없다.

7. 에지워터나 로저스 파크의 고층 아파트에서 서쪽 바라보기. 오하라 공항 위를 맴도는 비행기 불빛이 번쩍인다. 나를 보러온 어머

니와 저녁 내내 어둠 속에 앉아 프랭크 시나트라의 노래를 들으며 반딧불이를 닮은 비행기를 봤다. 이게 무슨 별세상인가, 연이은 놀라움에 우리 둘은 얼어붙어 있었다.

8. 시카고에는 유명 인사가 많지 않다는 축복. 그나마도 대부분이 과분한 연봉을 받는 루저 운동선수들. 오프라 윈프리, 시트콤 프렌즈의 배우, 그리고 이름을 아예 모르거나 이제는 기억나지 않는 많은 이들이 뉴욕으로, 할리우드로, 혹은 재활원으로, 시카고 출신이라는 거짓 휘장을 입고 다닐 수 있는 곳으로 떠났다. 우리는 신문 제1면을 장식할 만한 그들의 멍청한 인생을 모른 채 하고 그들을 자랑거리로 삼는다.

9. 혹독한 겨울을 기적적으로 견뎌낸 하이드 파크의 앵무새들. 질기고 위대한 시카고를 만든 일종의 본능으로서 죽음에 굳세게 저항하는 삶의 다채로운 예시. 실제로 한 번도 본 적은 없지만, 가짜일 수도 있다는 가능성때문에 이 모든 이야기가 더욱 근사하게 들린다.

10. 애들러 천문관에서 바라본 도심의 심야 스카이라인. 어두운 건물의 불 켜진 창들이 더욱 어두운 하늘에 윤곽선을 그린다. 사방 모양으로 모은 별 무리를 두터운 밤의 장벽에 붙여놓은 것처럼. 막대한 삶의 무게를 담은 차갑고 비인간적인 아름다움, 이야기를 담고 있을지 모르는 창문 하나하나, 창 안에는 긴물 청소를 하러 온 심야 근무조 이민자 청소부 하나.

11. 바람이 북서쪽으로 불고 하늘이 냉랭해지면 포말이 일지 않

는 호수의 청회색 물빛.

12. 길고 습한 여름날. 거리는 땀으로 왁스칠한 듯하고 공기는 꿀차처럼 뜨뜻 묵직하며 해변은 가족들이 점령한 시간. 아버지는 고기를 굽고, 어머니는 일광욕을 즐기고, 얕은 호숫물에서 노는 아이들에게는 저체온증이 임박해 올 무렵 서늘한 공기의 파동이 공원을 휩쓸고 대홍수의 소나기가 모든 생명체를 흠뻑 적시면 누군가와 어딘가는 제힘을 잃고 만다. (시카고의 여름은 절대로 믿지 말 것.)

13. 좀도둑을 부르는 행색을 하고 미시간 애비뉴를 돌아다니는 외지인들. 하드록 카페 티셔츠로 알아볼 수 있는 그들은 쇼핑가와 여흥지역 말고는 시카고를 모른다. 쾌속정에 올라 빌딩 투어에 나선 관광객들은 가파른 빌딩 숲을 약탈하려는 해적들처럼 올려다보고 있고, 강가의 도개교들은 마상 경기의 창들처럼 대칭 구조로 발기하였다. 리글리 빌딩 앞에 선 거리의 예술가가 튜바로 연주한다. "킬링 미 소프틀리Killing Me Softly"

14. 매년 3월이면 시작되는 시카고 컵스 팬들이 하는 말, "올해는 우승할지도 몰라!" 여름이 오고 늘 그렇듯 컵스가 플레이오프 진출을 향한 산술적 가능성마저 놓치고 나면 무너져내리는 헛된 기대. 이른 봄의 전조가 불러온, 아닌 것을 맞다 하고 저주를 뒤집을 수 있다고 믿는 순진한 믿음. 단지 나무에 새순이 돋았다는 이유만으로 품은 가망 없는 희망.

15. 2월의 어느 따스한 날, 모두들 내 정육점에 모여 올해는 분명

올 거라는 완벽한 눈보라에 대해 이야기하다가 1967년의 대단했던 눈보라를 떠올린다. 레이크쇼어 드라이브에 버려진 차들은 눈 속에 파묻혔고, 귀갓길에 난민이 되어버린 사람들은 눈보라를 헤치고 힘겹게 한 걸음 한 걸음 내디뎠으며, 거리에 쌓인 눈은 우유 배달 트럭의 차창까지 가닿았다. 도시가 기억하는 수많은 재앙이 묘하게도 거의 희락한 향수를 불러일으키는 건 왠지 "이목을 끄는 범죄에 목숨을 거는, 대저택을 네 채나 소유한 사기꾼들"(솔 벨로 인용)을 향한 시카고인들의 존경과 자긍을 닮았다.

16. 파키스탄계 가족과 인도계 가족들은 여름날 저녁 데본 스트리트를 오르락내리락 자못 진지하게 거닌다. 업타운 벤치에 모인 러시아계 유대인 노부부들은 낡은 트랜지스터라디오의 요란한 방송에 맞서 부드러운 자음 소리로 소문을 퍼트린다. 일요일 아침을 먹기 위해 누에보 레온 식당에 모여든 필슨의 멕시코계 가족들, 교회 참석을 위해 영광스럽게 차려입고 하이드 파크 딕시 키친에서 자리를 기다리는 아프리카계 미국인들, 센 고등학교 경기장에서 슬리퍼를 신고 축구를 하는 소말리아 난민들, 바주카포처럼 등에 요가 매트를 매고 다니는 벅타운의 젊은 엄마들. 이 도시에 존재하는 엄청난 양의 일상. 대부분이 이야기 한두 개쯤은 족히 풀어낼 수 있을 만한 삶.

17. 붉은 강과 흰 강이 서로 반대 방향으로 흐르는, 레이크쇼어 드라이브를 바라보는, 몬트로즈 항구에서의 밤.

18. 바람. 그랜트 파크 항구의 범선들은 물 위에서 까닥거리고, 돛대에 매단 마룻줄은 병적으로 끽끽댄다. 버킹엄 분수가 뿜어 올린 물줄기는 물기둥으로 바뀌고, 도심 건물의 유리창이 흔들리면서 쾅쾅 울린다. 미시간 애비뉴를 걷는 사람들은 어깨 사이로 목을 움츠리고, 나의 거리에는 두텁게 껴입은 우체부 말고는 인적이 끊겼다. 잎새 없는 나뭇가지에 걸린 비닐봉지가 찢어진 깃발처럼 나부낀다.

19. 베벌리의 장엄한 대저택들, 황량한 풀먼의 연립주택들, 라셀 스트리트의 차가운 빌딩 협곡, 구도심 호텔들의 현란한 아름다움, 시어스 타워와 행콕 센터의 근엄한 오만, 에지워터의 예스러운 주택들, 웨스트사이드의 슬픔, 업타운의 극장과 호텔들의 연로한 웅장함, 노스웨스트사이드의 창고와 정비소들, 아무도 관심을 두지 않고 누구도 기억하지 않을 수천 개의 공터에 사라진 건물들. 모든 건물이 각 도시 이야기의 한 부분을 증언하지만 전체 이야기를 알고 있는 건 오직 도시뿐.

20. 시카고가 스터즈 터클Studs Terkel*에게 평생을 살아도 괜찮은 도시였다면 내게도 괜찮다.

---

* 시카고를 기반으로 활동한 미국의 방송인이자 퓰리처상을 수상한 작가.

신이 존재한다면 굳센 미드필더리라

먼저 나에 대해서

보스니아 기준으로 나는 운동하는 사람 축에 속했다. 수년간 매일같이 담배 한 갑 반을 피웠고 열다섯의 성숙한 나이에 알코올 섞인 음료를 즐기기 시작했으며 붉은 육류와 지방질 식사에 전적으로 의존해 살아왔지만 아득히 먼 옛날부터 일주일에 한두 번씩 사라예보의 자갈밭이나 주차장에서 축구를 했다. 그러나 시카고 땅에 내리고 얼마 지나지 않아, 와퍼와 트윙키를 주식으로 한 영양 공급이 담배를 끊으려는 일련의 고통스러운 시도로 더욱 악화되면서 체중이 증가했다. 게다가 같이 축구할 사람을 찾을 수도 없었다. 그린피스에서 만난 친구들은 마리화나 담배나 밀아 피우는 걸 신체 활동으로 여겼고, 아주 가끔 게으르기 짝이 없는 소프트볼을 할 뿐이었다. 점수도 세지 않는 그 경기에서는 항상 모두가 서로 잘한다고만 했다.

나는 경기 규칙만 겨우 이해하는 수준이었지만 꿋꿋이 점수를 기록하려 애썼다.

축구를 할 수 없다는 사실은 내게 고통이었다. 아직 충분히 젊은 나이였기에 딱히 건강이 신경 쓰이지는 않았지만 내게 있어 축구를 한다는 건 오롯이 살아 있음과 밀접한 관련이 있었다. 축구 없이는 정신적으로나 육체적으로나 망망대해에 떨어진 느낌이었다. 1995년 여름 어느 토요일, 자전거를 타고 시카고 업타운의 호숫가 공터를 지나던 나는 경기가 시작되기를 기다리는 동안 이리저리 공을 차며 몸을 푸는 사람들을 보았다. 그들은 사전에 선수 등록을 해야 하는 리그 경기를 준비하고 있는 것처럼 보였지만 나는 미처 거절당할까 염려할 새도 없이 그들에게 다가가 나를 끼워줄 수 있냐고 물어봤다. 물론이죠,라고 그들이 대답했고, 나는 영겁 같았던 3년 만에 처음으로 공을 차 볼 기회를 얻었다. 그때 내 몸은 25파운드나 불어 있었고, 청반바지에 농구화를 신은 채로 축구를 했다. 단박에 사타구니가 당겼고 발바닥에는 곧바로 물집이 잡혔다. 나는 황송하게도 수비수를 (포워드로 뛰는 걸 선호해왔지만) 맡았고 팀에서 가장 뛰어나고 빠른 선수의 명령을 고분고분 따랐다. 필립이라는 그 선수는 나중에 알고 보니 서울 올림픽 때 나이지리아 대표로 4인 400미터 계주에도 참가한 적이 있었다. 경기가 끝나고 나는 필립에게 다가가 다음에 다시 와도 되느냐고 물었다. 저 사람한테 물어봐요,라며 필립은 심판을 가리켰다. 흑백 줄무늬 셔츠를 입은 심판은 자신을 독일인이라고 소개했다. 그는 매주 토요일과 일요일에 경기가 있으니 언제든 와도 좋다고 말했다.

티베트인 골키퍼

독일인은 사실 독일인이 아니었다. 그는 에콰도르 출신이었지만 그의 아버지가 독일에서 태어난 까닭에 그의 이름(헤르만)도, 별명도 독일식이었다. UPS 트럭 운전사로 일하는 그는 40대 중반이었고 검게 그을린 피부와 단정한 포마드 머리에 콧수염을 기르고 있었다. 매주 토요일과 일요일이면 그는 20년은 족히 돼 보이는 낡은 밴을 몰고 두시쯤 호숫가에 등장했다. 그의 밴에는 축구공 그림과 함께 "신나게 발로 차"라는 문구가 페인트칠 되어 있었다. 그는 (플라스틱 파이프로 만든) 골대와 네트, 단색 티셔츠가 한가득 담긴 가방과 공몇 개를 차에서 내렸다. 그러고는 축구를 하려고 모인 사내들에게 티셔츠를 나눠주었으며 쓰레기통 위에 판자를 올린 뒤 그 위에 싸구려 컵과 트로피 몇 개를 세우고 각국의 국기들을 펼쳐 놓았다. 라디오에서는 스페인어로 된 방송이 요란하게 울려 퍼졌다. 선수들 대부분이 업타운이나 에지워터에 살고 있었고 원래는 멕시코, 온두라스, 엘살바도르, 페루, 칠레, 콜롬비아, 벨리즈, 브라질, 자메이카, 나이지리아, 소말리아, 에티오피아, 세네갈, 에리트레아, 가나, 카메룬, 모로

코, 알제리, 요르단, 프랑스, 스페인, 루마니아, 불가리아, 보스니아, 미국, 우크라이나, 러시아, 베트남, 한국에서 온 사람들이었다. 심지어 티베트에서 온 남자도 있었는데, 그는 아주 훌륭한 골키퍼였다.

보통은 두 개 팀 이상이 출전했기 때문에 팀들 모두 교대로 경기를 해야 했고, 그에 따라 각 경기는 15분 동안만 진행되거나 한 팀이 두 골을 먼저 넣으면 끝나는 식이었다. 이긴 팀은 다음 경기에도 필드에 남고, 진 팀은 사이드라인에서 다음 순번을 기다려야 했기 때문에 경기는 매우 진지하고 열띠게 펼쳐졌다. 심판을 보는 독일인은 좀처럼 반칙을 선언하는 법이 없었다. 그는 넋 나간 눈으로 마치축구라는 약에 취한 듯 경기를 응시했다. 아마 뼈가 부러지는 소리라도 나야 호각을 불 성싶었다. 때때로 팀에 선수가 모자라면 그가 심판을 보면서 동시에 경기를 뛰었다. 그럴 때면 그는 자신에게 각별히 엄중해져서 한 번은 거친 태클을 건 본인에게 스스로 옐로카드를 주기도 했다. 우리―이국이라는 낯선 대해에서 가라앉지 않으려고 발버둥 치는―이민자들은 우리가 정한 규칙대로 흘러가는 축구를 하면서 위안을 찾았다. 우리가 여전히 세상의 일부인 것 같은 느낌이 들었고, 그 세상은 미국이라는 나라보다 훨씬 컸다. 사람들은 출신 국가에 기반한 별명을 얻었다. 한동안 나는 보스니아였고, 이를테면 콜롬비아와 루마니아와 함께 미드필드에서 뛰곤 했다.

나는 축구가 너무 하고 싶었고 혹시나 늦으면 경기에서 제외될까봐 경기장에 누구보다 먼저 도착할 때가 많았다. 그럴 때면 독일인을 도와 골대를 세우고 그를 비롯한 다른 선수들과 축구 이야기를 하면서 어울렸다. 독일인은 마법의 밴에 같이 축구했던 사람들의 사진이 담긴 앨범을 싣고 다녔다. 나는 그 사진들 속에서 훨씬 젊은 시절의 사내 몇 명을 알아보았다. 그들 가운데 모두가 브라질이라고 부르던 남자는 자신이 독일인과 함께 축구를 한지 벌써 20년이 넘었다고 했다. 독일인이 처음으로 이 경기를 조직했고 한때 약물과 술 문제를 겪으면서 몇 년을 쉬기도 했지만 다시 돌아왔다고 브라질이 말했다. 그 순간 미국에 도착하고 처음으로 나는 이 나라에 살면서도 다른 이들과 공유할 수 있는 과거를 갖는 것이 가능하다는 걸 깨달았다.

독일인이 왜 이 모든 고생을 사서 하는지는 확실치 않았다. 내 딴에는 나 자신도 상당히 관대한 편이라고 생각했지만, 매주 축구 경기를 주선하고 온갖 욕설과 폭력에 제 자신을 내던져가며 심판을 보는 것도 모자라, 모두가 떠난 뒤에도 한참을 혼자 남아 골대를 분해하여 밴에 싣고, 속세의 땀에 절어 고약한 냄새를 풍기는 티셔츠 더미를 세탁하는 데 주말을 통째로 허비하는 고생은 상상도 할 수 없었다. 독일인 없이는 이 즉석 축구 경기가 절대로 운영될 수 없다는 게 분명했지만, 그는 단 한 번도 우리에게 대가로 무언가를 요구하지 않았다.

독일인의 설명할 수 없는 관대를 나는 수년간 남용했다. 겨울에는 종종 내 자전거로는 찾아가기 힘든 필젠의 한 교회 체육관에서 경기하게 되면서 그의 "신나게 발로 차" 고물 밴의 잠기지 않는 조수석 문을 꼭 붙든 채 필젠까지 신세를 졌다. 돌아오는 길에는 목숨이 위태로운 적도 많았다. 독일인이 또 한 번의 성공적인 경기를 맥주로 갈무리하며 자축하는 걸 즐겼기 때문이다. 그는 항상 꽉 채운 아이스박스를 밴에 싣고 다녔다. 쉬지 않고 떠들면서 운전도 하고 맥주도 들이켜던 그는 자신이 가장 좋아하는 축구팀(1990년 월드컵의 카메룬 대표팀)이나 나중에 은퇴하고 플로리다로 이주하면 자신을 대신해서 계속 이 경기를 주관할 후계자 탐색에 관한 이야기를 했다. 적당한 사람을 물색하는 데 어려움이 많다면서 그는 헌신할 만한 배짱을 가진 사람이 드물다고 했다. 그러면서도 내게는 물려받으라는 제안을 한 번도 하지 않았는데, 살짝 기분이 상하면서도 내 배짱에 할 수 있는 일은 아니라는 걸 잘 알고 있었다.

어느 날 꽁꽁 언 시카고 도로를 간담이 서늘하게 달려 집으로 향하는 길에 나는 왜 이런 고생을 하느냐고 그에게 물었다. 신을 위해서 하고 있다네, 그가 대답했다. 신이 그에게 사람들을 모아서 그의 사랑을 전파하라는 말씀을 전했고, 그래서 그게 자신의 임무가 되었다는 것이다. 그가 전도할지도 모른다는 생각에 마음이 불편해진 나는 더 이상 묻지 않았다. 그러나 그는 사람들에게 종교를 묻지도, 자신의 신앙을 과시하거나 신에게 인도하려는 시도도 하지 않았다. 축구를 향한 그의 신념은 무조건적이었다. 사람들이 축구에 대한 믿음만 갖는다면 그걸로 충분했다. 그는 은퇴하면 플로리다에 땅을 조금 사서 교회를 짓고, 그 옆에 축구장을 만들 거라고 했다. 독일인은 여생을 설교하며 보낼 계획이었다. 설교가 끝나면 그의 신도들은 나가서 축구를 하고 그가 심판을 볼 것이었다.

그 대화 이후 몇 년이 흐르고 찾아온 한여름의 끝자락에 독일인은 은퇴했다. 호숫가에 더는 나타나지 않을 그와 마지막으로 함께 했던 하루는 쪄 죽을 것 같은 더위 속에서 다 함께 축구를 했다. 모두가 예민해져서 쉽게 화를 냈고, 별새만 한 파리들이 먹잇감을 찾아 달려들었다. 공터는 딱딱했고 습도는 높았으며 겸손은 바닥이었기에 몇 차례 실랑이가 벌어졌다. 그러다 레이크쇼어 드라이브에 줄지어 선 빌딩 숲 위로 하늘이 어둑해지더니 비를 머금고 보글거리는 구름이 금방이라도 끓어 넘칠 것 같았다. 갑자기 누군가가 거대한 냉장고 문을 열어젖힌 것처럼 한랭전선이 밀어닥쳤고, 별안간 폭우가 쏟아졌다. 공터 한쪽 끝에서 시작한 비는 공터를 휩쓸며 흡사 독일 월드컵 대표팀처럼 반대쪽 골대를 향해 서서히 밀어닥쳤다. 여태껏 단 한 번도 본 적 없는 광경이었다. 우리는 비를 피해 달아났지만 순식간에 우리를 덮쳤고, 어찌해볼 새도 없이 모두가 홀딱 젖었다. 우리의 생각이나 의지와는 상관없이 파도처럼 엄습해오는 폭우 속에 있자니 돌변하는 날씨의 맹목적인 힘 앞에, 자연의 그 난폭한 임의성 앞에 무언가 두려운 기분이 들었다.

나는 홍수를 피해 노아의 방주에 달려들 듯, 독일인의 밴을 향해 뛰어들었다. 그의 밴에는 이미 사람들이 모여 있었다. 독일인, 벨리 즈에서 온 막스, 칠레에서 온 (그래서 칠레라고 불리는) 남자, 독일인 의 밴을 20여 년 넘게 살려놓은 정비공 로드리고, 로드리고가 데려 온 웃통을 벗고 기운 없이 아이스박스 위에 앉아 이따금씩 맥주를 꺼내주는 영어는 전혀 못 하는 듯한 그의 친구. 대피소를 차린 밴의 지붕 위로 후드득 빗방울이 부딪혔다. 마치 우리가 들어가 있는 관 위로 누군가 한 삽 가득 흙을 뿌리는 것 같았다.

그 김에 나는 독일인에게 플로리다에서 같이 축구할 사람들을 찾 을 수 있겠냐고 물었다. 그는 누군가 찾게 될 거라고 확신하며, 주기 만 하고 대가로 아무것도 바라지 않는다면 누군가는 받게 돼 있다고 말했다. 이에 갑자기 영감을 받은 칠레가 뉴에이지 사상서에서 잘못 배운 교훈 같은, 무조건적인 항복에 관한 시시한 이야기를 횡설수설 늘어놓았다. 플로리다 사람들은 너무 늙어서 뛸 수 없을 거라고 내 가 말했다. 그러자 독일인은, 늙었다면 영겁에 다가선 사람들일 거 고 그들에게 필요한 건 희망과 용기뿐이라고 답했다. 그는 축구가 영겁의 삶으로 이르는 길에 도움이 될 거라고 했다.

나는 허영과 조심성이 많은 무신론자다. 주는 건 거의 없으면서 바라는 건 많고, 심지어 더 달라고 요구한다. 그때 그가 한 말은 내 게 너무 무겁고 순진하며 지나치게 단순한 생각처럼 들렸다. 바로 그다음에 일어난 일이 일어나지 않았더라면 실제로도 너무 무겁고 순진하며 지나치게 단순할 뻔했다.

용케도 매일같이 축구할 시간을 내던 나이지리아인 하킴이 흠뻑 젖은 채 밴으로 달려와, 혹시 그의 열쇠들(keys)을 못 봤냐고 물었다. 차창을 통해 빗물이 쏟아져 들어오는 통에 우리는 제정신이냐고 되받아쳤다. 지금 세상 끝나가게 생긴 거 안 보여? 열쇠는 나중에 찾아. 그러자 그가 외쳤다. **애들!**kids 우리 **애들** 찾고 있다고. 조금 뒤 우리는 나무 아래 겁먹고 숨어 있는 두 아이를 데리러 빗속을 뚫고 달려가는 하킴의 모습을 보았다. 그는 잿빛 커튼을 드리우듯 강하게 쏟아붓는 폭우 사이를 그림자처럼 헤쳐나갔고, 작은 코알라들처럼 아이들은 아버지 품에 매달렸다. 그러는 사이 자전거 도로 위에는 (미국 축구선수를 본뜬 별명의) 라라스가 휠체어에 앉은 아내 곁에 서 있었다. 다발성 경화증을 앓고 있는 그의 아내는 병세가 급속히 악화되는 지독한 경우라 비를 피할 만큼 재빨리 움직일 수 없었다. 부부는 나란히 서서 이 재앙이 끝나기만을 기다리고 있었다. 업타운 연합팀 티셔츠를 입은 라라스와 판지 한 장 아래 숨은 그의 아내는 서서히 빗속으로 돌이킬 수 없이 녹아들었다. 티베트인 골키퍼는 전에는 한 번도 본 적 없고 그날 이후로도 보지 못한 티베트인 친구들과 빗물로 완전히 뒤덮인 공터에서 여전히 축구를 하고 있었다. 그들은 마치 잔잔한 강의 표면 위를 슬로우 모션으로 달리는 것 같았다. 땅에서는 증기가 뿜어져 나왔고 미세한 물방울들이 그들의 발목에 가닿았으며, 때때로 홍수물 위에 그들이 붕 떠 있는 것처럼 보였다. 라라스와 그의 아내는 더할 나위 없이 고요하게 그들을 지켜보고 있었고, 그 무엇도 부부를 해할 수 없을 것만 같았다. (그날 이후 세상을 떠난 그녀에게 누군가의 가호가 있기를.) 부부가 지켜보는 가운데, 물웅덩이로 넘어지는 골키퍼의 두 손 사이로 비에 흠뻑 젖은 공이 미끄러지면서 티베트인 중 한 사람이 득점했다. 이에 한 치의 흐트러짐 없이 티베트인 골키퍼가 미소를 지어 보였고, 앉은 자리에서 본 그의 모습은 달라이 라마가 되고도 남아 보였다.

자, 그러니 이 짧은 이야기로 말할 것 같으면 타인과 운동 경기를 함께 해본 사람이라면 익숙할, 아주 드문 초월적인 순간에 관한 것이다. 혼돈의 경기 와중에 모든 팀원이 경기장에서 각자의 이상적인 위치를 점한 순간, 내 것은 아닌 어떤 유의미한 의지에 따라 세상이 배치되는 것 같은 기분이 드는 순간, 패스에 성공하고 나면—순간이란 게 그렇듯—소멸해버리는 그런 순간 말이다. 그런 순간이 지나고 나면 남는 것은 주변의 모든 사물과 사람이 나와 완전히 이어졌을 때 찾아오는, 그 어렴풋한 찰나의 덧없는 육체적 절정의 기억뿐이다.

녹청綠青

독일인이 플로리다로 떠난 뒤, 나는 업타운 남부에 위치한 벨몬트의 한 공원에서 축구를 계속했다. 이번 축구팀은 업타운의 팀과는 완전히 다른 집단이었다. 유럽인들이 훨씬 많았고, 미국에 완전히 동화된 남미인들과 미국인 몇 명이 함께했다. 종종 내가 너무 흥분해서 다른 선수들에게 일테면 "각자 자리를 지키고 팀플레이를 합시다" 하고 요청하면 누군가는 내게 "쉬엄쉬엄해요, 그냥 운동하는 건데⋯⋯"라고 했다. 거기다 대고 나는 시합다운 시합을 하지 않을 거면 다 집어치우고 가서 빌어먹을 러닝머신이나 뛰지 그러냐고 말했다. 업타운이었다면 누구도 이런 말은 하지 않았을 것이다. 우리 시합에서 쉬엄쉬엄은 단 한 번도 통용된 적 없었다.

벨몬트에 모인 사람들 중의 하나인 리도는 일흔다섯의 이탈리아 노인이었다. 세상 가장 느린공도 그는 앞질러 굴러갈 수 있었기에, 선수를 뽑아서 팀을 짜면 그는 선수로 간주하지 않았다. 우리는 그저 시합에 별 영향을 주지 않을 거라는 가정 하에 그가 경기장 안에 머무는 것을 용인했다. 쉰이 넘은 남자들이 많이들 그렇듯, 리도 역시 자신의 신체적 기량에 굉장한 망상을 품고 있었다. 그는 50여 년 전엔 그랬는지 모르지만, 지금도 자신이 그만큼 훌륭한 축구선수일 거라고 진정으로 믿고 있었다. 그가 한 번도 빠트린 적 없이 머리에 늘 쓰고 다니던 애처로운 가발은 헤딩이라도 할라치면 확 돌아가서 눈을 가리기 일쑤였고, 공을 놓친 뒤에는 자신의 기막힌 의도였다거나 우리의 명백한 실수로 그랬다고 말하는 걸 좋아했다. 리도는 괜찮고 좋은 사람이었다. (2011년에 세상을 떠난 그에게 누군가의 가호가 있기를.)

시합에 낄 수 없을지 모른다는 걱정을 영영 떨쳐낼 수 없었던 나는 경기장에 일찍 도착하는 버릇을 버리지 못했다. 근처에 살던 리도는 종종 누구보다 먼저 도착하곤 했다. 이따금씩 그는 고개를 갸우뚱거리거나 화를 내면서 나타나기도 했는데, 미국인 선수 하나가 시합 전에 우리와 멀찍이 떨어져 있으려고 조심스레 공원에 숨어 있는 걸 보았기 때문이다. "쟤네들 대체 왜 저래?" 리도가 툴툴거렸다. "뭐가 겁나서 저러는 거야? 저런 건 이탈리아에선 있을 수도 없는 일이야." 본래 피렌체 출신인 리도는 ACE 피오렌티나의 보라색 유니폼을 자랑스럽게 입고 다녔다. 그는 이탈리아 사람들이 항상 대화 나누길 좋아하고 서로 잘 도와준다고 말했다. 만약 길을 잃어 이탈리아인들에게 도움을 청하면 그들은 가게나 집도 내팽개치고 나와서 목적지까지 데려다준다는 것이다. 또 그들은 상냥하고 예의 바르게 말하지, **저런 짓**은 안 해—라며 수줍음 많은 미국인이 웅크리고 숨어 있는 나무와 수풀을 향해 경멸을 담은 손가락질을 했다. 이탈리아에 얼마나 자주 가느냐는 나의 질문에 그는 그렇게 자주 가지는 못한다고 대답했다. 피렌체에 있을 때 그는 아름다운 페라리 한 대를 가지고 있었는데 시기하는 사람들이 많아서 바퀴를 훔쳐 가고 깜빡이를 부수고 못으로 문짝을 긁어놨다며, 아무 이유 없이 순전히 악의로 그래놨다고 말했다. 그는 이탈리아인들이 그다지 좋은 사람들은 아니라서 별로 가고 싶지 않다고 했다. 내가 조심스럽게 불과 몇 마디 전에 이탈리아인들이 굉장히 좋은 사람이라고 하지 않았냐고 상기해줬더니, 그는 고개를 끄덕이며, 맞아, 맞아, 정말 좋아!라고 외쳤다. 나는 그냥 그러려니 했다. 보아하니 리도는 머릿속에 두 가지 상호 배타적인 생각들을 내적 갈등 없이 담아둘 수 있는 것 같았다. 예술가들 사이에선 드물지 않은 기질이지, 나는 번뜩 깨달았다.

리도는 1950년대에 시카고에 왔다. 피렌체에서 그는 동생과 르네상스 프레스코화나 고화들을 복구하는 사업을 했는데 거기서는 흔해빠진 일인 모양이었다. 미국에 와서 보니 여기에는 복구가 필요한 그림이 훨씬 많다는 걸 알게 되었고, 그래서 형제는 미국에서 사업을 시작했다. 그 이후로 죽 꽤 잘나갔고, 덕분에 인생을 최대치로 즐길 수 있게 되었다. 타고난 미모의 젊은 미녀 한둘을 팔뚝에 매달고 다니거나 미국에서 산 페라리를 타고 신나게 달리는 모습이 종종 눈에 띄었다. 미녀들 말고도 그에게는 부인이 몇 명 더 있는 것 같았다. 그의 가장 최근 부인은 열여덟 살인가 그랬는데, 소문에 따르면 통신판매로 멕시코의 한 작은 마을에서 데려온 신부라고 했다.

하루는 미국인들이 수줍음을 극복하고 나오길 기다리는데, 리도가 내게 시스티나 성당 천장에 그려진 미켈란젤로의 대작을 호사가들과 광대들이 재건을 핑계로 얼마나 망쳐놨는지 설명해주었다. 리도는 그 방면에 무지가 깊은 나도 이해하기 쉽도록 그들이 저지른 온갖 잘못을 깔끔하게 정리했다. 예컨대 그들은 프레스코 벽화의 표면에 슨 녹청을 제거하기 위해 용제와 스펀지를 사용했다. 리도가 내게 **그걸** 상상해보라고 하도 고집해서 상상해보았다. 고분고분하게 나는 무력한 미켈란젤로가 스펀지로 닦이는 광경을 상상했다. 리도는 점점 흥분했고, 그 순간 미켈란젤로의 대작이 스펀지와 용제로 닦이는 것이 내게도 참으로 통탄할 일이 되었다. 너무 창백해서 전능은커녕 적당히 강력하다고 하기도 뭐한 신의 모습이 내 머릿속에 떠올랐다.

재건을 담당했던 그 머저리들은 결국 미켈란젤로가 창조한 천지를 자신들이 망쳐버렸다는 걸 깨달았고, 리도에게 와서 고쳐달라고 사정했다. 리도는 그들을 도우러 가는 대신 다섯 장에 달하는 욕설을 써서 보냈는데, 요약하자면 스펀지와 용제는 당신들 똥구멍에나 처넣으라는 제안이었다. 리도에 따르면 그들은 이해하지 못했다. 녹청이 프레스코화를 이루는 필수 요소라는 사실과 전능하신 신이 시스티나 성당의 천장에 창조한 세상은 회반죽이 물감을 완전히 흡수할 때까지, 그래서 신생 세상에 약간의 어둠이 내릴 때까지 **미완성**이라는 사실을. 애초에 신이 세상을 창조한 날은 맑은 날이 아니었다며, 녹청 없이는 모든 게 다 똥이나 진배없다고 리도는 호통을 쳤다.

이렇게 말하면서 자신의 (바람을 너무 빵빵하게 넣은 4 사이즈) 공 위에 앉아 있던 리도는 불타는 정의감에 못 이겨 옆으로 갸우뚱하더니 땅바닥으로 고꾸라졌다. 나는 그를 부축해 일으켜 세우면서 그의 팔꿈치를 잡았고, 세월에 닳아 조글조글해진 팔꿈치 살에서는 인간의 녹청이 만져졌다. 그때 멋쩍어하던 미국인들이 마침내 수풀과 나무 밖으로 모습을 드러냈고 나머지 다른 선수들도 하나둘 도착했다.

그리고 리도—미켈란젤로와 천지창조에 관한 어떠한 결례도 자신을 향한 모욕으로 받아들이는 사내—는 늘 그렇듯 공격진에 자리를 잡고 극적인 골을 준비했다.

누구든 리도를 창조한 이는 흡족할 게 분명하다. 리도야 말로 완성을 이뤄낸 몇 안 되는 인간들 중 하나이기 때문이다. 나머지 우리는 그저 아무 조건 없이 단순히 존재할 수 있는 권리를 바라며 진흙 땅 위를 구르고 모진 풍상을 견뎌 녹청을 쌓는 수밖에 없다. 그날 나는 헛발질로 날려버릴 패스라는 걸 잘 알면서도 리도에게 패스를 했고, 그 순간 나보다 훨씬 크고 더 나은 무언가와 연결된 듯한 기분 좋은 얼얼함을 느꼈다. 축구를 그저 쉬엄쉬엄하는 운동으로만 여기는 사람들은 절대 모를 그 얼얼한 감각을.

그랜드마스터들의 삶

1

내가 몇 살쯤에 체스를 배우기 시작했는지는 기억나지 않는다. 그래도 여덟 살보다는 어린 나이였을 텐데, 그 이유는 아버지가 인두로 "1972년, 샤샤 혜몬"이라고 납땜한 체스판을 아직 가지고 있기 때문이다. 나는 체스보다 체스판을 더 사랑했다. 그것은 내가 처음으로 소유한 물건이었다. 체스판이 가진 물질성이 나를 매료했다. 아버지가 납땜 직인을 새긴 뒤에도 한참을 배어 있던 나무 탄 내음, 두껍게 광택 칠한 기물들이 안에서 덜거덩거리는 소리, 체스판을 내려놓으면 기물들이 한꺼번에 둔탁하게 바닥으로 떨어지는 소리와 텅 빈 나무 울림, 심지어 그 맛도 기억한다. 퀸의 가장자리는 빨기 좋았고, 폰의 둥근 머리는 젖꼭지와 다를 것 없이 달콤했다. 체스판은 아직 사라예보 집에 남아 있고 거기에다 체스를 두지 않은 지도 이제 10년이 넘었지만 과거에 나라는 소년이 살았다는 반박 불가의 증거이기에 여전히 내가 가장 아끼는 나의 물건이다.

아버지와 내가 체스를 둘 때는 항상 내 이름이 새겨진 그 체스판을 사용했다. 양손 주먹에 흑 폰과 백 폰을 하나씩 쥔 채 내 쪽으로 내미는 아버지의 주먹을 하나 고르고 나면 체스판에 기물을 세우는 건 내 몫이었다. 대개 나는 흑 폰을 쥔 주먹을 선택했고, 바꾸자고 협상하려 들면 아버지는 곧바로 거절했다. 우리는 체스를 두었고, 내가 매번 졌다. 승리의 기쁨을 맛본 아이들이 성공할 수 있다고 믿는 어머니는 단 한 번도 져주지 않는 아버지를 타박했다. 그러나 인생의 모든 것을 스스로 쟁취해야 하며, 승리를 향한 갈망이 그러한 쟁취에 도움이 될 거라고 믿는 아버지는 자신의 신념을 일호도 굽히지 않았다. 비감상적인 논리를 신봉하는 엔지니어였던 아버지는 노력과 실패를 통해 얻는—내 경우엔 오직 실패뿐이었지만—값진 교훈이 가져다줄 혜택을 믿었다.

그때는 인정하지 않았지만 나는 아버지의 은밀한 격려를 갈망했다. 그러니까 아버지가 내게 져주길 바랐고, 그런 사실을 나는 모르게 해줬으면 했다. 당시의 나는 한두 수 앞을 미리 내다볼 능력이 없었다 (그래서 좋아하던 활동도 축구나 스키 같이 찰나의 순간에 즉흥적인 결정을 내려야 하는 것들이었다). 나는 킹을 무력하게 홀로 두거나, 퀸의 임박한 처형을 눈치채지 못하는 등의 블런더*를 반복했다. 아버

---

* 체스에서 전술적 가능성을 간과하고 저지르는 악수 혹은 커다란 실수.

지가 쳐놓은 덫에 예외 없이 걸려들었고 더 큰 굴욕을 모면하기 위해 너무 이른 기권을 선언했다. 그러나 굴욕을 피할 순 없었다. 대국이 끝나면 아버지가 패망으로 이어진 나의 실착들을 전부 복기하게 했기 때문이다. 아버지는 내게 더욱 집중해서 체스를 생각할 것을, 그리고 더 나아가 삶, 물리학, 과제, 가족을 비롯한 다른 모든 것을 꿰뚫어 볼 것을 당부했다. 내게 체스 교과서를 (그것도 하고많은 사람 중에 하필 이사도라의 부친이 쓴 책을) 사주었고, 나를 데리고 라스커, 카파블랑카, 알레킨, 탈, 스파스키, 피셔와 같은 위대한 그랜드마스터들의 체스 대국을 한 수 한 수 분석했다. 아버지가 참을성 있게 기다려줬음에도 나는 현명한 오프닝*이나 영리한 희생** 같은 승리의 가능성을 거의 읽어낼 수 없었다. 아버지는 나를 머나먼 지평으로 인도하려 했지만, 내게 있어 체스 왕국의 신비로운 위안은 어딘지도 알 수 없는 미래의 것이었다. 거장들의 대국을 복기하는 일은 마치 학교 수업처럼 느껴졌다. 가끔 재밌을 때도 있었지만 내 정신은 자주 기분 나쁜 한계에 부닥쳤다. 그럼에도 불구하고 혼자일 때면 다음 대국 전에 간단한 트릭을 한두 개쯤 익혀서 아버지의 코를 납작하게 해주려는 심산으로 공부했다. 그러나 대신 매번 그리고 빨리 내 추상적 사고력의 낮은 한계에 부닥치고 말았다. 게다가 카파블랑카나 알레킨, 피셔와 같은 그랜드마스터들이 강박적인 은둔자처

---

* 대국의 초반에 보통 12구 이내로 정해진 순서를 따르는 체스 전략.
** 다른 이득을 위해 일부러 말을 희생시키거나 손해를 보는 체스 전략.

럼 보였던 것도 별로 도움이 안 됐다. 아직 작가도 아니었던 내게 감히 따라할 수 없는 예술을 창조해내는 경건한 예술가들은 우러러보이지 않았다. 그뿐만 아니라 예쁜 여자애들, 소설책과 만화책, 막 관심을 갖고 모으기 시작한 음반들, 내 방 창문 아래 놀이터에서 축구하자고 휘파람을 불며 유혹하는 동네 친구들, 나를 둘러싼 세상에는 한눈팔 거리가 무한했다.

한편, 또래들에 비해 내가 체스를 못 하는 건 전혀 아니었다. 친구들과 둔 체스 대국은 블런더나 간과해서 저지른 실책투성이였지만, 그래도 자주 이기는 편이었다. 우리는 체스도 여타의 유년기 놀이를 할 때와 똑같은 방법으로 두었다. 이미 다음에 할 놀이에 정신이 팔린 채 임의적인 승리를 향해 경솔하고 무모하게 질주했다. 나는 생각하는 것보다는 이기는 편이 훨씬 좋았고, 지는 건 아예 좋아하지 않았다. 나만의 표준 오프닝과 공격 전략을 마련해 놓은 덕분에 상대보다 적은 블런더를 저질렀으므로 더 오래 살아남을 수 있었다. 나는 체스 교과서에 나온 함정들에 순순히 걸려들어 대대적인 파멸 앞에 투항할 상대를 찾아다녔다. 그러니 내게는 사전 도발적 언행이 훌륭한 콤비네이션들의 고매한 품격보다 훨씬 큰 가치가 있었다.

내가 4학년이 되었을 때 우리 학교는 담당 선생님을 배정해 학교 대항 체스시합에 나갈 학생 대표팀을 선발하는 교내 체스 토너먼트를 열었다. 나도 신청했다. 나는 내 실력을 시험해보고 싶었고, 전부 혼자서 해볼 작정이었지만 미련하게 그 얘기를 아버지에게 하고 말았다. 그랬더니 어느 토요일 아침, 경기를 위해 나서는 나를 아버지가 따라가겠다고 고집했다. 아버지는 체스에 그다지 큰 관심도 없던 선생님을 시켜 책상들을 전부 다시 정렬한 다음 체스판을 놓고 점수판까지 만들었다. 아버지의 개입이 너무 지나쳤을 뿐만 아니라 학부모들 가운데 개입한 사람은 우리 아버지가 **유일**했다. 작은 책걸상으로 채워진 초등학교 4학년 교실 안에서 아버지의 존재는 마치 거인처럼 두드러졌다. 그리고 그가 누구의 아버지인지 모두가 알고 있었다.

그날 내 어깨너머에서 지켜보던 아버지의 체스 그림자가 내 머리 위로 드리우지 않았다면 나는 그 토너먼트에서 훨씬 잘 해냈을 것이다. 나는 아버지의 시점에서 모든 약점들과 가능성을 떠올려보려고 체스판을 뚫어질 듯 쳐다보았지만 내 눈에는 아무것도 보이지 않았다. 그러나 한 사람의 행운은 보통 다른 누군가의 실패에 있다더니, 가까스로 몇 번의 대국을 이길 수 있었다. 과묵한 지도자처럼 보고 서 있는 우리 아버지의 존재가 나보다도 내 상대를 더 위축하게 만들어 주의를 흐트러뜨렸을 소지가 다분하다.

일이 어찌 되었던 간에 나는 체스 대표팀에 들어갔다. 그리고 2주 뒤 맹아들을 상대로 대국을 펼치기 위해 그들의 학교가 위치한 네쟈리치—당시의 내게는 너무 멀어서 사실상 다른 도시나 마찬가지였던 동네—로 향하는 버스에 올랐다. 총 8명의 선수 가운데 내가 다섯 번째였는데 알고 보니 선수는 네 명만 필요하대서 그날 하루는 허름한 맹아 학교 교정의 음울한 복도를 서성거리거나 우리 팀원들이 하찮은 종이짝처럼 발기발기 찢어지는 모습을 지켜보았다. 나도 체스가 열렬히 하고 싶었지만, 그 맹공을 보고 있자니 빠지게 되어 정말 다행이라는 생각이 들었다. 체스판 위에서 얼굴을 찡그리고 고개를 젓는 맹아 선수들은 밑바닥에 굽이 달린 기물을 손에 꼭 쥐고 있다가 굽을 끼울 구멍을 찾아 체스판을 이 칸 저 칸 더듬었다.

나는 대국이 펼쳐지는 그들의 정신 공간, 모든 콤비네이션과 모든 공격선 및 방어선들의 윤곽이 뚜렷하게 그려진 듯한 그들의 내면 세계를 내 머릿속에 그려보려고 노력했다. 그러나 그 대신 내가 본 건—그리고 그들은 절대 볼 수 없다고 생각했던 건—협상을 거부하는 물리적 현실의 진부한 견고성이었고, 시야에서 펼쳐지는 외면할 수 없는 양상이었다. 그 시야 너머로는 아무것도 보이지 않았다. 열 살 난 소년이었던 나는 외면세계에서 행복하게 작동 중이었고 내면을 찾아 들어갈 때는 오직 독서할 때뿐이었다. 진부하고 견고한 구체성의 세계는 단 한 번도 완전히 닫힌 적이 없었기에 나는 체스의 추상적인 공간 안에서 사고하는 법을 몰랐다. 예를 들면 아버지와 체스를 둘 때도 피할 수 없는 그의 물리적 실재가 강력한 방해물이 되었다. 나는 우리의 관계와 이를 둘러싼 모든 것을 체스와 따로 떼어 놓고 생각할 수 없었다. 아버지의 발이 덜덜 떨리면 덩달아 무릎도 급작스럽게 들썩거렸고, 그의 커다란 손에 달린 편편하고 편편한 엄지손가락이 승리를 확신하며 기물을 날랐으며, 내게는 전혀 보이지 않던 기회를 발견하면 그의 고개가 끄덕거렸다. 부엌에서는 음식 냄새가 공기에 실려 왔고, 어느새 시야로 들어온 어머니가 아버지에게 다시 한번 나를 체크메이트 당하게 하지 말라고 간청했다.

자연스레 나는 아버지의 대국 제안을 매번 거절하는 지경에 이르렀다. 아직 훈련 중이라거나, 공부하고 있다거나, 준비가 덜 됐다는 핑계를 댔다. 그러나 아버지가 대학 동창인 자르코 삼촌과 체스를 둘 때면 나는 곁에서 훈수를 두면서 그들의 도발적 언행에 귀를 기울였다. 나는 어쩐지 죄짓는 기분으로 아버지에 반하는 응원을 했다. 아버지의 패배를 목격하고 싶었고, 그래서 우리가 대국할 때 내가 어떤 심정일지 그도 이해할 수 있기를 바랐다. 그가 내게 자신이 아는 걸 가르치는 동안 내게는 그 모든 것들이 어떻게 보일지 그도 알게 되길 바랐다. 아마 사랑은 현실을 바라보는 흔한 시야를 찾아가는 과정인가 보다. 나는 우리가 호수보다 악수가 훨씬 많을 때의 절망을 나누고, 불안한 결정을 내릴 때의 두려움을 공유하며, 패배의 당혹감을 통해 연대하길 바랐다. 물론 지금에 와서는 아버지의 패배도, 승리도 전혀 기억나지 않는다. 초라해진 그의 모습을 보며 고소해 했던 기억도 없다. 내 기억의 창에 비친 아버지는 그저 기물들 너머로 뿌루퉁하게 입을 내밀고 체스판에 펼쳐진 힘겨운 형세에 비례하는 속도로 다리를 덜덜 떨고 있을 뿐이다. 내 상상 속에서 아버지는 자신의 내면세계에 들어가는 걸 즐긴다. 그의 엔지니어적 두

뇌로 난제를 해결하길 좋아한다. 이성과 논리가 지배하는 공간을 사랑한다. 그리고 그는 나를 사랑한다.

2

고등학교 때 나는 선행반 학급에 있었다. 우리 반에서는 인문학과 자연과학 시간을 희생해서 확보한 일주일에 열두 시간을 수학과 물리학에 할애했다. 우리가 미분과 허수에 몰두하고 양자역학과 복소함수에 머리를 싸매고 있을 때 '일반'반의 또래들은 기본 함수를 깨우치느라 고군분투했고 미술, 음악, 생물의 따스하고 비옥한 토양을 배회했으며 모든 고등학생이 소질을 보이는—특별히 아무것도 아닌—것들을 배웠다.

상대성 이론에 강하게 매료되었던 나는 수학 주도 학습반에 등록하기로 결심했다. 아인슈타인의 이론과 그에 따른 놀라운 암시들(시공간! 블랙홀! 암흑물질!)을 다룬 인기 과학 기사들을 수없이 탐독한 뒤로 이론 물리학자들의 일과가 하늘의 별을 바라보며 대체 우주를 상상하는 일이 전부라는 걸 알게 됐다. 그리고 이런 걸 나중에 생계를 위해 하면 좋겠다는 결론에 이르렀다. 그러나 고등학교에 진학하고 얼마 지나지 않아 수학의 영역에서 내가 할 수 있는 건 그저 아무 준비 없이 즉흥적으로 부딪히는 것뿐이라는 현실을 받아들여야 했고, 그래서 그때부터는 들입다 헤딩 해댔다.

괴짜 자원이 풍부한 환경이었던 우리 반에는 누군가의 품에 파묻히는 데 관심 있는 사춘기 소녀들의 수가 비참할 정도로 적었다. 다른 반에는 여자애들이 훨씬 많았지만 모두들 우리의 손이 닿지 않는 곳에 우리가 내뿜는 괴짜 암흑 물질로 영영 가로막혀 있었다. 머지않아 우리 반은 "구멍가게 직원들"이라는 모욕적인 별칭으로 불리기 시작했다. 식료품점에서 물건값을 계산하는 일이 다른 고등학생들의 머릿속에서는 수학의 유일한 쓸모였던 모양이었다.

반에는 상당한 수준의 수학 영재들이 다수 포진해 있었고 적어도 한 명은 공인된 천재였다. 믈라덴이라는 이름의 그 아이는 확실히 멋은 없었다. 그는 늘 브이넥 스웨터에 빳빳하게 주름을 세운 바지만 입고 다녔다. 항상 수업에 집중했으며 욕을 하거나 은어를 쓰는 법이 없었고 로큰롤이나 축구에도 전혀 관심이 없었다. 그래도 사춘기 소년 특유의 허세를 모르는, 심하다 싶을 정도로 착한 애였다. 우리가 골머리를 썩던 수학 문제들이 그에게는 이유식 수준이었다. 수학이라는 빛나고 메마른 공간 안에서 그는 편안하게 지냈다. 한번은 체육 시간에 반 애들끼리 짝을 지어 나란히 원을 그리며 뛰고 있는데 그가 난데없이 나타나 내게 한다는 말이, "네 궤적이 나보다 훨씬 큰데"였다. 나는 그가 무슨 소리를 하는 건가 하다가, 자신이 나보다 안쪽에서 뛰고 있으니 내가 그리는 원이 자기 것보다 훨씬 크다는 그의 설명을 듣고 나서야 이해했다. 1학년을 마치기 전에 그는 미국 워싱턴에서 열린 국제 수학 올림피아드에서 금메달을 땄고, 같은 시기에 나는 《호밀밭의 파수꾼》을 읽고 흡연자가 되었으며 레드 제플린에서 XTC로 갈아탔고 내가 그저 학구적인 범재에 불과하다는 사실을 인정한 게 다였다.

학교에서 여자애들과 부딪힐 일이 없었던 우리는 체스를 열심히 두었다. 종종 대대적인 토너먼트를 열기도 했다. 수업 중에도 체스를 했고 선생님들은 그런 사실을 까맣게 몰랐다. 점수판은 교실 벽에 붙었고 항상 선두 자리를 지키는 플라덴은 그 누구보다 단연 빼어났다. 사실 그의 실력은 너무나 출중해서 눈을 가리고도 많게는 여섯 명과 다면 대국을 펼치면서 선생님의 수업에 집중하고 판서를 열심히 받아 적을 수 있을 정도였다. 반면, 우리는 꾸지람을 감수하며 책상 아래 체스판을 숨겨놓고 수업이야 어찌 되든 완전히 무시하고 있었다. 눈앞에 놓인 포지션을 분석하자마자 우리는 각자 플라덴에게 이를테면 "킹을 e2에서 e4로"라고 적힌 쪽지를 전달했다. 그러면 그는 선생님 말씀의 맥락을 놓치지 않으면서 신속하게 다음 수를 알려왔다. 그 즉시 우리는 그의 뛰어난 전략을 알아차렸고 그에게 완파되었다는 사실을 깨달았다. 이에 대한 복수로 우리는 엉덩이를 뒤로 쭉 내밀고 칠판지우개를 곧은 일자로 평행하게 문질러가며 칠판을 지우는 그의 모습을 따라하며 놀렸다.

플라덴과 상대할 시도라도 해볼 만한 사람은 반에서 루보가 유일했다. 나는 그를 초등학교 때부터 알고 지냈다. 그 시절엔 내가 비틀스 커버밴드의 조지를 흉내 내면 루보는 링고인 척했다. 그러나 고등학생이 된 뒤로 그는 로큰롤을 비롯한 대부분에 흥미를 잃고 오로지 수학과 체스에만 빠져들었다. 깔끔하고 단정한 차림에 절제된 태도를 지닌 믈라덴에 비하면 루보는 심각하게 엉성한 데다 나사 하나 빠진 수학자의 전형을 보여주었다. 그의 서체는 읽을 수 없을 정도여서 수학시험에 나온 어려운 방정식에 영리한 답을 써놓고도 선생님이 알아볼 수 없었던 탓에 종종 낮은 수학 성적표를 받기도 했다. 인습에 얽매이지 않는 신낭만주의적 신화(부로스키! 섹스피스톨즈! 워홀!)에 물들어 있던 나는 우리가 갇힌 현실 공간 안에서 제대로 기능하지 못하는 루보의 불능이 진정한 천재의 표식이라고 생각했다. 나는 그가 우리들 가운데 가장 훌륭한 인물이 될 거라고 짐작했다.

2학년으로 진급했을 무렵 믈라덴은 체스 초짜들과의 눈가림 대국도, 나 같은 바보들에게 복소함수를 설명하는 일도 다 그만두었다. 몇 달 안에 그는 필요한 시험을 모두 통과한 뒤 고등학교를 조기 졸업하고 대학에 진학하여 책임이 따르는 저지대의 삶으로 사라졌다. 남은 우리 체스 초짜 구멍가게 직원들은 졸업 전에 대학 입학시험이라는 홀라후프 장애물을 뛰어넘은 다음 군대에 가서 의무 병역 기간을 채워야만 했다.

믈라덴의 행적을 고대로 따라해 군복무를 피할 수 있을 만큼 칠칠하거나 체계적이지 못했던 루보는 징집되어 끔찍한 시간을 보냈다. 군복무를 마치고 돌아온 루보는 완전히 제정신이 아니었는데도 대학 신입생 때 치른 온갖 고난도의 수학시험을 다 통과했다. 그중

난관이 있었던 시험은 그래프들을 깔끔하게 그려내야 했던 기하학 하나뿐이었다. 이 시험을 치르는 날 그는 면도도 하지 않은 여드름 투성이 얼굴로, 빨지 않은 셔츠를 바지 밖으로 축 늘어뜨린 채 손에는 부러진 자와 뭉뚝한 연필 한 자루만 쥐고 시험장에 나타났다. 그가 시험에서 그린 그래프들은 단순한 기하학의 세계보다 훨씬 더 복잡하게 얽혀 있는 그의 정신세계를 보여주는 것 같았다.

머지않아 루보는 완전한 조현병의 마수에 걸려들었다. 사라예보 외곽의 시립 동물원에 근접한 음울한 유령의 집 같은 야고미르 Jagomir 정신병원에 두어 번 감금되기도 했다. 나는 그를 찾아가진 않았지만 반 애들 가운데 몇 명이 그리로 면회를 다녀오기도 했다. 그 애들은 비좁은 병실 안에 가득 들어찬 환자들이 상상의 찻잔에 상상의 커피를 따라 상상의 손님들을 대접하고 있다거나, 구석에 옹송그리고 모여 비현실적인 고통으로 울부짖더라는 끔찍한 목격담을 들려주었다. 루보는 자신을 찾아온 급우들에게 정교하게 짜인 복잡한 음모론을 장황하게 펼쳐놓았고, 희박한 가능성 사이사이에 놓인 명백한 연결 고리를 보지 못하는 그들을 조롱했다. 루보와는 달리 그의 혼돈한 내면세계를 인도할 목소리가 들리지 않았던 급우들은 어리벙벙해져서 그의 이야기를 아득하게 듣고만 있었다.

야고미르에서 퇴원한 루보가 부모님 집으로 돌아온 뒤, 하루는 집으로 놀러와 루보와 대화도 좀 나누고 기운을 북돋아 달라고 부탁하는 루보 어머니의 전화가 걸려왔다. 그래서 그와 고등학교 친구들인 우리 일곱이 루보네 집으로 찾아갔다. 우리는 소심하게 벨을 누른 뒤 불편한 마음에 낄낄거리다가 근심 어린 표정의 루보 어머니에게 선물로 사 온 초콜릿 봉봉 캔디를 건넸다. 그의 어머니는 마치 생일 파티를 하는 것처럼 청량음료와 과자를 내왔고 방에 우리만 남겨둔 채 밖으로 나갔다. 그렇지만 분명 방문에 귀를 대고 엿들을 것 같았다. 우리는 어색해서 왁자지껄 떠들기만 했다. 루보가 전혀 괜찮아 보이지 않았고 우리도 무슨 말을 해야 좋을지 몰랐기 때문이다. 루보는 독한 항抗정신병 약 기운 때문에 힘이 없고 움직임도 둔했다. 그러다 그가 정신분열적 독백을 시작하자 우리는 놀라서 할 말을 잃고 듣기만 했다. 알레킨Alexander Alekhine*의 진짜 이야기라면서 루보가 폭로한 데 따르면, 알레킨은 신의 직계 후손이고, 그래서 일종의 운명을 관장하는 기구에 관여하고 있었는데, 이 기구는 그의 체스 대국을 정확히 분석한 이들에게만 현현한다는 것이었다. 그런데 어찌된 일인지 알레킨의 신성성이 루보 자신에게 전이되어 그가 신과 직접 소통할 수 있게 되었다고 했다. 그가 아직 쓰지도 않은 능력을 우리로서는 확인할 방법이 없다고 말하자 그는 우리가 무슨 일이 일어나고 있는지 전혀 모른다고 했다. 이제 알레킨 이야기의 얼개는 진정으로 위대한 그랜드마스터들—알레킨의 신성 경지에 이른 이들—이 결국엔 모두 체스를 그만두었다는 주장으로 풀려나갔다. 그

---

* 러시아 태생의 프랑스 체스 챔피언으로, 체스 역사상 가장 위대한 그랜드마스터로 일컬어진다.

이유인즉, 체스의 다양한 포지션의 수가 제아무리 엄청나다 한들 한정되어 있어서 진정한 그랜드마스터들은 이미 가능한 콤비네이션을 전부 시도해보았고, 이로써 체스의 바깥 한계에 도달했다는 것이다. 더 이상 도전해볼 체스 대국이 남지 않게 되자 그들은 지루해진다. 우리는 넋을 빼고 그의 이야기를 들었다. 루보는 위대한 그랜드마스터들이 체스의 끝에 이르게 되면 그들은 이제 자살 체스, 즉 목표가 빨리 지는 것인―누구든 먼저 지는 사람이 이기는―체스의 세계로 넘어간다고 했다. 이 자살 체스는 부이룸bujrum이라고 불렸다. 부이룸은 보스니아어로 "맛있게 드세요"라는, 식탁에서 음식을 대접할 때 쓰는 말이었다. 말하자면 자기 기물을 상대 앞에 차려놓고 가능한 한 많이, 가능한 한 빨리 지려고 노력하면서 스스로를 체크메이트로 몰아넣는 것이다. 나도 어릴 때 부이룸을 해봤지만 내가 신성 영역을 침범할 수도 있다는 생각은 전혀 못했다. 이제 바비 피셔를 비롯한 위대한 그랜드마스터들은 전부 부이룸을 한다고 루보가 말했다. 훌륭한 부이룸 선수들은 대부분 들어본 적 없는 이름이었다. (당시 세계 챔피언 타이틀을 놓고 치열하게 경쟁하던) 카르포프와 카스파로프도 사실 부이룸의 경계를 넘어 체스의 다른 세계로 넘어가지 못한 안쓰러운 초짜들에 불과했다.

그의 근심 어린 믿음이 너무나 확고해서 그의 이야기는 잠깐이나마 그럴듯하게 들렸다. 우리는 정신을 차리고 잡념을 털어내야 했지만, 계속 아무 말도 하지 않았다. 그의 횡수설화에 대꾸할 방법도 없었거니와 정신병적인 그의 신념을 조금이라도 약화시킬 반론을 생각해낼 수 없다는 걸 알고 있었기 때문이다. 그래서 침울하게 앉아만 있는데 루보의 어머니가 프레츨과 콜라를 들고 방으로 들어왔다. 우리는 재빨리 프레츨을 집어 들었고 정크 푸드 빨대를 꼭 쥔 채 아무 말도 하지 않으려고 입안을 가득 채웠다. 이제는 해방되고 싶은 마음이었지만 파티가 계속되길 바라는 루보의 어머니가 친구들에게 아코디언 연주를 들려주라고 아들에게 권했다. 루보는 순순히 자신의 악기를 가지고 왔다. 빙하가 움직이는 속도로 루보가 아코디언 줄을 조절하는 동안 우리는 잠자코 기다렸다. 연주의 첫 몇 음절을 들어보니 〈환희의 송가Ode to Joy〉였다. 우리들 중 누구도 루보가 조율도 안된 아코디언으로 베토벤을 연주할 거라고 예측하지 못했다. 서서히 호흡을 들이마셨다 내쉬었다 하면서 루보는 환희의 '환' 자도 없는 선율과 쌕쌕거리는 숨소리를 자아냈다. 지금까지도 내게는 루보가 해석한 베토벤 9번 교향곡의 마지막 악장들이 여태껏 들어본 중에 가장 슬픈 악곡, 아니 인간이 낼 수 있는 가장 슬픈 소리로 남아 있다. 그가 우리를 위해 연주한 음악은 체스에 있어 부이룸과도 같았다. 그의 연주는 '환희의 송가'와 정확히 반대되는 지점에 놓여 있었다. 우리는 반대 음악과 자살 체스가 암시하는 무시무시한 가능성에 마비되었다. 우리 삶 너머에는 반反삶이 있었고, 그가 그곳에 살고 있었지만, 그의 역逆환희의 송가를 듣게 되기 전까지는 그 사실을 전혀 모르고 있었다. 우리는 백치들처럼 박수를 쳤고 김빠진 콜라를 벌컥벌컥 들이켰으며 그의 어머니에게 감사하다고 말한 뒤, 반물질과 암흑의 공포 없이 살아보려고 애쓰기 위해 집으로 돌아갔다.

3

1990년대 초반, 우크라이나 빌리지에서 에지워터로 이사한 나는 로저 스파크에 위치한 아토믹 카페라는 곳에서 체스를 두었다. 내가 세 들어 살던 예술가 레지던스에서 불과 몇 블록 떨어지지 않은 곳이었다. 바로 옆에는 단돈 2달러에 재상영 영화들을 볼 수 있고 만든 지 한참 된 팝콘 냄새가 진동하며 화장실 변기는 언제나 막혀 있던 400 무비시어터가 있었다. 여름이면 사람들은 아토믹 카페의 울타리 쳐진 야외 테라스에서 체스를 두었다. 그 외 계절에는 근처 로욜라 대학교에 다니는 학생들로 카페가 가득 찼고 체스 열광 팬들은 구석 자리를 지켰다. 노스사이드의 선수들은 체스를 두기 위해 매일같이 카페에서 회합했다. 주말이면 12시간을 내리 체스만 두는 것도 어렵지 않았다. 처음 카페를 둘러본 1993년의 어느 초여름 날에는 한동안 훈수만 두다가 영화 시간에 맞춰 자리를 떴다. 그리고 바로 다음 날 혹시 체스를 할 수 있을까 하는 마음에 카페를 다시 찾았다. 소심하게 구경만 하다가 자신감을 충분히 끌어모은 나는 자신을 피터라고 소개하는 한 노인의 도전을 받아들였다. 그의 행색은 후줄근했다. 하얗게 센 털들이 귓구멍 바깥까지 뻗쳐있었고 볼록 나온

배를 감싼 플란넬 셔츠는 금방이라도 툭 하고 터질 것 같았으며 가슴팍에 달린 주머니 밖으로는 봉투 몇 개가 반쯤 빼꼼히 나와 있었다. 어떤 연유에선지 향수 냄새도 강하게 풍겼다. 그러나 그가 체스판의 포지션을 살피면서 양미간을 찌푸리자 갑자기 아주 현명한 사람처럼 보였다. 발로 공을 다루는 솜씨만 봐도 그 사람이 축구를 잘하는 사람인지 아닌지 얼추 짐작할 수 있는 것처럼 다음 수와 그 너머의 온갖 경우의 수를 연구하느라 깊이 몰두해 있는 그의 모습에서 체스를 아주 진지하게 대하는 사람임을 알 수 있었다.

피터를 상대로 한 첫 번째 대국이 어찌 흘러갔는지 정확히 기억나진 않지만, 내가 패배한 것만은 확실하다. 그렇게 부담되는 대국을 해본 건 실로 오랜만이었다. 그런데도 카페를 계속 찾았고 체스를 점점 더 많이 두었으며 나를 무찌르는 데 전혀 질리지 않는 듯한 피터와 자주 대국을 했다. 다른 사람들과도 체스를 두었고 심지어 몇몇 이름난 토박이들을 상대로 승리를 거두기 시작했다. 머지않아 주말이면 카페로 가서 체스로 긴 시간을 때우다가 옆 건물로 영화를 보러 가는 생활을 시작했다.

알고 보니 아토믹 카페는 체스에 중독된 온갖 군상들의 집합터였다. 대국과 대국 사이에 나는 쉬고 있는 선수들과 어울리며 담소를 나눴고, 그들의 삶의 단면들을 끄집어내겠다는 열정으로 많은 질문들을 던졌다. 일테면 카페에는 베트남 참전 용사가 하나 있었는데 그는 최소한 사이공의 함락 이후부터 줄곧 장애 연금을 받고 있었다. 무릎을 자주 퍅 하고 움직이던 그는 동남아시아에서 공산주의의 확산을 막아낸 데 일조한 자신을 자랑스럽게 여겼다. 그가 하는 일은 체스를 두고 마약을 하는 것 뿐이었다. 한 번은 LSD 환각제에 취해 흐르는 물줄기에 자기 머리를 담그고 다가오는 물방울들을 들여다본 일을 묘사하는데, 물방울 분자들이 아름다워서 빌어먹을 정신이 제길 뿅 가더라고 했다. 덩치와 체형이 미식축구선수 같은 마스터 마빈도 이따금 카페에 들러 속기 체스Speed Chess*를 두었고, 경탄하며 보고 있는 구경꾼들은 무슨 일이 벌어진 건지 전혀 모를 만큼 빠른 속도와 현란한 기술로 체스 신출내기들을 쳐부수었다. 명석한 두뇌를 가진 인도계 컴퓨터 프로그래머도 하나 있었는데, 내가 카페를 자주 들락거렸던 그 짧은 몇 년 동안 체스 중독으로 직장에서 몇 번이나 해고당했다. 적어도 한 번 이상은 그의 아내와 체스를 끊겠다는 약속을 했는데도 결국은 끊임없이 체스만 생각하는 버릇을 고치지 못했다. 체스를 완전히 끊어내는 데 실패한 그는 계속 카페에 출입했고 대국을 하자는 제안은 전부 거절하면서도 훈수를 두면서 대국할 만큼의 시간을 허비했다. 예견된 대로 결국엔 이혼한 모양이었다. 그렇다고 그를 마지막으로 본 날 그가 내게 말해주었다. 당시에 그는 택시 운전을 하고 있었는데 카페 앞에 택시를 주차해놓고 요금을 거둬들이는 데는 전혀 관심이 없고 금단에서 벗어난 데만

---

* 체스에서 제한시간이 15분 이상 1시간 이하인 대국.

신이 나 있었다. 나의 체스 친구들은 모두 고통스러우리만치 덧없는 체스의 미를 재현하려고 끊임없이 애쓰면서도 부이룸의 경계가 들어오는 시야에는 가닿지 못한 고독한 인간처럼 보였다.

그리고 그곳에 피터가 있었다. 그와 대국을 하면 나는 전방위에서 공격을 퍼부었지만 그는 참을성 있게 방어했고 내가 실수를 저지르길 기다렸다. 불가피하게 내가 하나라도 실수하면 피터는 여분의 폰을 가지고 끝내기에 들어갔고 내 퀸을 향해 가차 없이 돌격했다. 머지않아 나는 패배를 인정할 수밖에 없었고, 거기에 그는 농담으로 내게 기권한다는 글을 써달라고 했다. 대국하는 중에는 서로 말을 많이 하지 않았지만, 대국과 대국 사이에 이야기를 나누며 기본적인 정보를 주고받았고 공통점을 확인했다. 그는 이 동네에서 향수 가게를 운영하며 가게 안에 살고 있었는데 후줄근한 노인 행색과는 어울리지 않았던 그의 변화무쌍하고 짙은 꽃향기가 그제야 설명이 되었다. 우리는 둘 다 이방에서 온 사람들이었다. 그에게 나는 사라예보에서 나고 자랐다고 말했더니 그는 "유감이네"라고 했다. 한편, 피터는 아시리아인이었지만 베오그라드에서 태어났다. 온종일 펼친 대국을 마치고 집으로 걸어가는 길에 나는 그에게 어쩌다 출생지가 베오그라드가 되었냐고 물었다. 그러자 망설임을 담은 신음 소리를 내뱉은 뒤 불편함에 가라앉은 목소리로 그는, 1917년 무렵 아르메니아인들을 정신없이 몰살하던 튀르크족에게 아시리아인들도 제거할 수 있는 시간과 총알이 남아서 그의 부모님도 고향인 터키를 떠나야만 했다고 말했다. 그의 부모님은 베오그라드로 피신했고 거기서 그가 태어난 것이다. 몇 년 후, 난민의 삶다운 예측 불가의 궤적을 따라 피터의 가족은 당시 막 독립국이 된 이라크에 정착했고, 피터는 그곳에서 성장했다. 그러나 이십대에 수상의 아들과 싸움에 휘말리게 되어 (이에 대한 자세한 내용이나 설명은 제공하지 않았다) 이라크를 떠나야 했다. 목숨이 위태로워진 그는 이란으로 도망쳤다. 이후 이란에서 결혼했고 아들을 낳았으며 1979년에는 테헤란에 살면서 미국 대사관에서 일했다. 그 당시 테헤란은 이슬람 혁명으로 시끄러웠고 미국 대사관은 가장 끔찍한 곳이었다.* 혼란한 대변혁의 시대에 눈에 띄는 청바지를 입고 다니던 그의 외동아들은 거리에서 혁명가들에게 붙들려 몸수색을 당했다. 그의 아들은 마리화나를 소지하고 있었고, 그 자리에서 총에 맞아 죽었다.

그러니 여기 피터라는 이름의 아시리아인이 있었다. 그는 시카고에서 가짜 남성용 이터니티 향수를 팔았고 특별히 기뻐하지도 않으면서 번번이 체스로 나를 깔아뭉갰다. 그리고 여기 한 남자가 있었다. 그의 삶은 내가 감히 상상할 수도 없는 커다란 고통을 껴안고 있었다. 피터의 인생 이야기는 우리가 헤어지기 전까지 같이 몇 블록을 걷는, 5분이 채 안 되는 시간 동안 펼쳐졌다. 그때 나는 배웠다. 세상에는 내 것보다 비통하고 강력한 이야기가 늘 존재한다는 사실

---

* 1979년 11월, 테헤란에서 과격파 학생 시위대가 미대사관에 난입, 점거함과 동시에 약 70여 명의 외교관을 인질로 억류한 사건이 있었다.

을. 그리고 내가 왜 그렇게 피터에게 끌렸는지도 이해하게 되었다. 우리는 같은 실향 종족이었던 것이다. 그 동족의식을 느꼈기 때문에 나는 군중 속에서 피터를 선택했다.

나는 몇 주 전에 우리 옆자리에서 "있잖아"를 남발하며 거의 숨도 안 쉬고 떠들어대던 로욜라 대학생 둘을 향해 폭발하던 피터의 모습이 떠올랐다. 나는 그들 대화의 한없는 공허와 "있잖아"의 멍청한 반복에 화가 났고, 도무지 무슨 말을 하려는 건지 도저히 알 수 없었던 까닭에 그만 듣고 있을 수도 없었다. 그러나 늘 방해당하는 데 익숙해 있던 나는 그냥 참고 있었다. 그런데 피터가 갑자기 폭발했다. "왜들 그렇게 떠들어?" 그는 학생들에게 고함을 쳤다. "말 같지도 않은 말을 한 시간째 떠들고 있잖아. 좀 닥쳐! 닥치라고!" 겁 먹은 학생들이 입을 닫았다. 피터의 폭발은 충격적이기는 했어도 나로선 충분히 이해되었다. 그는 말을 허비하는 데만 개탄한 것이 아니라 말과 같이 허비되는 도덕적 무기력에 분노했다. 목구멍에 실향이라는 가시가 걸려 절대 빠지지 않는 그에게는 세상에서 일어나는 끔찍한 일을 전부 설명하기에도 평생 모자란 말을 아무것도 아닌 데에 허비하는 게 옳지 않았다. 중요하지도 않은 것을 말할 바에는 차라리 침묵하는 편이 나았다. 우리는 말을 허비하는 맹습으로부터 모든 기물이 논리적으로 정렬될 수 있고, 서로 규칙을 준수하며, 승리의 가능성을 모두 잃은 뒤에도 패배를 승리로 바꿀 기회가 남아 있을지 모르는 우리 내면의 깊숙하고 고요한 공간을 지켜내야 했다. 물론 학생들로서는 피터 내면의 무한한 고통을 이해할 도리가 없었다. 할 말이 없게 예방 접종을 받은 그들은 차마 말할 수 없는 것에 접근할 수 없었다. 그들은 우리를 볼 수 없었다. 우리가 거기 있었음에도 우리는 아무 데도 없었고 또 어디에나 있었기 때문이다. 그래서 그들은 입을 다물고 무자각의 침묵 속에 앉아 있었다. 그러다 자리에서 일어나 카페를 떠났다. 피터와 나는 다음 체스 대국을 위해 기물을 정렬했다.

4

아토믹 카페에서 정기적으로 체스를 둔 지 2년쯤 지나자 나는 체스 초보자치고는 꽤나 괜찮은 실력을 갖추게 되었다. 그 이상으로 발전해 훌륭한 선수로 거듭나기 위해서는 위대한 대국을 분석하는 공부를 해야 했다. 하지만 그러지 못했다. 단지 너무 나이를 먹고 게을러져서만이 아니라 내게는 체스를 공부하고 있을 시간이 없었다. 내 내면을 감쌀 신체를 먹이고 입히기 위해 돈을 벌어야 했다. 게다가 모국어와 실향 언어 사이에 갇혀 둘 중 어느 하나로도 글을 쓸 수 없이 몇 년을 보내고 그제서야 겨우 영어로 글을 쓸 수 있게 된 시기였다. 그 과정에서 나는 경험을 가공하고 이야기를 생산할 수 있는 새로운 공간을 규정했다. 글쓰기는 나의 내면을 정돈하는 또 하나의 방법이었고, 이로써 내면세계로 들어가 그 안을 말로 채울 수 있게 되었다. 체스를 향한 나의 욕구는 글쓰기로 채워지고 있었다.

돌이켜보면 나의 마지막 체스는 아버지를 상대로 했던 대국이었다. 물론 확실하진 않지만 그 대국이 내게는 의미 있는 마지막 체스였다. 부모님을 만나러 캐나다 온타리오주의 해밀턴을 찾았던 1995년의 언젠가 나는 아버지에게 대국을 제안했다. 당시 캐나다에 막 정착한 부모님은 그들이 그려온 난민 궤적의 맨 밑바닥으로 떨어졌고, 마치 동아줄의 끄트머리를 붙잡고 있는 것 같았다. 캐나다의 잔혹한 기후와 불편한 언어의 학대를 받으며 친구도, 가족도 없이 살아야 했던 부모님은 극도의 향수병과 절망에 시달렸다.

나로서는 그들에게 아무런 도움을 줄 수 없었다. 부모님과 지내는 동안 우리는 너무 자주 다투었다. 그들의 절망이 나의 그것과 정확히 일치했기 때문에 부모님은 **나에게** 어떠한 위안도 줄 수 없었고, 그 사실이 나를 화나게 만들었다. 아마 여전히 그들의 아이이고 싶었던 모양이다. 우리는 아주 사소한 것들로 싸우다가 전쟁 이전에 끝내지 못한 다툼과 잊지 못할 모욕들을 떠올리고 끄집어내서 상처를 준 뒤 불과 몇 분 만에 화해했다. 우리는 서로를 심지어 함께 있는 와중에도 그리워했다. 이전 삶의 상실이라는 빛바랜 코끼리가 우리와 같은 공간에 떡 버티고 있었기 때문이다. 이제 그 무엇도 절대 예전 같을 순 없었다. 캐나다에서 함께 한 모든 것이 보스니아에서 함께하던 것들을 떠올리게 했다. 그러니 우리는 그런 것들을 하는 게 즐겁지 않았고, 그렇다고 달리 할 일도 없었다. 나는 날마다 부모님의 (어느 친절한 캐나다인이 기증한) 소파에 앉아 범죄 수사물 드라마 〈로앤오더Low and Order〉의 재방송을 보면서 시간을 보냈다. 텔레비전에 빠진 혼수상태에서 이따금 깨어날 때라고는 피터가 로욜라 대학생들을 속수무책으로 얼어붙게 했던 것처럼 누군가를 향해 고함을 지르고픈 충동이 일 때뿐이었다.

그런 절망적인 나날들 가운데 하루는 내가 아버지에게 체스 도전장을 내밀었다. 아버지를 이기고 싶어 안달이 났던 걸 인정한다. 아토믹 카페에서 혹독한 수련을 거친 나는 아버지와 대국하지 않은 지 몇십 년이 흐른 뒤에야 비로소 그의 체스 그림자를 벗어던질 준비가 되었다. 드디어 그를 무찌르고 어릴 적에 내가 느꼈던 감정을 그도 고스란히 느끼게 몰아넣을 수 있었다. 마침내 우리 사이의 오랜 불균형은 해소되었다. 나는 흑백 폰을 하나씩 쥔 양 주먹을 아버지에게 고르라고 내밀었고 아버지는 흑 폰을 골랐다. 우리는 조그만 자석 체스판 위에 기물을 세웠고, 체스를 두었고, 내가 이겼다. 승리했지만 아무런 기쁨도 느낄 수 없었다. 아버지 역시 마찬가지였다. 마침내 그가 내게 져줬을지도 모를 일이다. 만약 그런 거라면 나는 전혀 눈치채지 못했다. 우리는 진정한 그랜드마스터들처럼 침묵 속에 악수를 나누었고 두 번 다시는 서로를 상대로 체스를 두지 않았다.

개집에서의 삶

1995년의 어느 날, 나는 ESL(제2외국어로서의 영어)을 가르치던 직업학교 강사실에서 L을 만났다. 몇 차례 담소가 오가던 중에 L은 로베르 브레송Robert Bresson을 가장 좋아하는 영화감독으로 꼽았다. 마침 그 주에 패시트Facets 영화관에서 브레송의 회고전이 열렸기에 〈소매치기Pickpocket〉를 같이 보러 가자고 제안했고 그녀는 좋다고 했다. 수업을 하러 교실로 향하던 길에 그녀는 의자를 피하면서 살짝 뛰어올랐고 순간 이런 생각이—그게 어떤 말이었다면—떠올랐다. 나는 저 여자와 결혼하겠구나. 그건 어떤 결정이나 계획이 아니었다. 열망이나 연대감과도 아무런 관련이 없었다. 단지 나는 피할 수 없는 미래를 인지했던 것뿐이었다. 밤에 밤이 온 걸 인지하는 것처럼 나는 그녀와 결혼하게 될 걸 알았다.

우리는 〈소매치기〉를 보러 갔고, 그다음엔 〈호수의 란슬롯Lancelot

du Lac)을 봤다. 사랑 놀음은 완전히 벗겨낸, 원탁의 기사 랜실롯과 기네비어 여왕의 이야기를 담은 그 영화에서는 갑옷을 입은 기사들이 걸어 다닐 때마다 삐걱거리는 소리를 내서 갑옷 안의 살과 문드러지는 고통을 모두 상상할 수 있었다. 영화를 본 뒤 우리는 그린밀로 술을 한잔하러 갔고 바에서 그녀에게 키스했다. 그녀는 스툴 의자에서 일어서더니 밖으로 나가버렸다. 당시 L에게는 남자 친구가 있었고, 그녀는 파티에서 정신없는 노래에 맞춰 폴짝폴짝 뛰고 있는 그를 찾아가 땅바닥으로 끌어 내린 다음 그와 헤어졌다. 그렇게 우리는 데이트를 시작했다. 1년 반쯤 지나 우리는 같이 살게 되었다. 2년 반쯤 지나서 신발 끈 매듭을 묶으며 그녀에게 청혼했다. 이른바 부부의 연을 맺는다는 상투적인 의식을 선보인 것이다. 그녀가 처음엔 알아듣지 못해서 다시 말해야 했다. 손에 든 반지도 없었지만 그녀는 수락해주었다.

우리는 모든 걸 함께 했다. 우리는 상하이로, 사라예보로, 파리로, 스톡홀름으로 함께 여행을 떠났다. 나는 그녀에게 스키 타는 법을 알려주었고, 시카고에서 자란 그녀는 도시에 대한, 나로선 달리 알수 없는 이야기를 들려주었다. 우리는 부엌 바닥의 어느 지점을 디디면 초인종이 울리는 집에서 함께 살았다. 그리고 벽난로가 두 개 딸린 아파트를 샀다. 고양이를 한 마리 키웠고, 같이 묻어주었다. 한번은 손을 씻기 위해 빼놓은 그녀의 반지가 바닥으로 떨어져 굴러가더니 벽난로 송풍구로 곧장 떨어지는 바람에 다시는 찾지 못하게 되었다. 우리는 둘 다 스스로를 괜찮은 사람이라 생각했고, 빈틈을 채우기에 충분할 정도로 사랑했다. 그러나 균열은 머지않아 모습을 드러내기 시작했다.

우리가 맺어지지 말았어야 했음을 나는 몇 해가 흘러서야 깨달았다. 그러나 내가 부모님으로부터 배운 결혼의 개념은 인생사 모든 것이 그렇듯 각고의 여부에 달린 것이었다. 그래서 내게 우리 결혼 생활의 은유는 광산이었다. 결혼을 이어간다는 건 마치 광산 안으로 매일 조금씩 걸어 들어가 값진 광석을 찾기 위해 땅을 파는 일이었다. 제대로 굴러가는 보람찬 결혼 생활의 가능성은 각고의 노력을 얼마큼 쏟아부었냐에 달려 있었고, 그 말인즉 가장 단순한 행복마저 가상의 미래로 영영 미뤄져 있음을 의미했다. 계속 열심히 파다 보면 언젠가는 행복해질 일이었다. 그러나 애초에 우리에겐 파낼 광석이 아예 없었는지도 모른다. 하루 치 각고를 마칠 즈음에 나는 화가 났고 녹초가 됐다. 머지않아 파괴적인 다툼과 다툼 사이를 비집고 들어온 적당한 평온의 기간을 행복의 광석으로 여기게 되었다. 우리는 싸우지 않는 것을 결혼 생활의 최대 목표이자 목적으로 삼는 지경에 이르렀다. 서로가 서로에게 보여주고 받은 사랑은 오직 화해를 위한 끈질긴 노력의 형태로만 발현되었다. 깊은 애정 대신 서로에게 전한 건 화해나 공격의 제스처였고, 가끔은 헷갈리게도 두 제스처가 동시에 표현되었다. 나의 분노는 자주 폭발했다. 삶이 남긴 상처는 곪아갔지만, 치유하는 법을 몰랐던 나는 화가 잔뜩 난 채로 그 상처를 그냥 쓸모없는 내장 버리듯 내팽개쳐두었다.

내 첫 결혼의 파국은 예기치 않게 찾아왔다. 실상은 이미 오래전부터 그리로 향하고 있었는데도, 매일 같은 광산행의 부작용으로 고통과 불행을 달고 살았더니 뜻밖인 것처럼 느껴졌다. 계속 화가 나 있던 나는 L에 반하는 증거를 수집했고, 그 반박할 수 없는 증거들을 펼쳐놓을 기회만 노리고 있었다. 내 잘못은 하나도 없고 오히려 당한 쪽은 나, 내면의 상처를 더 많이 입은 쪽도 나라는 증거들이었다. 그러다 몇 번짼지도 알 수 없고 그 자체로는 특별할 것도 없었던 그저 그런 고성이 오가는 다툼의 정점에서 우리는 마침내 끝이 났다. 대립 자체는 내가 참지 못하고 소리를 지르며 손에 잡힌 물건을 때려 부수는 익숙하고도 뻔한 패턴으로 이어졌다. 평소대로라면 주체하지 못하고 또다시 L에게 상처를 준 데 대한 죄책감이 내 편에서 먼저 휘몰아칠 일이었다. 끝에 다다를 무렵까지 남아 우리를 이어준 건 죄책감뿐이었다. 그런데 이번에는 한창 다투던 중에 이런 생각이―그게 어떤 말이었다면―떠올랐다. 이제 더 이상은 못하겠다. 더는 L에게 하고 싶은 말도, 보여줄 것도 남아 있지 않다. 싸울 가치도, 노력할 가치도 없다. 내 한계는 무너졌다. 그러자 불교의 우화에서처럼 내 모든 분노와 사랑이 일순간에 비워졌다. 광산에서의 내 삶은 불과 1분도 안 되는 찰나에 막을 내렸다. 2005년 1월의 그 밤, 나는 차를 타고 빗발치는 눈물을 헤치며 L을 인디애나주에 있는 그녀의 어머니 집에 데려다주었다. 그러고는 혼자 우리의 텅 빈 아파트로 돌아왔다.

　결혼 생활이 끝나면 남는 건 해체라는 둔중한 춤사위다. 나는 차갑게 식은 벽난로를 더 이상 보고 있을 수 없어서 일주일도 안 돼 이 난장판이 정리될 때까지 머무를 가구 딸린 임시 거처를 찾아 나섰다. 내 자금은 한정적이었고, 그러니 급하게 보고 다닌 집들도 다분히 형편없었다. 그런 집에서 살아야 할 만큼 절박한 이들을 경멸하는 아파트 관리자들이 끔찍하게 꾸며진 아파트 방을 하나씩 보여주었다. 각 방마다 짙은 우울이 깔린 음울한 세계로 곧장 이어지는 문이 달려 있었다. 부유한 골드코스트 동네에 위치한 한 원룸은 마치 그 안에서 누군가 방금 살해당했는데, 사려 깊은 관리실에서 피 튀긴 벽을 새하얗게 칠해놓은 것처럼 보였다.

　며칠을 찾아보다가 시카고 노스웨스트사이드의 3층짜리 건물 꼭대기 층 원룸으로 임시 거처를 정했다. 건물 여주인은—여기선 메리라는 어여쁜 이름으로 부르도록 하자—2층에 살고 있었다. 입양 전문 변호사였던 메리는 과하게 행복해 보이는 부부들과 양부모의 무릎 위에서 새롭게 닥친 운명에 어쩔 줄 몰라하는 아기들의 사진을 보여주었다. 그녀는 너그럽고 포용적인, 일테면 개든 사람이든 가리지 않고 부랑자도 흔쾌히 받아줄 여성처럼 보였다. 많은 걸 묻지 않았고, 보잘 것 없는 내 신용 기록에도 큰 관심이 없었기에 나는 그 자리에서 수표를 써 그녀에게 정중히 건넸다. 수표를 받아든 그녀는 개를 여러 마리 키우고 있고 개 보호소에서도 봉사 활동 중이니 개들과 지내는 걸 개의치 않았으면 좋겠다고 했다. 나는 내가 개를 얼마나 사랑하는지 고백하며 내 애완견 멕에 대한 이야기도 조금 해줬더니 그녀는 연신 감탄하며 들었다. 메리가 세놓은 방은 한바탕 자기연민에 시달릴 내가 지내기에 괜찮은 곳처럼 보였다.

나는 예전 집으로 돌아가 짐 가방 두어 개를 꾸린 뒤 스테레오와 함께 내 혼다 시빅 자동차에 싣고 석양이 내리는 서쪽을 향해 달렸다.

당시 나는 〈행크 윌리엄스Hank Williams의 히트 명곡 40선〉 카세트 테이프를 차에 싣고 다니며 운전할 때마다 들었다. 새로운 삶에 들어섰다는 감각은 거의 모든 것을 의미심장한 계시처럼 보이게 해서 메리의 **언덕 위 맨션**을 향해 달리는 나 자신을 **방랑자**—늘그막에 행크가 노래로 만든 남자—로 상상할 수밖에 없었다.

그러나 모든 것에 의미를 부여하는 몽상으로도 이사 온 지 이틀 만에 들이닥친 압도적인 악취를 감추진 못했다. 메리가 방을 보여줬을 때도 어떤 냄새가 났는지 기억해보려고 노력했지만 코를 자극하는 특별한 냄새는 떠오르지 않았다. 무슨 냄새인지 알면 견딜 수도 있을 거라는 흔한 지적 오류로, 나는 악취의 근원을 분석하는 데 한참을 쏟았다. 예상했던 개똥오줌 냄새 말고도 복잡한 냄새 입자들이 더 있었다. 전체적으로 불쾌한 공기에 코를 찌르는 고양이 분뇨 (알고 보니 고양이도 두어 마리 살고 있었다) 냄새가 더해졌고, 고약한 커피 향기에 옅은 소독약 냄새가 훅하고 지나갔다. 가장 지배적인 냄새는 싸구려 개 사료로, 강아지들에게 먹이를 튀겨서 주는지 크리스코 Crisco 식용유와 뒤섞인 영문 모를 냄새가 났다.

어떠한 새로운 역경도 받아들일 각오가 돼 있던 나는 그 악취에도 적응할 수 있을 거라고 생각했지만 날이 갈수록 견디기가 힘들어졌다. 냄새가 너무 지독하다 싶을 즈음에는 유별나게 코를 찌르는 악취를 참다못해 비싼 방향제에 돈을 펑펑 쓰리라 다짐하고 슈퍼마켓으로 향했다. 그러나 마지못해 앞두고 있는 이혼이 나를 궁색하게 만들었다. 나는 할인판매 중인 에어윅 방향제를 발견하고, 시체 썩는 냄새가 진동하는 집 안 악취를 상쇄시킬 만큼의 그린애플과 허니써클향 에어윅을 샀다. 처음엔 집에서 달콤한 향기밖에 나지 않다가 얼마 안 가 두 냄새가 뒤섞였다. 내 평생 튀긴 개 사료와 그린애플과 허니써클의 혼합 향 같은 건 알 일이 없었는데, 앞으로도 다시는 알고 싶지 않다.

머지않아 개들을 직접 만나게 되었다. 건물 후면 층계를 따라 세탁실로 향하던 길에 오만한 잡종견 세 마리가 내 앞을 가로막았다. 두 마리는 눈빛이 흐릿하고 궁둥이가 넓적한 과체중 견이었고, 작고 말라비틀어진 다른 한 마리는 광분한 것이 딱 봐도 발정기였다. 실제로 그놈은 내 정강이로 달려들었다. 메리가 개들을 소개해 주었는데 애석하게도 제일 큰 개의 이름만 기억난다. 그놈 이름은 크레이머였다. 세탁실에서 돌아가는데 세 놈이 나를 따라왔고 내가 방으로 들어가는 순간, 심지어 문을 닫기도 전에 크레이머가 내방 문간에 오줌을 갈겼다.

세탁실로 내려갈 때마다 나는 거의 매번 개똥 산과 오줌 연못 사이를 활강해야 했고, 종국에는 똥오줌의 주인들과 마주쳤다. 임시방편으로 개 보호소 노릇을 하는 듯한 메리의 뒷마당에 그녀의 이웃들이 놔두고 간 지저분한 잡종견들이 삼총사의 새 병력으로 보충되기도 했다. 새 얼굴의 개들이 오갔지만 크레이머와 발정 난 말라깽이(그 깜찍하고 조그만 생명체를 나는 그렇게 불렀다) 그리고 셋째 놈은 정규 출연진이었다.

나는 삼총사의 각기 분명한 성격 차이를 발견했다. 크레이머는 결정권자였고, 발정 난 말라깽이는 발정 난 말라깽이였으며, 셋째 놈은 느리고 게을렀다. 삼총사가 울부짖으며 그들의 야간 레퍼토리를 공연하면 나는 밤잠을 이루지 못하고 침대에 누워 그들의 목소리를 쉬이 구분해냈다. 그들의 리사이틀은 종종 버스 지나는 소리에 맞춰 합창곡으로 시작됐다. 그러다 대개 자정이 지나면 차례로 독창곡을 선보였다. 먼저 셋째 놈이 나태한 괴성을 꾸준히 질러 몇 시간이고 나를 뜬 눈으로 잡아놓았고, 발정 난 말라깽이는 새벽 두 시에도 여느 때처럼 흥분을 주체하지 못하고 발광했다. 마지막으로 이른 아침조를 맡은 크레이머가 깊고 끈덕진 목소리로 새벽녘 내내 나를 돌아버리게 만들면 나는 개 십자가에다가 그 셋을 한꺼번에 매다는 상상을 했다. 그런 밤이면 이따금 우리 멕을, 고요한 아이리시 세터의 매너를, 우리 아버지가 무언가 귀에 대고 속삭였을 때 눈을 크게 뜬다

든지, 제 다리 위에 머리를 얹고 누워 특별히 아무것도 바라지 않던 멕의 몸가짐을 떠올렸다.

한편, 그 집안을 다스리는 수컷 대장 크레이머는 나의 강적이었다. 크레이머는 내가 곁을 지날 때마다 위압적으로 킁킁거리거나, 내 방 문 앞에 똥을 싸질러놓는 것으로 누가 더 강한 놈인지 보여주고 싶어 했다. 메리는 잊을만하면 남편을 언급했지만 우편물은 모두 그녀의 이름으로 왔고, 건물 안에서 어떤 남자를 보거나 소리를 들은 적도 없었다. 그린애플과 허니써클의 애매한 도움을 받는 나 말고는 그 지독한 악취를 참고 있을 누군가를 상상하기 어려웠지만, 메리의 남편은 그녀의 말 속에 언제나 신비롭게 존재했다. 어느 날 메리의 집 현관문이 활짝 열려 있고 크레이머 대장이 복도까지 나와서 애리조나 민병대원*처럼 집 앞을 정찰 중이던 때에 문득 나는 행방이 묘연한 그녀의 남편이 궁금해졌다. 여태 나는 메리의 집 안을 한 번도 본 적이 없었다. 집세로 수표를 전달하거나 질문이 있어 그녀의 집 문을 두드릴 때면 메리는 언제나 문을 빼꼼히만 열면서 개들이 밖으로 나가는 걸 원치 않는다고 했다. 글을 쓰기 위해 신선한 커피 향이 풍기는 카페로 향하던 길에 나는 그 열린 문이 못내 마음에 걸렸다. 크레이머가 목덜미를 물어뜯을까봐 차마 안으로 들어가지는 못하고 복도에서 **메리!** 하고 불러봤지만, 아무런 응답이 없었

---

* 불법 이민자의 유입을 막기 위해 미국과 멕시코 국경을 감시하는 민간단체.

다. 소파 위에 쌓인 빨래 더미 위에서 몸을 죽 펴고 늘어지게 하품을 하는 말라깽이가 보였다. **메리!** 부엌 바닥 위에 물어뜯기고 남은 메리의 사체가 머릿속에 그려졌다. 조심스럽게 나는 집 안으로 들어갔고 크레이머가 내 뒤에 빠짝 따라붙었다. 오른쪽으로는 침실이 있었고 침대 베개 위에는 코가 뭉뚝한 처음 보는 개 한 마리가 대수롭지 않다는 듯 나를 쳐다보고 있었다. 아파트 온 구석구석, 바닥을 포함해 온갖 표면이란 표면에는 개키지 않고 오래 묵힌 빨래 더미와 철 지난 신문과 쿠폰들, 음식물 포장지와 원래의 모양이나 목적이 불분명한 물건들이 널브러져 있었다. 여기라면 어디든 사람 몸 하나는 거뜬히 숨겨서 안전하게 썩힐 수 있을 것 같았다. 개들도 튀긴 사료보다야 신선한 사체를 선호할 것이었다. 메리의 아파트는 주인의 죽음과 동시에 철거돼야 할 그런 장소처럼 보였다. 건강상에도 해롭고 무엇보다 절대 깨끗해질 수 없었기 때문이다. 나는 아파트 안으로 점점 깊숙이 들어갔고, 그런 나를 통수권자 크레이머가 예의주시했다. 놈은 내가 자기 영역에서 조금이라도 낯부끄러운 것을 발견한다면 곧바로 나를 무력화시킬 자신이 있어 보였다. 고양이 둘이 부엌 조리대 위에 앉아 새장 속 새 두 마리를 노려보고 있었고, 셋째 놈은 부엌 바닥에 늘어져 있었다. 부엌은 더 심각한 쓰레기장이었다—씻지 않은 그릇들, 곰팡이가 가득 핀 반찬통, 널브러진 빨래들, 정체를 알 수 없는 물건들, 프라이팬 더미에 파묻힌 가스레인지, 냄새는 나지만 보이진 않는 고양이 분뇨. 이쯤 되니 헛구역질을 참을 수 없었다. 악취의 원천을 찾았지만 사체가 눈에 띄진 않았고 더 이상 수색을 계속 해나가고 싶지도 않았다. 냄새를 맡으며 찾아야 할 게 있으면 이웃들이나 경찰에게 맡겨둘 참이었다. 그렇게 나는 메리의 굴을 나와 내 갈 길을 갔다.

차를 몰고 카페로 향하는 길에 행크 윌리엄스의 카세트테이프를 밀어넣었는데, 언제나 그렇듯 우연이라기엔 의미심장한 〈저리 비켜라〉가 흘러나왔다. 나는 내 새로운 인생의 개같음에 완전히 사로잡혀 있었다. 세 든 집을 개집이라 불렀고 개같은 내 처지를 묘사한 복잡하고 황홀한 독백을 친구들 앞에서 선보였다. 친구들은 왜 이사하지 않느냐고 물었지만 나는 답하지 못했고, 지금도 못 하겠다. 아마 재앙에서 희열을 찾는 심각한 병을 앓고 있었는지도 모르겠다. 당시 나는 **개같은 날, 개같은 인생, 개같아졌다, 개집**과 같은 표현이나 단어를 자주 썼고, 개와 관련된 어휘군을 사전에서 찾아보기도 했다. 개 도살, 개 사육, 개의 특성, 개의 식용 등등. 심지어 끝내주는 **핫도그** 가게가 우리 개집에서 모퉁이 하나만 돌면 바로라는 사실에서도 의미를 찾았다. 그러니 그때의 나로서는 밤 10시 반에 집에 돌아와 보니 아내가 자물쇠를 바꿔놨더라는 행크의 〈저리 비켜라〉에 나 자신을 투영하는 게 어찌 보면 지극히 정상적인 일이었다. "아내가 현관 자물쇠를 바꿔놨다네/내 열쇠는 이제 맞질 않아." 그래서 잠을 청하러 개집에 들어간 그는 계속 노래한다. "날씬한 개야 저리 비켜라,

뚱보개가 들어간다." 이 가사만 봐도 나는 정말 행크 같은 남자였다. "나누기엔 좁은 집이라도/아예 없는 것보단 낫다네."

모든 것이 내 얘기처럼 느껴질 때까지 나 자신을 투사하는 일은 자기연민의 자기미화적 (다른 종류가 있기나 한 것처럼) 발현으로 내가 늘상 해오던 일이었다. 나는 눈물이 터질 만큼 고독했고, 우울이라고 부르는 감정에 빠져들었다. 내가 바로 홀로 사랑 속을 구르는 돌이었고 길을 잃고 방랑하는 그런 남자였다. 수많은 행크의 노래 속에 내가 존재했다. 그러나 메리의 집에 들어가 그녀의 악몽 같은 삶과 마주한 날 나는 깨달았다. 그동안의 내가 그저 숨 막히는 그런애플과 허니써클향으로 얼룩진 떠돌이 생활을 자유라고 착각하는 패배자에 불과했다는 사실을.

형편없는 글을 쓰는 형편없는 하루를 마치고 개집으로 돌아왔을 때 메리의 현관문은 닫혀 있었다. 나는 크레이머와 친구들이 신나서 짖자 메리가 그들에게 뭔가 말하는 소리를 들었다. 아마 그 남편이란 사람인 듯한 남성의 목소리도 들렸다. 위층 내 집에 이르니 내 삶을 아수라장으로 이끈 방치된 고독이 똑똑히 보였다. 원룸 여기저기에 나의 새로운 광부曠夫생활이 배설한 오물들이 널려 있었다. 빨래더미, 버리지 않고 놔둔 음식물 포장 용기들, 중요할 것 없는 서류들, 모서리를 잔뜩 접어놓은 책들, 대자로 펼쳐진 옷 가방, 아슬아슬한 음반 CD 탑, 주방 싱크대에는 몇 주를 묵힌 기름 낀 식기들, 신생 생태계의 보고가 된 듯한 식탁 위로 독수리처럼 빙빙 나는 살진 파리들, 욕실 구석마다 둘둘 말려 있는 음모와 바닥 연결 부위에 긴 찌든 때를 뽐내고 서 있는 변기통. 나는 바닥을 쳤다.

한번 바닥을 쳐보면 (좋은) 문제는 이제 올라갈 데밖에 없다는 사실이다. 아직 그 개집에 살고 있을 때, 나는 테리를 만났다. '2000년의 시카고'라는 사진집으로 보이는 책에 글을 한 편 써달라는 요청 메일을 받고 그 책의 편집자인 테리와 미팅을 하기 위해 나섰다. 파경에 정신이 팔려 테리가 당연히 남자일 거라고 생각했던 나는, 키가 크고 아름다운 여성이 나를 만나기 위해 사무실에서 걸어 나오는 순간, 그녀가 의심할 여지없이 **내가 사랑하게 될 여인**임을 곧바로 알아챘다. 미팅 내내 나는 그녀의 얼굴이 얼마나 완벽하게 움직이는지 보았고 그녀에 대한 단서나 정보를 찾아 사무실을 훑었다. 컴퓨터 스크린 위에 테이프로 붙여놓은, 그녀의 것일지 모르는 초음파 태아 사진에 신경이 쓰였고 (아뇨, 제 동생 아기예요, 그녀가 말했다) 책에 들어갈 사진을 보여주며 자판을 두드리는 그녀의 손에서 결혼반지를 찾았다. 그녀가 내게 바라는 건 뭐든 좋다고 했고, 의논을 위해—엉큼하다고 생각했지만—점심이나 저녁을 같이하자고 제안했다.

테리를 만나기 전에는 새로이 얻은 독신 생활을 아무 생각 없이 무분별하고 난잡하게 채워나갈 예정이었다. L에게 헌신하느라 잃어버린 시간을 보상받을 작정이었다. 나는 그동안 참석했던 북 투어나 문학 페스티벌들을 곱씹으며 나와의 (짧은) 성적 모험에 관심이 있어 보였던 여자들을 전부 떠올려보려고 했다. "저 기억해요? 6년 전에 우리 눈 마주쳤었는데, 그땐 제가 고개를 돌려버렸잖아요. 근데 이제는 가슴엔 욕정을, 주머니엔 콘돔을 담고 다시 돌아왔답니다!" 그러나 내 계획은 영원히 보류되었다. 테리에게 너무나 빨리, 너무도 깊이 사랑에 빠져버린 나는 사무실을 나오는 순간부터 그녀와 여생을 함께하려면 무얼 해야 할지 연구하기 시작했다. 가장 먼저 해야 할 일은 새 옷에 대한 투자였다. 사무실 건물을 나서자마자 나는 은퇴한 광부보다는 매력적인 젊은 작가에게 훨씬 잘 어울릴 것 같은 최신 유행 재킷을 하나 샀다.

우리는 이메일로 서로에 대한 관심을 표현했다. 행여 비열한 놈으로 보일까봐 나는 내 이혼남 처지를 열심히 설명했다. 그녀는 조부모님이 듀크 엘링턴을 안다고 했다. 나는 듀크의 오케스트라 연주를 배경으로 로즈메리 클루니Rosemary Clooney가 노래한 음반 CD를 그녀에게 보냈다. 《CITY 2000》에 들어갈 〈시카고를 떠나기 싫은 이유: 무작위로 뽑은 미완성 리스트〉라는 제목의 원고도 금세 써서 보냈다. 한 가지 쓰지 않은 이유는 바로 시카고가 이제 테리라는 존재로 더욱 특별해졌다는 것이다.

우리의 공식 첫 데이트는 벅타운에 위치한 실버 클라우드라는 식당에서였다. 우리는 동화처럼 자정에 만났다. 하필 내가 화장실에 갔다가 자리로 돌아오는 길에 음향 장치에서는 픽시스Pixies의 '당신의 남자가 왔어요Here Comes Your Man'가 흘러나왔다. 나는 내 재킷을 걸치고 있는 테리를 향해 부끄럼 없이 당당하게 걸어가면서 나라는 사람에 대한 판단과 내 평생의 서약을 그녀에게 맡기기로 다짐했다. 그녀는 개집까지 나를 차로 바래다주었고, 나는 그녀에게 키스했다. 내 몸에 살아 있는 모든—일부는 오래전에 죽은 줄로만 알았던—세포가 그녀와 그 밤을 함께 보내고 싶어 요동쳤지만, 나는 알았다. 만일 그녀가 식용유에 튀긴 개 사료의 냄새를 맡는다면, 욕실 바닥에 둘둘 말린 털 뭉치를 본다면, 그녀의 보드라운 발이 내가 추락한 그 더러운 바닥에 닿는다면, 나는 그녀를 다시 만나지 못하게 되리란 걸. 다음 날 아침이면 몇 주간 사라예보로 떠나 있을 예정이었고 벌써 그녀가 그리웠지만 나는 위로 올라오라는 초대를 하지 않았다.

그건 내 평생 가장 현명한 결정이었다. 몇 주가 지나 우리는 우크라이나 빌리지에 위치한 그녀의 아파트에서 함께 살기 시작했다. 울피라는 이름의 애완견을 키우고 있었던 테리는 강아지를 침대 위로는 절대 못 올라오게 했다. 1년이 안 되어 우리는 약혼했다. 그리고 그다음 한 해가 지나기 전에 우리는 결혼했다.

수족관

2010년 7월 15일, 아내 테리와 나는 작은딸 이사벨을 정기 건강 검진에 데려갔다. 생후 9개월 된 이사벨은 겉보기에 나무랄 데 없이 건강한 아이였다. 얼마 전에 첫 배냇니가 돋았고, 이제는 우리와 같은 식탁에 앉아 옹알거리며 라이스 시리얼을 스스로 떠먹었다. 명랑하고 쾌활한 성격의 이사벨은 누구든 잘 따랐고, 이를 본 사람들은 퉁명스러운 천성의 제 아비를 안 닮아 다행이라는 농담을 했다.

아내와 나는 아이들이 병원에 갈 일이 있으면 늘 함께 다녔고, 이번에는 세 번째 생일을 앞둔 큰딸 엘라도 데려갔다. 닥터 곤살즈레스 병원의 간호사가 이사벨의 체온과 체중, 키와 머리둘레를 재는 모습을 보고 엘라는 자신이 더 이상 동생과 같은 고난을 겪지 않아도 된다는 사실에 기뻐했다. 우리 집에서는 닥터 G로 통하던 곤살즈레스 씨는 이사벨의 폐 소리를 들어보고, 아이의 눈과 귀를 관찰했다. 그런 뒤 컴퓨터 화면에 이사벨의 발달 검사 차트를 띄웠다. 아이의 체중은 약간 미달이었지만 키도 정상 범위 내에 있었고 모든 것이 괜찮아 보였다. 문제는 평균치를 훌쩍 넘는 이사벨의 머리둘레였다. 닥터 G는 걱정스러워했다. 그리고 MRI 촬영을 고민하다가 대신 초음파 검사 예약을 다음 날로 잡았다.

집에 돌아온 이사벨은 잠시도 가만있지 못하고 보챘다. 쉽게 잠이 들지 못하고 잠이 들어도 금방 깼다. 닥터 G를 만나고 오지 않았더라면 그저 피곤해서라고 생각하고 말았을 아이의 행동이 이제는 새로운 관점에서 해석되었고, 그 기저에는 두려움이 깔려 있었다. 나는 밤이 깊도록 칭얼대는 아이를 침실에서 데리고 나왔다. (우리는 늘 이사벨과 함께 잤다) 부엌으로 나온 나는 아이에게 내가 아는 자장가를 모두 불러주었다. 〈너는 나의 태양You Are My Sunshine〉 〈반짝, 반짝, 작은 별〉 그리고 어릴 때 배웠는데도 기적적으로 보스니아어 가사가 전부 기억나는 모차르트 자장가가 내 레퍼토리의 전부였다. 보통 자장가 세 곡을 연달아 불러주면 곤히 잠들던 아이가 이번에는 한참이 지난 뒤에야 내 품에 고개를 떨구고 조용해졌다. 나는 그게 어쩐지 아이가 나를 달래면서 다 괜찮을 거라고 말해주는 것처럼 느껴졌다. 걱정이 되면서도, 미래의 어느 날에 지금 이 순간을 떠올리며 누군가—아마도 우리 이사벨—에게 딸이 되레 나를 달래주더라고 말하는 상상을 했다. 네가 나를 위로해주더라, 겨우 아홉 달밖에 안 된 네가 말이야, 라고 상상 속의 나는 말하고 있었다.

다음 날 아침, 아내의 품에 안겨 두뇌 초음파 검사를 받는 내내 이사벨은 울음을 멈추지 않았다. 그리고 집에 돌아온 지 얼마 지나지 않아 걸려온 전화에서 닥터 G는 검사결과 이사벨에게서 뇌수종이 발견됐으니 당장 큰 병원 응급실로 가라고 했다. 아이의 목숨이 위험하다는 것이었다.

조명이 어두운 시카고 메모리얼 어린이 병원의 응급 검사실에서 CT 촬영을 기다리는 동안 의사들은 마취제를 쓰지 않아도 되도록 이사벨이 스스로 잠들어줬으면 했다. 그러나 추가로 MRI를 찍게 될 수 있어 금식해야 했던 이사벨은 배가 고파 계속 울어댔다. 그러자 응급실 레지던트가 아이에게 알록달록 색이 고운 바람개비를 건넸고, 아내와 나는 아이의 관심을 돌리기 위해 바람개비를 계속 불어주었다. 어떤 일이 벌어질지도 모른다는 애연한 두려움 속에서 무슨 일인지 알기도 두려운 그 일을 우리는 그저 기다리고만 있었다.

소아 신경외과 과장인 닥터 도미타가 CT 촬영 결과를 설명해주었다. 이사벨의 뇌실腦室은 수액이 가득 차 잔뜩 부푼 상태였다. 무언가가 수액이 배출되는 통로를 틀어막고 있었고, 닥터 도미타는 그것이 '종양'으로 보인다고 했다. 한시바삐 MRI를 찍어봐야 했다.

마취약이 주사되자 아내의 품에 안겨 있던 이사벨의 머리가 거의 순식간에 아내의 가슴팍으로 툭 떨어졌다. 한 시간에 걸친 MRI 검사를 위해 우리는 아이를 간호사에게 넘겨주었다. 그것이 아마도 우리 부부가 처음으로 생판 모르는 남에게 우리 딸을 넘겨주고 아이 곁을 떠나온 일이었을 것이다. 음울한 네온 조명과 잿빛 테이블이 들어찬 병원 지하 구내식당은, 아픈 아이 곁에서 잠시 떨어져 그릴 치즈 샌드위치를 욱여넣는 부모들의 불길한 예감으로 가득한 세상에서 가장 슬픈 공간이었다. 아내와 나는 MRI 검사 결과를 짐작해볼 엄두조차 내지 못했다. 우리는 미래에 대한 상상을 접어두고 현재에 매달렸다. 현재도 물론 끔찍했지만, 적어도 그 순간만큼은 미래가 유예되어 있었다.

방사선과에서 호출을 받고 가던 도중 아내와 나는 조명이 지나치게 밝은 복도에서 닥터 도미타와 마주쳤다. "아무래도, 이사벨의 머리에 종양이 있는 것 같습니다" 하고 그가 말했다. 그리고 컴퓨터 화면에 띄운 MRI 사진을 보여주었다. 사진 속 이사벨의 뇌 정중앙에, 소뇌와 뇌간腦幹과 시상하부 사이로 둥그런 **무언가**가 보였다. 닥터 도미타는 그것이 골프공만 하다고 설명했지만, 골프에 전혀 관심이 없었던 나는 그 크기를 가늠하기 어려웠다. 종양은 제거할 테지만 어떤 종류의 종양인지는 병리학 분석 결과가 나와 봐야 알 수 있다고 했다. 그러면서 "보기에는 기형종 같네요."라고 덧붙였다. 나는 '기형종'이라는 단어도 알아들을 수 없었다. 그 단어는 내가 가진 언어와 경험의 범주 밖에 존재하는 상상할 수도, 이해할 수도 없는 영역에 속해 있었고 닥터 도미타는 우리를 그 영역으로 인도하는 중이었다.

이사벨은 미동도 없이 순수한 모습으로 회복실에 잠들어 있었다. 아내와 나는 아이의 두 손과 이마에 입을 맞추었다. 불과 하루 남짓한 시간 만에 우리의 처지는 돌이킬 수 없을 만큼 끔찍하게 바뀌어 있었다. 우리의 삶을 **이전**과 **이후**로 나눠버린 그 순간에 아내와 나는 아이가 누운 침대 맡에서 흐느껴 울었다. 이제 이전은 영영 굳게 닫혀 버렸고 이후만이, 폭발하는 우주의 작은 별처럼 널찍이 펼쳐져 컴컴한 고통의 우주 속으로 흘러가고 있었다.

닥터 도미타가 한 말로 혼란스러워진 나는 인터넷에 뇌종양을 검색해보았다. 그리고 이사벨의 뇌에서 본 것과 흡사한 종양 사진 하나를 찾았다. 사진을 본 바로 그 순간 나는 그놈을 알아보았고, 그제야 '기형'이라는 단어도 이해할 수 있게 되었다. 정확한 명칭은 '비정형 유기형 간상 종양Atypical Teratoid Rhabdoid Tumor, ATRT'이었다. 악성 중의 악성인 데다 발생 빈도도 매우 낮아서 소아 백만 명 중에 세 명 꼴로만 발생하는 희소 종양이었다. 비율로 따지면 중추 신경계통 소아암 전체에서 겨우 3퍼센트를 차지했다. 세 살 이하의 아동의 경우 생존율은 10퍼센트를 밑돌았다. 생각할수록 기운 빠지는 통계 지수들은 얼마든지 더 찾을 수 있었지만, 덜컥 겁을 먹은 나는 컴퓨터 화면에서 물러났다. 그리고 앞으로는 이사벨의 담당 의사들과만 대화하고 그들의 말만을 믿기로 결심했다. 이후론 두 번 다시 딸아이의 병을 인터넷에 검색하지 않았다. 그 끔찍한 수치들로부터 아내를 지켜주고 싶었기에 인터넷에서 본 것을 설명하는 일은 쉽지 않았다. 우리 부부가 정신을 놓지 않으려면 지식과 상상력을 잘 통제해야만 한다는 것을 나는 이미 깨닫고 있었다.

7월 17일 토요일, 닥터 도미타와 그의 신경외과팀은 고여 있는 뇌척수액을 배출시켜 뇌압을 낮춰줄 오마야 리저버Ommaya Reservoir 를 이사벨의 머릿속에 삽입했다. 수술을 마치고 신경외과 층 병실의 침대에서 잠이 든 이사벨은 제 버릇대로 이불을 발로 찼다. 그 모습을 우리 부부는 긍정적인 신호로 받아들였고, 기나긴 여정의 첫걸음이 희망적이라고 생각했다. 월요일이 되자 이사벨은 주말로 예정된 종양 제거 수술을 앞두고 병원에서 나와 집에서 대기할 수 있게 되었다. 우리 가족은 함께 집으로 돌아와 수술을 기다렸다.

이사벨이 건강검진을 받던 바로 그날, 처제가 둘째 아들을 출산하는 바람에 장인어른과 장모님이 시카고에 와 계셨다. 우리는 이사벨 일로 정신이 없어서 새로운 가족 구성원의 탄생에는 거의 신경을 쓰지 못하고 있었다. 덕분에 할아버지, 할머니와 즐거운 주말을 보낸 엘라는 이 엄청난 격동과 우리의 부재를 크게 눈치채지 못했다. 햇살이 눈부신 화요일 오후, 아내가 이사벨을 아기 띠로 감싸 안고 우리 가족은 모처럼 다 함께 산책에 나섰다. 그리고 그날 밤, 이사벨이 열이 올라 우리는 급히 응급실로 향했다. 발열은 염증 때문일 수 있었다. 머리에 이물질을—이사벨의 경우엔 오마야 리저버—삽입한 아이들에게서 염증 반응은 그리 드문 일은 아니었다.

이사벨은 염증치료를 위한 항생제를 맞았고, 두어 번 정밀 사진을 찍은 뒤에 머릿속의 오마야 리저버를 제거했다. 수요일 오후, 나는 약속대로 엘라를 파머스 마켓에 데려가기 위해 병원을 나와 집으로 향했다. 재앙의 한복판에서도 약속을 지키는 일은 중요했다. 우리는 블루베리와 복숭아를 샀고, 집으로 돌아오는 길에 우리 가족이 제일 좋아하는 제과점에 들러 최고로 맛있는 카놀리Cannoli*도 샀다. 나는 엘라에게 동생이 아프다고 말했고, 종양에 관해서도 설명해주면서 밤에 할머니와 자야 할 수도 있다고 했다. 엘라는 불평하지도, 울지도 않으며 여느 세 살짜리 못지않게 부모의 곤경을 잘 헤아려주었다.

카놀리 상자를 손에 들고 병원에 가려고 차로 걸어가던 도중 나는 즉시 병원으로 돌아오라는 아내의 다급한 전화를 받았다. 이사벨의 종양에서 출혈이 발생해 응급 수술을 해야 한다는 것이었다. 닥터 도미타는 이사벨을 수술실로 데려가기 전에 논의할 것이 있어 나를 기다리고 있었다. 병원으로 돌아가는 그 15분 남짓한 시간 동안 나는 완전히 다른 시공간에 있는 것 같은 도로 위를 달렸다. 길을 건너자고 서두르는 사람도, 목숨이 위태로운 젖먹이도 없는 그곳에서는 모든 것이 너무도 유유히 재앙을 외면하고 있었다.

한 손에는 여전히 카놀리 상자를 든 채로 병실에 도착한 나는 사색이 된 이사벨의 얼굴을 굽어보며 울고 있는 아내의 모습을 보았다. 닥터 도미타도 병실에 있었고 우리 딸 머릿속 종양의 출혈을 보여주는 사진도 이미 스크린에 띄워져 있었다. 뇌척수액이 빠져나간 공간으로 종양이 팽창하면서 혈관이 터지기 시작한 것 같다고 했다. 즉시 종

---

* 귤이나 초콜릿과 달콤한 치즈 등을 파이 껍질로 싸서 튀긴 과자.

양을 제거하는 것만이 유일한 희망이었지만 수술 도중 아이가 과다 출혈로 사망할 가능성도 무시할 수 없었다. 이사벨 또래 소아의 경우 체내 혈액량이 0.5리터도 채 안 되기 때문에 지속적으로 수혈하면서 수술한다 해도 혈액이 부족해질 수 있다고 닥터 도미타가 말했다.

이사벨을 따라 수술 준비실로 가기 전에 나는 병실 안 냉장고에 카놀리를 넣었다. 그리고 그 행동에 담긴 이기적인 말짱함이 곧바로 죄책감을 불러일으켰다. 나중에서야 그 말도 안 되는 행동이 사실은 절박한 희망과 관련돼 있다는 걸 깨달았다. 무사히 돌아온 우리 가족의 미래에 카놀리가 필요할지도 모른다는 그런 절박한 희망이.

수술은 짧게는 네 시간에서 길게는 여섯 시간이 소요될 예정이었고, 닥터 도미타의 어시스턴트가 틈틈이 수술 진행 상황을 알려주기로 했다. 아내와 나는 백지장처럼 창백한 아이의 이마에 입을 맞춘 뒤, 마스크를 쓴 한 무리의 타인들에 이끌려 미지의 세계로 들어가는 아이의 모습을 지켜보았다. 병실로 돌아온 우리는 아이가 오늘 밤을 넘길 수 있을지 걱정하며 수술이 끝나기를 기다렸다. 아내와 나는 울었다 침묵했다를 반복했고, 그러는 내내 부둥켜안고 있었다. 두어 시간 뒤 어시스턴트가 전화를 걸어 이사벨이 수술을 잘 견뎌내고 있다고 말해주었다. 그제야 우리 부부는 카놀리를 조금 나누어 먹었다. 무슨 기념이어서가 아니라 계속 버틸 힘을 얻기 위해서였다. 아내와 나는 그동안 거의 먹지도 자지도 못한 상태였다. 병실 안의 조명은 어두웠고 커튼이 드리워진 침대 위에 있는 우리를 어쩐지 모두가 가만히 내버려 두었다. 우리는 파머스 마켓과 블루베리가 있는 세상, 간호사들이 근무를 교대하고 남 이야기를 떠드는 세상, 아이들이 새로 태어나고 자라는 세상, 할머니가 손녀를 재워주는 세상에서 아주 멀찍이 떨어져 있었다. 지금껏 그 누구에게서도 그날 밤 아내에게서 느낀 것 보다 친밀한 감정을 느껴본 적이 없다. 초월적 사랑이라는 말로도 그날 밤 내가 느낀 감정을 다 설명하기에는 모자랐다.

자정이 얼마쯤 지났을까, 어시스턴트가 전화를 걸어 이사벨이 수술을 잘 마쳤다고 알려주었다. 수술 대기실에는 또 다른 불운한 부모가 소파 위에 쪼그리고 누워 악몽 속으로 똬리를 틀며 빠져들고 있었다. 우리는 대기실 밖에서 닥터 도미타를 만났다. 그는 종양을 대부분 제거한 것 같다며, 운 좋게도 종양이 터지지 않아 혈액이 뇌 속에 넘쳐흐르는 치명적인 사태도 발생하지 않았다고 했다. 이사벨은 잘 견뎌냈고 이제 곧 중환자실로 옮겨질 테니, 그곳에 가면 아이를 볼 수 있을 거라고 했다. 나는 당시를 비교적 행복한 순간으로 기억한다. 우리 딸이 살아 있는 순간. 우리 부부에게는 그저 목전의 결과만이 중요했고 바라는 거라곤 무엇이 되었든 다음 순간으로 계속 나아가는 것뿐이었다. 우리의 미래에는 한도가 있었다. 이사벨이 살아 있는 **지금** 너머의 삶이란 존재할 수 없었다.

중환자실에는 정맥 주사 튜브와 모니터로 연결된 선들이 온몸을 친친 감은 이사벨이 누워 있었다. 호흡기를 잡아 뜯지 못하게 하기 위한 처치로, 아이는 (그곳에선 '록'으로 통하는) 로쿠로늄을 맞고 마취된 상태였다. 그날 밤 아내와 나는 아이의 축 늘어진 손가락에 입을 맞추고 책을 읽어주고 노래를 불러주면서 아이를 지켜보았다. 다음 날, 나는 병실에 아이팟 스피커를 설치하고 음악을 틀었다. 고통에 시달리고 있을 아이의 뇌가 회복하는 데 음악이 도움이 될 거라는 망상적 자기암시도 있었지만 영혼을 으깨버릴 것 같은 병원 소음에 맞서기 위해서라도 음악이 필요했다. 병원은 모니터의 삐삑대는 소리, 호흡 보조기의 쌕쌕거리는 소리, 복도에서 무심하게 떠드는 간호사들의 수다 소리, 환자의 상태가 갑자기 악화됐을 때 울리는 사이렌 소리들로 가득했다. 바흐의 첼로 협주곡이나 밍거스의 피아노 연주곡이 흐르는 가운데 아이의 심장 박동수가 줄어들거나 혈압 수치가 바뀌면 내 심장에도 신호가 왔다. 그저 바라보는 것만으로도 결과에 영향을 줄 것처럼 나는 그 잔인하게 오르내리는 화면 속 숫자들에서 눈을 떼지 못했다. 우리가 할 수 있는 일이라곤 오직 그렇게 기다리는 것뿐이었다.

나는 자신의 최후를 상상하지 못하게 만드는 어떤 심리적 기제가 우리에게 내재되어 있다고 믿는다. 만일 의식이 있는 존재가 무존재無存在로 넘어가는 절대적인 무력의 순간을 그에 따른 공포와 굴욕을 온전히 느끼며 상상하는 것이 가능하다면, 모든 생명에는 죽음이 새겨져 있다는 사실과 그저 한 숨결 떨어진 곳에 최후의 순간이 존재한다는 사실이 감당키 어려우리만치 선명해져, 우리는 계속 살아갈 의지를 상실할 것이다. 현명한 정신은, 피할 수 없는 순간의 중압을 이기지 못하고 점점 피폐해질 우리를 위해, 죽음에 관한 상상을 미리 차단한다. 그러다 자아가 필사의 운명을 이해할 만큼 무르익게 되면 상상조차 거부했던 그 심연에 공포로 간질간질해진 발끝을 조심조심 담가본다. 그리고 어떻게든 평온하게 죽음을 받아들일 수 있도록 신이든 다른 그 어떤 것이든 곁에서 심적 위안이 되어주길 바라며 어두컴컴한 사멸의 세계로 점점 깊숙이 걸어 들어간다.

그러나 자식의 죽음 앞에선 어찌 평온해질 수 있겠는가? 자식의 죽음은 부모가 무無로 돌아가고 한참이 지난 뒤에나 일어나야 하는 일이다. 모름지기 자식은 제 부모보다 수십 년은 더 오래 살아남아, 부모의 존재라는 부담을 걷어낸 채 행복하게 자신들의 삶을 살아낸 뒤 종내에는 부모처럼 망각과 거부와 공포에 이어 죽음에 이르는 궤적을 완성해야 마땅하다. 자식들은 제 죽음을 스스로 감당해야 하며, 이 일에 있어서만큼은 (부모의 죽음을 통해 죽음과 마주하도록 내모는 일 말고는) 부모도 도와줄 수 없다. 죽음이 과학 숙제는 아니지 않나. 행여 자식의 죽음을 상상할 수 있다 한들 어느 부모가 굳이 그러겠는가?

과거에 나는 파국적인 상상을 하는 강박에 시달렸고 그럴 때면 나도 모르게 최악의 상황을 떠올리곤 했다. 길을 건널 때마다 차에 깔리는 상상을 했고, 차바퀴가 내 두개골을 으스러뜨릴 때 차축에

덕지덕지 붙은 흙먼지가 시야로 들어오면서 끝이 났다. 조명이 꺼진 전철에 갇히는 상상을 할 때는 컴컴한 터널을 뚫고 화염이 차체를 향해 홍수처럼 밀려드는 장면이 떠올랐다. 아내를 만나고 나서야 나는 이 고통스러운 강박증을 다스릴 수 있게 되었다. 그리고 아이들이 태어난 뒤에는 그들에게 끔찍한 일이 생기는 상상이 들 때마다 재빨리 털어버리는 법을 터득하게 되었다. 이사벨이 암 선고를 받기 몇 주 전, 나는 아이의 머리가 크고 어쩐지 비대칭인 것 같다는 생각을 했고 한 가지 의문이 떠올랐다. 혹시 아이의 머리에 종양이 있는 것은 아닐까? 그러나 무시무시한 상상이 나래를 펼치기 전에 더 이상 생각하지 않기로 스스로를 다잡았다. 이사벨은 겉보기엔 나무랄 데 없이 건강해 보였다. 행여 자식이 중병에 걸리는 상상을 할 수 있다 한들 어느 부모가 굳이 그러겠는가?

첫 절제 수술이 끝나고 며칠 뒤, MRI 사진에서 미처 제거되지 않은 작은 종양이 발견되었다. 종양을 많이 제거할수록 생존 예후가 좋았기 때문에 이사벨은 두 번째 종양 절제술을 받았고, 다시 중환자실로 옮겨졌다. 중환자실에서 신경외과로 돌아왔을 땐, 여전히 배출되지 않고 고여 있는 뇌척수액이 문제였다. 아이는 체외 내실 배액관*을 삽입하고 배액로를 확보하는 수술을 받았다. 그런데 아이에

---

* 뇌척수액을 빼내고 뇌압을 낮추는 장치.

게서 또 열이 났다. 배액관이 제거되었고, 아이의 뇌실은 뇌척수액으로 가득 차 목숨이 위태로울 정도로 부풀어 올랐다. 혈압도 급속히 떨어졌다. 긴급검사가 진행되는 동안 MRI 기계에 반듯이 누운 이사벨은 입가에 부글부글 맺힌 토사물로 인해 질식할 뻔했다. 결국 수술을 통해 뇌척수액을 복강으로 배출하는 션트가 삽입되었다. 불과 3주라는 시간 동안 이사벨은—뇌간과 송과체松果體와 소뇌가 만나는 지점에서 닥터 도미타가 종양을 퍼낼 수 있도록—두개골을 가르는 종양 절제술을 두 차례나 겪었고, 뇌실 속에 고인 뇌척수액을 처리하기 위한 수술도 여섯 번이나 받았다. 거기다 항암치료약을 곧장 혈류로 전달해줄 튜브관도 흉부에 삽입됐다. 설상가상으로 아이의 전두엽에서 땅콩만 한 크기의 수술이 불가한 종양이 새로 발견되었다. 아이의 병이 ATRT임을 확증하는 병리학 분석 결과도 나왔다. 항암치료는 암 진단 이후 한 달 만인 8월 17일에 시작될 예정이었고, 담당 종양의인 닥터 팬구사로와 닥터 룰라는 이사벨의 예후에 대한 논의를 꺼렸다. 아내와 나도 감히 캐물을 엄두를 내지 못했다.

딸의 암 선고 직후 첫 몇 주간 우리 부부는 제대로 먹지도 자지도 못했다. 우리는 대부분의 시간을 이사벨 곁을 지키며 병원에서 보냈다. 그런 와중에도 큰딸 엘라와 같이 있어 주려고 노력했다. 엘라는 중환자실에 들어올 수는 없었지만 이사벨이 신경외과 병동으로 옮겨오면 동생을 만날 수 있었고, 그때마다 동생의 얼굴에 환한 웃음

꽃을 피웠다. 엘라는 이 비극을 잘 견디고 있는 것처럼 보였다. 든든한 지원군인 가족들과 고마운 친구들이 틈틈이 집으로 찾아와 엘라의 관심을 끌며 우리의 지속적인 부재를 조금이나마 채워주었다. 동생의 병에 관해 설명해줬을 때, 엘라는 눈을 동그랗게 뜨고 혼란스럽고 걱정스럽다는 듯한 표정으로 우리의 이야기를 들었다.

그러던 어느 날, 엘라가 상상 속 남동생 이야기를 하기 시작했다. 갑자기 봇물 터지듯 쏟아져 나오는 엘라의 말 속에서 아내와 나는 남동생에 관한 이야기를 포착해냈다. 남동생은 한 살이었다가, 고등학교에 다녔다가, 이유는 잘 모르지만 종종 시애틀이나 캘리포니아로 여행도 떠났다가 다시 시카고로 돌아와 모험으로 가득 찬 엘라의 모놀로그에 어김없이 등장했다.

물론 엘라 또래의 아이들이 상상의 친구나 형제를 만드는 건 이상할 게 없다. 상상적 인물의 창조는 아마도 두 살 내지 네 살의 아동들에게서 나타나는 폭발적인 언어 습득과 관련이 있을 것이다. 제 경험만으로는 다 꿰어 맞춰볼 수 없을 만큼 많은 언어 표현들이 빠르게 생성되면서 아이들은 갑자기 알게 된 단어들을 써볼 수 있는 가상의 이야기를 만들어내야 한다. 엘라도 **캘리포니아**라는 단어는 알게 되었지만, 그 단어와 관련된 이렇다 할 경험이 없고 단어의 관념적인 측면, 즉 **캘리포니아스러움**을 통해 단어를 개념화할 능력도 없다. 따라서 엘라 자신이 마치 캘리포니아를 아는 것처럼 이런저런 이야기를 할 수 있도록 상상 속 남동생이 그 햇살 좋은 지방으로 보내진 것이다. 새로이 습득한 단어들은 이야기를 요구하고, 언어는 공상적 풍광을 필요로 한다. 동시에 이 시기의 언어 폭발은 외면과 내면의 구분을 만들어낸다. 아이의 내면이 표현 가능해지면서 외면화 역시 가능해지고, 그 결과 아이의 세계는 두 개로 늘어난다. 엘라는 이제 여기와 여기 아닌 어딘가에 대해 이야기할 수 있게 되었고, 언어는 **여기**와 **여기 아닌 어딘가**를 연속적이고 동시적으로 잇는다. 한 번은 저녁 식사 자리에서 엘라에게 남동생은 지금 무얼 하고 있느냐고 물어보았다. 그러자 딸은, 걔는 지금 방에서 뿔나 있어, 라고 덤덤하게 대답했다.

처음엔 엘라의 남동생은 물리적 형상은 고사하고 이름도 없었다. 남동생을 뭐라고 부르냐고 물어봤을 때 엘라는 "구구 가가"라고 했다. 다섯 살 난 조카이자 딸이 가장 좋아하는 사촌 오빠 맬컴이 이름 모를 대상을 가리킬 때 쓰는 의미 없는 소리였다. 우리 집에서는 거의 신처럼 떠받드는 찰리 밍거스의 이름을 따서 밍거스가 어떠냐고 추천했더니, 그때부터 남동생의 이름은 밍거스가 되었다. 그 후 얼마 뒤 맬컴이 엘라에게 외계인 풍선 인형을 선물로 주었고 엘라는 그 인형으로 밍거스를 실재하게 만들었다. 종종 빵빵하게 부푼 풍선 밍거스와 놀곤 했지만, 그렇다고 엘라가 가짜 부모로서 잔소리를 하거나 남동생의 무모한 모험 이야기를 하는데 꼭 외계인 형상을 한 남동생이 필요했던 것은 아니다. 우리 부부의 세계가 두려움이 계속되는 갑갑한 밀실로 좁아지는 사이, 우리 딸 엘라의 세계는 조금씩 팽창하고 있었다.

비정형 유기형 간상 종양은 너무 희소한 암이라 임상 시험을 진행하기에 충분한 소아암 환자군을 모으기도 무척 어렵고, 따라서 ATRT만을 위해 특별히 고안된 항암치료 프로토콜도 없었다. 시도해볼 만한 프로토콜의 다수는 소아 세포종이나 다른 뇌종양치료법에서 약물의 독성만 강화해 ATRT라는 강력한 악성종양에 맞설 수 있도록 수정한 요법들이었다. 집중 방사능치료를 포함한 일부 프로토콜들은 이사벨 또래 아동의 신체 발달에 심각한 해를 끼칠 수 있었다. 이사벨의 담당 종양의가 선택한 프로토콜은 모두 여섯 차례의 독성이 매우 강한 항암치료 사이클로 구성되어 있었는데, 마지막 사이클의 독성이 특히나 높았다. 너무나 독해서 이사벨의 미성숙 혈구를 미리 채취해놓고 마지막 치료 사이클이 끝난 뒤 줄기세포의 회복 과정에 혈구를 다시 이식함으로써 손상된 골수의 기능을 복원시켜야 할 정도였다.

항암치료를 하면서 떨어진 백혈구 수치는 자가 회복해야 했고, 그동안에 혈소판과 적혈구 이식도 받아야 했다. 그렇게 잠시 무너진 아이의 면역 체계가 복구될 때쯤이 되면 또 다른 항암치료 사이클이 시작될 예정이었다. 광범위한 뇌수술로 인해 이사벨은 더 이상 앉지도 서지도 못했고, 따라서 항암치료를 받는 사이에 작업치료*와 재활치료도 병행

---

* 질병이나 사고로 인한 장애 등으로 인해 일상생활이 어려운 환자들이 정상적인 활동을 할 수 있도록 훈련하는 치료.

해야 했다. 이러한 치료들은 정확히 언젠지는 알 수 없지만 언젠가 이사벨이 나이에 맞는 발달 단계로 돌아갈 수 있음을 시사했다.

항암치료 첫 번째 사이클이 시작되었을 때 이사벨은 생후 10개월이었고 몸무게는 겨우 7킬로그램 남짓이었다. 몸이 괜찮은 날에는 내가 본 그 어떤 애들보다 그리고 앞으로 볼 그 어떤 애들보다 활짝 만개한 웃음꽃을 피우는 아이였다. 거의 없긴 했지만 그렇게 몸이 괜찮은 날에는 이사벨의, 그리고 우리 가족의 미래를 어느 정도 그려볼 수 있었다. 그런 날에는 아이의 작업 및 재활치료 일정을 잡았고, 친구들과 가족들에게 언제쯤 면회 오면 좋을지를 알려주었으며, 다가올 몇 주간의 일정을 달력에 써보기도 했다. 그러나 미래는 이사벨의 건강만큼이나 위태로워서 오직 간신히 다다를 수 있을 만큼의 단계까지만 펼쳐졌다. 매 항암치료 사이클의 종료 시점, 백혈구 수치가 회복되는 시기, 다음 사이클을 앞두고 이사벨의 건강이 가능한 최고의 상태를 보이는 며칠간 같은 시간들. 나는 그 이후의 미래는 빚어낼 수 없도록 상상력을 통제했고, 아이의 병이 초래할 수 있는 두 가지 결과 모두에 대한 생각을 거부했다. 아이가 숨을 거두는 순간 아이의 작은 손을 잡고 있는 장면을 떠올리는 나 자신을 발견하면 머릿속에서 그 장면을 지워버렸고, 그럴 때면 "안 돼! 안 돼! 안 돼!" 하고 큰 소리를 내서 아내를 놀라게 하기도 했다. 정반대의 순간—아이의 성공적인 회복—에 대한 상상도 막았다. 내가 일어나길 원하는 일은 바로 내가 그러길 원한다는 이유만으로 절대 일어나지 않는다는 것을 어느 순간부터 믿게 되었기 때문이다. 마치 나의 열망이 적대적이고 악의적인 힘을 불러들여 이 무자비한 우주를 건설하기라도 한 듯, 나는 바람직한 결과를 향한 어떠한 열망도 꺼뜨려 버릴 정신적 전략을 세우게 되었다. 내 소망이 불행을 초래할 수도 있다고 믿었기에, 감히 나는 딸의 회복을 꿈꾸지 않았다.

이사벨의 항암치료 첫 사이클을 시작한 지 얼마 지나지 않아, 친구 하나가 전화를 걸어 인사 겸 선의로 이런 말을 했다. "그래, 이제 병원 일상에는 좀 익숙해졌어?" 실제로 이사벨의 항암요법에는 예측 가능해 보이는 패턴이 있었다. 항암치료 사이클이라는 게 원래 반복된 구조로 되어 있었다. 정해진 항암치료약들의 일정한 순서에 따른 투여, 구토와 식욕 감퇴, 면역 체계 붕괴와 같은 예견된 신체 반응들, 먹지 못하는 아이의 영양공급을 위한 TPN* 주입, 일정한 간격으로 구토 방지약과 항균제 및 항생제 투여, 예정된 이식치료들, 갑자기 열이 오른 아이를 안고 응급실로 뛰어가기를 몇 차례, 그러고 나면 혈구 수치 증가를 통해 알 수 있는 아이의 점차적인 회복, 아이와 함께 집에서 보내는 며칠간의 즐거운 시간, 그런 시간 뒤엔 다시 새로운 항암치료 사이클을 시작하기 위해 병원으로 복귀.

이사벨과 늘 아이 곁을 지키던 아내가 항암치료를 위해 병원에

---

* 병을 앓거나 영양 결핍인 환자에게 정맥을 통해 영양을 공급하는 치료법.

남으면, 나는 집으로 돌아가 밤 동안 엘라 곁을 지켰다. 아침이 되면 큰딸을 유치원에 데려다준 뒤, 아내에게 아침 식사와 커피를 전해주었고 아내가 샤워하는 동안에는 작은딸을 위해 노래를 불러주거나 놀아주었다. 아이의 토사물을 치우고 기저귀를 갈아주고 간호사가 수거해서 무게를 달아볼 수 있도록 기저귀를 한 데 모아 두었다. 아내와 나는 준전문가 수준의 용어를 써가며 전날 밤엔 어땠는지, 오늘은 또 어떨지를 논의했다. 그리곤 어려운 질문들을 하기 위해 의사의 회진을 기다렸다.

인간의 안정감은 반복되는 익숙한 행동에서 온다. 우리의 정신과 육체가 예측 가능한 상황에 적응하기 위해 매진하기 때문이다. 그러나 이사벨을 돌보는 일은 익숙한 일상이 될 수 없었다. ATRT와 같은 병은 생물학적으로나, 감정적으로나, 가정적으로나 일상이라 할 만한 것들을 모조리 파괴해버린다. 상황은 바라는 방식은 물론이거니와 예측되는 방식으로도 흘러가는 법이 없었다. TPN 영양제 주입이 시작된 지 하루나 이틀쯤 뒤, 집에 머물고 있던 이사벨의 몸에 갑자기 과민성 쇼크가 발생했다. 우리는 몸이 급속히 부풀어 오르고 숨을 쉬지 못하는 아이를 데리고 응급실로 달려갔다. 이런 식의 갑작스러운 재난을 제외한대도 하루하루가 지옥이었다. 그칠 줄 모르는 아이의 기침이 구토로 이어지기도 하고, 몸에 발진이 일고 변비가 생기거나 아이의 몸이 전반적으로 무기력하고 약해졌으며, 발열 초기 징후가 나타나 급히 응급실을 찾기도 했다. 그럴 때면 우리는 아이에게 괜찮을 거야, 라는 말조차 하지 못했다. 이런 일들은 아무리 겪어도 도무지 익숙해지질 않았다. 되풀이되는 일상에서 오는 안정감이란 우리 세계 밖에나 해당하는 이야기였다.

어느 이른 아침, 차를 몰고 병원으로 가는 길에 나는 한 무리의 건강하고 활기 넘치는 사람들이 햇살이 밝게 비추는 호숫가를 향해 줄지어 달려가는 모습을 보았다. 순간 내가 수족관에 들어간 것 같은 기분이 온몸을 강렬하게 사로잡았다. 수조 안에서는 바깥을 볼 수 있고, 밖에 있는 사람들도 (어쩌다 관심을 갖는다면) 안에 있는 나를 볼 수 있지만 우리는 완전히 다른 환경에서 호흡하고 있었다. 이사벨의 병과 우리 부부가 겪고 있는 모든 일은 바깥세상과는 거의 관련도 없거니와 심지어는 어떤 영향을 주지도 못했다. 아내와 내가 모은 달갑지 않고 절망적이기만 한 지식들은 바깥세상에서는 도무지 쓸모가 없었다. 누구든 밖에 있는 이들—저 자신의 발전을 위해 지루하게 달리고 있던 사람들, 틀에 박힌 따분한 일상에 흠뻑 빠진 사람들, 고문관을 태우고도 무죄한 제 엉덩이를 나무에 비벼대고 있던 말들*—에게는 관심거리도 되지 못했다.

이사벨의 ATRT 종양으로 인해 우리 부부의 삶 안에 있는 모든 것은 강렬하고도 육중한 현실이 되었다. 우리 삶 밖에 있는 것들은

---

* W. H. 오든의 시 '미술관Musée des Beaux Arts'의 한 구절. 그리스 신화에 등장하는 이카로스의 추락 장면을 담은 그림을 보고 쓴 시로, 일상을 살아가는 이들에게는 타인의 고통이 전해지지 않는다는 내용을 담고 있다.

비현실적이었다기보다는 그저 알고 말고 할 만한 실체가 아예 없었다. 이사벨의 병을 모르는 사람들이 내게 요즘 어떻게 지내냐고 물어와 우리 사정을 얘기하고 나면, 나는 그들의 삶이 저 먼 지평선 끝으로 빠르게 멀어져가는 걸 보았다. 그들의 삶에선 완전히 다른 것이 중요했다. 내 세무사에게 이사벨이 중병에 걸렸다고 알렸을 때, 그는 이렇게 말했다. "그래도 얼굴은 좋아 보이십니다. 그게 제일 중요하지요!" 고요히 흘러가는 세계는 진부하고 의례적인 말들과 상투적인 표현에 의지하고 있었고, 이런 언어들은 우리의 재앙과는 아무런 논리적, 개념적 연결 고리가 없었다.

나는 희망을 빌어주는 사람들과 말하는 게 힘들었고, 그들의 이야기를 들어주는 것은 더더욱 힘이 들었다. 친절하게도 사람들은 도움이 되려 했고, 아내와 나는 그들의 이러니저러니 하는 소리를 싫은 내색 없이 견뎠다. 그들은 그저 그런 얘기 말고는 무슨 말을 해야 할지 모르는 것이었다. 사람들은 우리의 고난으로부터 스스로를 보호하기 위해 자신들이 감당할 수 있는 영역 안에 들어가, 공허하고 거추장스러운 말들로 담을 쌓았다. 아내와 나로서는 말로 도울 방도를 찾지 않는 현명한 이들을 대할 때가 훨씬 더 편했다. 그리고 친한 친구들은 그런 사실을 알고 있었다. 우리 부부가 선호한 대화 상대는 닥터 롤라나 닥터 팬구사로처럼 진짜 중요한 것을 이해시켜 줄 수 있는 사람들이었다. 이들과의 대화가 "좀만 더 버티게"라는 말을 듣는 것보다 훨씬 나았다. (그 말에 나는 "여기 말곤 버틸 데도 없어"라고 했다.) 그리고 우리는 세상에서 가장 진부한, 바로 신이라는 위로를 건네려 들까봐 걱정됐던 이들을 멀리했다. 병원 소속 목사는 우리 부부 주변에 얼씬도 못 하게 했다.

우리 부부가 자주 듣던 진부한 위로의 표현은 "뭐라 할 말이 없네요"였다. 그러나 아내와 나 사이에는 할 말이 없지 않았다, 전혀. 우리 부부의 경험을 표현할 길이 없다고 한다면, 그건 사실이 아니었다. 아내와 나는 지금 벌어지고 있는 일들이 얼마나 두려운 지에 대해 서로 할 말이 너무나 많았다. 늘 고통스러우리만치 현실적인 이야기만 하던 닥터 룰라와 닥터 팬구사로도 할 말이 없진 않았다. 의사소통에 문제가 있었다면 그건 오히려 할 말이 너무 많아서였다. 그리고 그런 말들은 너무나 구체적이고, 또 너무나 무거운 것들이어서 다른 사람들과는 나눌 수 없었다. (이를테면 이사벨의 항암치료약인 빈크리스틴, 메토트렉사드, 에토포시드, 사이클로포스파마이드, 시스플라틴처럼 특히나 악성이 강한 악마를 연구해 탄생한 모든 단어들이 그러했다.) 우리 사이에서 표현될 수 없는 것이 있다면 그건 바로 일상적으로 쓰는 진부한 언어들의 의례적 기능이었다. 상투적인 위로의 말들은 우리 상황에는 맞지도 않았고 쓸모도 없었다. 우리 부부는 본능적으로 우리가 가진 지식으로부터 사람들을 보호했다. 우리는 사람들이 할 말이 없다고 생각하게 내버려 두었다. 우리가 일상적으로 쓰는 어휘에 그들이 익숙해지고 싶지 않으리란 걸 알고 있었기 때문이다. 우리가 해온 일에 대해서도 알고 싶지 않을 거란 확신이 있었다. 알고 싶지 않았던 건 우리 역시 마찬가지였으니까.

이 세계 안에는 우리 말고는 아무도 없었다. (누군가와 말을 하고 싶다고 해서 누군가의 아이가 ATRT를 앓게 되는 것은 더더욱 바라지 않았다.) 이사벨의 뇌종양을 감당하는 데 도움이 될 거라며 건네받았던 《소아 뇌종양 및 척수암 환자 부모를 위한 안내서》도 ATRT는 너무 희소한 암이라 '자세히 다루지 않았다.' 아니 사실상 그 부분은 아예 빠져 있다고 보는 게 맞았다. 우리는 암에 걸린 아이의 부모로 구성된 그 작은 모임 안에서도 소통할 수 없었다. 안에서 버티고 있던 우리를 둘러싼 수족관의 담조차도 다른 사람들의 어휘로 되어 있었다.

그러는 동안 밍거스는 엘라가 말을 연습하고 배울 수 있도록 도와주었고 엘라의 곁을 지키며 위안을 주었다. 당시 아내와 나는 거의 해주지 못하던 것들이었다. 아침에 유치원에 데려다줄 때면 엘라는 밍거스 이야기를 쉴 새 없이 늘어놓았다. 마구 쏟아져 나오는 언어의 격류 속에는 난해한 줄거리가 깊이 가라앉아 있었다. 이따금씩 아내와 나는 엘라가—외계인 인형인지 아니면 완전히 상상 속 동생인지 확실치 않은—밍거스를 데리고 가짜 주사를 놓거나 체온을 재고 놀면서 이사벨의 병에 대한 우리의 대화나 병원 방문 중에 주워들은 단어들을 쓰는 것을 보았다. 엘라는 밍거스에게서 종양이 발견됐고 여러 가지 검사를 받게 되었지만 2주 후면 괜찮아질 거라고 말했다. 한번은 밍거스에게 여동생이 생기기도 했는데—자기 여동생

234

과는 완전히 달랐지만—이름도 심지어 이사벨이었다. 그 이사벨에 게서도 종양이 발견됐고, 역시 2주 후면 괜찮아질 거라고 했다. (알고 보니 2주일이라는 시간은 당시 아내와 내가 짐작할 수 있었던 만큼의 미래였다). 여동생의 병에 대해 우연히 얻은 어떠한 지식도, 우리 부부의 고난에 껴서 주위들은 어떠한 단어도, 엘라는 공상의 남동생을 통해서 이해했다. 엘라는 여동생이 그리운 게 분명했고, 그 점에 있어서 밍거스는 큰 위안이 되었다. 엘라가 온 가족이 함께하는 시간을 갈망했기에 그 어느 날 밍거스에게도 부모가 생겼고, 바로 다음 날 우리 곁으로 다시 돌아와야 하긴 했지만 아주 가까운 어딘가로 떠나 가족과 함께 보낼 수 있는 시간이 그에게도 주어졌다. 엘라는 자신이 느끼는 혼란스러운 감정들을 밍거스에게 고스란히 넘겨주었고, 그러면 밍거스는 그 감정에 따른 행동을 했다. 아이는 그렇게 자신의 감정을 외면화하고 있었다.

어느 날 아침, 식사 자리에서 엘라는 오트밀을 먹으며 남동생에 대한 이런저런 이야기를 좋알거렸다. 순간 내 뇌리를 스친 것은 엘라의 이러한 행동이 지금껏 내가 작가로서 해왔던 일과 정확히 일치한다는 겸허한 깨달음이었다. 내 책 속에 등장하는 허구의 인물들은, 나로서는 도저히 이해하기 어려웠던 (따지고 보면 거의 모든) 것에 대한 이해를 도와주었다. 엘라처럼 나도 무수한 단어들이 내 안에서 터져 나오는 경험을 했고, 그러한 언어적 풍요는 보잘것없이 한정적인 내 인생 경험을 훌쩍 뛰어넘었다. 나 또한 내 자아를 확장할 이야기의 세계가 필요했고 인생 경험이 더 필요했다. 나 역시도 또 다른 부모가 필요했고, 이유 없이 뿔을 내줄 나 아닌 누군가가 필요했다. 변화무쌍한 자아의 수렁에서 나를 대신할 아바타들을 끄집어냈지만 그들은 내가 아니었다. 내 아바타들은 나라면 하지도 않을, 할 수도 없을 일들을 했다. 엘라가 끝도 없이 쉬지 않고 밍거스의 모험 이야기를 펼쳐내는 것을 보면서, 나는 이야기를 향한 욕구가 우리 정신 속 아주 깊은 곳에 새겨져 있으며 언어를 만들고 흡수하는 메커니즘과 떼려야 뗄 수 없이 얽혀 있다는 사실을 깨달았다. 이야기를 위한 상상―즉 소설―은 생존을 위한 기본적이면서 진화된 도구였던 것이다. 우리는 이야기를 하면서 세상을 이해하고 허구적 자아와 소통하면서 인간으로서 알아야 할 지식을 얻는다.

그러나 작가로서 대단치 않은 경력을 쌓으며 지금껏 모아온 지식은 ATRT 수족관 안에서는 아무런 쓸모가 없었다. 지금 벌어지고 있는 일들을 이해시켜줄 수 있는 이야기라는 건 만들어낼 수 없었다. 내 쪽에서 그 어떤 상상의 세계를 펼쳐내더라도 이사벨의 병이 압도해버렸다. 내게 가장 중요했던 것은 바로 내 품에 안긴 내 딸이 내뱉는 한숨 한숨의 강렬한 현실성이었고, 내가 부르는 자장가 세 곡에 곤히 잠드는 내 딸의 잠이라는 구체성이었다. 나는 바라지도, 감히 상상하지도 않았다. 이사벨의 미소와 웃음 그 이외의 것은. 아이가 살아있는, 고통스럽지만 여전히 아름다운 삶 그 너머의 것은.

10월의 어느 일요일 오후, 이사벨은 3차 항암치료 사이클의 마지막 약물(시스플라틴)을 투여받았다. 우리 부부는 월요일 아침쯤엔 아이와 함께 집으로 돌아가 단 며칠이라도 지내다 올 수 있기를 바랐다. 그날 오후에는 엘라도 병원에 와서 동생의 볼을 한 움큼 쥐고 먹는 시늉으로 이사벨을 늘 그렇듯 웃겨주었다. 엘라가 집으로 돌아간 뒤, 내 품에 안겨 있던 이사벨이 칭얼거렸다. 나는 아이가 일정한 주기로 칭얼거린다는 것을 알아챘다. 병실에 걸린 큰 시계의 초침을 보니 아이는 30초 간격으로 몸을 비틀고 훌쩍거리기를 반복했다. 아내가 간호사를 부르자 간호사는 당직 종양의를 호출했고, 종양의는 신경외과의에게 보고하더니, 신경외과의는 또 다른 누군가와 의논했다. 그들의 소견으로는 이사벨이 경미한 발작을 일으키고 있는데 그 원인은 확실치 않았다. 이윽고 이사벨의 발작은 절정에 다다랐다. 뻣뻣하게 굳은 아이가 눈을 뒤집더니 입가엔 거품을 물고 몸을 계속 비틀어댔다. 아내와 나는 아이의 손을 붙들고 계속 말을 걸었지만 아이는 우리를 알아보지 못했다. 이사벨은 곧바로 중환자실로 옮겨졌다.

그날 밤 아이에게 주사된 약물의 이름이며 행해졌던 모든 시술은 그날 밤의 대부분이 그렇듯 이제는 잘 기억나지 않는다. 떠올리기 어려운 것들은 기억하기도 어려운 법이다. 이사벨의 체내 나트륨 수치가 급속히 떨어지는 바람에 발작이 일어났고, 아이의 몸에 행해진 것이 무엇이든 그게 발작을 멈췄다는 정도다. 결국 다시 호흡관이 삽입되었고 록 마취제도 주입되었다. 나트륨 수치가 정상화될 때까지 이사벨은 중환자실에 머물러야 했다.

그러나 수치는 정상화되지 않았다. 이틀 뒤에 록을 끊고 호흡관도 떼어 냈지만, 아이는 계속 TPN 대신 식염수를 투여받아야 했다. 그런데도 나트륨 수치는 정상으로 돌아올 기미가 보이지 않았다. 헬러윈을 맞아 약속대로 아내가 엘라를 데리고 사탕을 얻기 위해 이웃집을 돌아다닐 때, 병실에서 내 품에 안겨 있던 이사벨은 다시 칭얼거렸다. 엘라와 집에 머물렀던 전날 밤, 나는 갑자기 고통스러운 듯 격렬하게 몸을 뒤로 젖히는 이사벨을 그만 품에서 놓치는 꿈을 꿨다. 아이가 바닥에 떨어지기 직전에 비명을 지르며 꿈에서 깼다. 중환자실에서 아이를 달래기 위해 필사적으로 자장가 세 곡을 부르고 또 불렀다. 아이가 겨우 잠든 뒤에도 아이의 호흡이 가슴 철렁할 만큼 오래 멈췄다가 다시 돌아오는 것을 지켜봤다. 당직 간호사는 수면성 무호흡증이 아이들에게서는 흔하다고 했고, 그의 뻔한 거짓말에 화보다는 겁이 먼저 났다. 간호사는 당직 의사에게 보고했고, 주의가 필요한 데는 적절한 조치가 취해졌다. 그리고 조금 뒤, 아내와 교대한 나는 엘라를 돌보기 위해 집으로 갔다.

한밤중에 집 전화벨이 울렸다. 아내가 전화를 바꿔준 닥터 팬구사로는 이사벨이 "정말 간신히" 혈압을 유지하고 있다고 말했다. 가능한 한 빨리 병원으로 가야 했다.

처제네 집에 엘라를 실어다주고, 속력을 높여 병원으로 향했다. 병실 밖에는 한 무리의 중환자실 의료팀이 안을 들여다보고 있었고,

병실 안에는 의사들과 간호사들에게 둘러싸인 이사벨이 있었다. 아이의 몸은 퉁퉁 붇고, 눈꺼풀도 부풀어 있었다. 주삿바늘이 잔뜩 꽂힌 작은 손을 통해 혈압 유지를 위한 약물이 몸속으로 주입되고 있었다. 닥터 팬구사로와 닥터 룰라는 아내와 나를 앉혀 놓고 이사벨의 상태가 위독하다고 말했다. 우리는 아이를 살리기 위한 모든 시도를 해보길 원하는지 답해야 했다. 우리는 원한다고 대답했다. 그들은 멈춰야 할 순간이 왔을 때 멈추라고 말할 수 있는 것도 우리뿐이라는 사실을 분명히 했다.

그리고 거기서 내 기억은 무너져내린다.

병실 구석에서 아내는 소리 죽여 하염없이 울었고, 아내의 얼굴에는 말 그대로 말할 수 없는 공포가 서렸다. 새치가 희끗한 의사(이름은 기억에서 사라졌지만, 그의 얼굴은 아직도 매일같이 떠오른다)가 레지던트들에게 돌아가면서 심폐소생술을 하라고 명했다. 이사벨의 심장이 멈춰버린 것이다. "아가! 아가! 아가야! 우리 딸!……" 내가 울부짖는 사이, 레지던트들은 이사벨의 심장을 다시 뛰게 만들었다. 그리고 아내와 나는 또 다른 결정을 내려야 했다. 아이의 신장이 기능을 멈췄기 때문에 투석이 필요했고, 그 자리에서 수술을 통해 투석 기계를 몸에 연결해야 했다. 아이가 수술을 버텨내지 못할 가능성이 높았다. 우리는 수술을 허락했다. 그새 이사벨의 심장 박동이 다시 멈췄고 레지던트들은 다시 아이의 가슴을 눌러댔다. 병실 밖 복도에는 처음 보는 사람들이 모여 이사벨을 응원하고 있었다. 눈물을 흘리는 이도 있었다. "아가! 아가야! 우리 아가!……" 나는 계속 울부짖었다. 그리고 아내를 부둥켜안았다. 이사벨의 심장이 다시 뛰기 시작했다. "12분입니다." 새치가 희끗한 의사가 우리 쪽을 보며 말했다. 처음에 나는 그가 무슨 말을 하는 건지 알아들을 수 없었다. 그러나 이내 그가 이사벨이 12분 동안 사망한 상태였다고 말했다는 걸 깨달았다. 그때 아이의 심장이 다시 멈췄고 젊은 레지던트 하나가 열의 없이 아이의 가슴을 계속 눌러대며 우리의 입에서 멈추라는 말이 나오기를 기다렸다. 멈추라고, 우리는 말했다. 그리고 레지던트가 멈추었다.

그토록 노력했지만 늘 제때 멈추지 못했던 상상 속에는 아이가 죽음을 맞이하는 순간도 있었다. 그중에서도 자꾸만 떠올랐던 상상은 바로 이사벨이 평화로이 숨을 거둘 때 아내와 내가 아이의 손을 잡아주는 고요한, 영화 같은 장면이었다. 그러나 진짜 그 순간이 닥쳤을 때 우리가 느낄 고통은 감히 상상도 못했다. 간호사들이 그 모든 튜브와 와이어를 뽑아내고, 사람들이 하나둘 자리를 떠난 그곳에 아내와 나만 남아 우리의 가버린 아이, 수액 때문에 몸이 퉁퉁 붓고 심폐소생술로 만신창이가 된, 늘 웃기만 하던 사랑스러운 우리 딸을 붙들고 아이의 양 뺨이며 두 발에 입을 맞추는 그 순간은 참담하리만치 너무나 선명하게 기억하지만 내게는 여전히 떠올리는 것이 불가능한 순간이다.

그런 순간에서 어떻게 벗어날 수 있을까? 죽은 자식을 뒤로 하고 공허한 반복이든 뭐든 삶이라고 부르는 그 일상으로 어떻게 돌아갈 수 있을까? 우리는 이사벨을 침대에 눕히고 시트로 덮어준 뒤 서명이 필요한 문서에는 모두 서명을 하고 물건들을 챙겼다. 이사벨의 장난 감, 옷가지, 아이팟 스피커, 반찬통, 이전의 모든 흔적들. 병실 밖의 누 군가가 우리만의 공간을 지켜주기 위해 블라인드를 쳐주었다. 이사 벨을 응원하던 고마운 사람들도 이제는 자리를 떠났다. 난민들처럼 물건으로 가득 찬 커다란 쇼핑백을 들고 우리는 길 건너 차고로 걸어 가 주차된 차를 타고 의미 없는 도로를 달려 처제네 집으로 갔다.

죽음을 받아들이는 데 필요한 정신적 능력이 무엇인지 알지 못하 고 또 행여 그런 것이 있다 한들 몇 살쯤 얻게 되는지 역시 모르지 만 큰딸 엘라만큼은 그런 능력을 가지고 있는 것 같았다. 동생이 죽 었다고 말했을 때 엘라의 얼굴에는 온전한 이해의 순간이 지나갔다. 엘라는 울기 시작했고, 아이의 울음이 맞나 싶게 울면서 이렇게 말 했다. "이사벨이라는 동생이 또 있었으면 좋겠어." 우리 부부는 여전 히 그 말의 의미를 연구 중이다.

아내와 엘라, 그리고 나는 그렇게—하나를 잃은 가족이 되어—집 으로 돌아갔다. 하필이면 그날은 11월 1일, '죽은 자들의 날The Day of the Death*'이었다. 이사벨이 처음 암 진단을 받은 지 100일하고도

---

* 멕시코의 전통 축제일 중 하나로, 죽은 자들이 일 년에 한 번 이승의 가족과 친구 들을 만나기 위해 찾아오는 날이라는 의미를 담고 있다.

8일이 지나 있었다.

종교가 저지르는 가장 야비한 오류는 바로 고통을 무슨 깨달음이나 구원에 이르는 한 단계쯤으로 숭고하게 만든다는 것이다. 그러나 이사벨의 고통과 죽음은 이사벨 본인에게도, 우리에게도, 이 세상에도 아무런 이득이 되지 못했다. 이사벨의 고통이 한 게 있다면 그건 오직 아이를 죽음으로 이끈 것뿐이다. 우리는 배울 만한 교훈을 배우지 못했고 누구에게 도움이 될 만한 경험도 얻지 못했다. 무엇보다 이사벨이 더 나은 어딘가로 날아갈 수 없을 거란 사실만 더 분명해졌다. 이사벨에게 엄마의 가슴, 언니의 곁, 그리고 아빠의 품보다 더 나은 곳이란 있을 수 없을 테니까. 이사벨 없는 우리 부부는 이제는 더 이상 줄 수 없는 바다 같은 사랑과 함께 남겨졌다. 한때 이사벨을 위해 할애했던 시간도 이제는 너무나 많이 남았다. 아내와 나는 이사벨의 존재로밖에 채울 수 없는 공허 속에 살아가야 했다. 이사벨의 지울 수 없는 부재는 우리 몸속의 한 기관이 되었고, 그 기관의 유일한 기능은 슬픔을 분비하는 것이다.

엘라는 이사벨에 대한 이야기를 자주 한다. 이사벨의 죽음에 대해 이야기할 때는 너무나 그럴듯해서 아이의 말 한마디 한마디가 가슴을 쳤다. 무슨 일이 일어난 건지, 또 그게 무엇을 뜻하는지 엘라는 알고 있었다. 우리처럼 엘라도 같은 의문에 부딪혔고, 같은 갈망을 품었다. 하루는 잠자리에 든 엘라가 내게 물었다. "이사벨은 왜 죽었어?" 또 다른 날에는 "나는 안 죽을래" 하고 말했다. 얼마 전부터는 난데없이 동생의 손을 다시 잡아보고 싶다고, 동생의 웃는 모습이 많이 보고 싶다고 아내에게 말하기 시작했다고 한다. 우리가 몇 번 이사벨이 보고 싶은지 물어봤을 때, 엘라는 참을 수 없다는 듯 대답하기를 거부했다. 왜 참을 수 없었는지는 우리도 너무 잘 알 것 같았다. 그렇게나 당연한 걸 말해 뭐하겠는가?

밍거스는 여전히 이런저런 존재가 되느라 바쁘게 잘 지내고 있다. 주로 우리와 살고 있지만 한 번씩은 가까운 어딘가로 가서 그의 부모와 매번 바뀌는 형제자매와 함께 지내다 온다. 가장 최근에는 잭큰과 클리프라는 두 형제와 여동생 피커딜리가 함께였다. 자식도 생겼는데, 밍거스의 세 아들 중의 하나는 한때 앤디라고 불리기도 했다. 우리 가족이 스키를 타러 갔을 때 밍거스는 스노보드를 타고 싶어 했고, 우리 가족이 크리스마스를 보내러 런던에 갔을 때 그는 네브래스카에 갔다. 밍거스는 체스(엘라 말로는 체스트)를 꽤 잘 두는 듯 했다. 가끔 엘라에게 소리를 지를 때도 있었다. ("조용히 해, 밍거스!"하고 엘라가 받아치는 것을 보면.) 어떨 때는 자신의 목소리를 잃고, 대신 이사벨의 목소리로 말하기도 했다. 엘라 말을 들어보니 뛰어난 마술사이기도 한 모양이다. 밍거스가 휘두르는 마술 지팡이에 우리 이사벨이 다시 살아난다니 말이다.

옮긴이의 말

발칸 반도가 유럽의 화약고였다면 그 안에서도 보스니아는 유고슬라비아의 폭탄으로 불렸다. 1990년대 초, 유고 연방이 해체되는 과정에서 그 폭탄은 터져버린다. 책을 옮기면서 보스니아 내전을 이해하기 위해 수많은 자료를 참고했고, 덕분에 머릿속에 일련의 사건들을 정렬해볼 수 있었다. 그러나 도무지 이해할 수 없는 것이 있다. 어제의 이웃이 어떻게 하룻밤 새 적으로 돌변할 수 있었을까? 보스니아의 인구 구성 집단은 크게 세르비아계와 이슬람교도, 크로아티아계로 나뉘지만 수 세기에 걸쳐 서로 이웃해 살아온 이들은 혈연과 지연으로 뒤엉켜 깔끔하게 편을 가르는 게 불가능해보였다.

단편 〈타인들의 삶〉에는 어린 시절 작가가 친구의 생일 파티에서 '터키인'이라는 말로 친구를 울리는 장면이 등장한다. 그 사건에서 가장 충격적인 사실은 순진하게 차별적인 표현을 내뱉은 작가를 제외하고 그 자리에 있던 모두가 그 단어의 경멸적 의미를 이미 알고 있었다는 것이다. 우리는 '우리'라는 이름으로 함께 어울리지만, 그 안에서 너와 나의 차이는 명확하다. 누군지 분명하지 않은 '너'는 우리가 될 수 없다. 내가 누군지 분명히 밝히지 않으면 나는 '나' 자신도 될 수 없다. 그렇게 알게 모르게 우리는 기존하는 '차이의 네트워크' 안에 살고 있다. 이러한 차이는 평상시엔 보이지 않다가 그것을 구분할 필요가 생기는 순간 누가 우리고, 우리가 아닌지를 서늘할 정도로 극명하게 보여준다.

그러나 캐나다로 간 보스니아 난민은 그곳 사람들이 서로를 구분하는 그들만의 네트워크에 진입조차 하지 못한다. 이때 보스니아의 '우리'를 캐나다의 '그들'과 비교라도 할 수 있는 존재로 만드는 것도 바로 '차이'다. 과거에는 우리 안에서 너와 나를 구분하고 배척하던 차이가 이제는 우리를 그들과 대등한 수준으로 격상시킨다. 작가 헤몬은, 우리 안의 차이로 말미암은 내전이 수십만 명을 살상하고 수백만 명을 난민으로 내모는 한편, 그 차이로 인해 이민이라는 각박한 현실 속에서 정체성을 상실한 자들이 최소한의 자존을 회복하는 아이러니를 간파한다. 상황에 따라 모습을 바꾸는 차이는 어린아이의 눈에도 거슬릴 정도로 얄팍하지만, 그것들이 모인 체계는 사람이 죽고 사는 이유가 될 만큼 견고하다.

토종 한국인인 나 역시 캐나다로 건너와 살면서 차이의 가변성을 몸소 체험했다. 기존의 자아를 구성하는 민족성이나 직업, 학력을 포함한 모든 조건이 무의미해지는 이민은 과연 '존재론적 위기'라 부를 만했다. 캐나다로 이주한 뒤 얼마 지나지 않아 한국에 있는 지인들에게서 자주 들었던 질문이 있다. "이제 캐나다 생활에는 적응했어?" 간단한 질문이지만 대답하기 쉽지 않았다. 딱히 잘 못 지내서가 아니라 '적응'이라는 단어가 쉽게 받아들여지지 않았기 때문이다. 새 물로 갈아 준 어항 속 금붕어가 다시 자유롭게 숨 쉬고 헤엄칠 수 있게 되는 걸 적응이라고 한다면 이민은 어항도 물도 새로 바뀐 곳에서 내가 금붕어였다는 사실도 잊은 채 사는 것이어야 했다. 그러한 격변 속에서 내 카페와 내 이발소와 내 정육점을 만드는 것과 같이 사소하고 평범한 일들이 실제로 큰 도움이 됐다. 자아를 잃은 금붕어는 이국의 물고기들이 과거의 나와는 다른 방식으로 헤엄치고 먹이를 찾는 것을 보고 따라하면서 서서히 잃었던 (혹은 새로운) 자아를 찾아간다.

혹자는 전쟁이나 피난, 이민과 같은 고난만 피하면 자아를 송두리째 뒤흔드는 존재론적 위기로부터 안전할 것으로 여길지 모른다. 그러나 한 사람의 인생을 순식간에 이전과 이후로 가르는 〈수족관〉과 같은 재앙에서는 어느 누구도 자유로울 수 없다. 그동안 차이를 의식하고 경계하는 데 너무 익숙해져 버린 탓에 타인의 비극에까지 차이라는 벽을 두르고 외면해왔다. 하지만 일생일대의 비극을 겪느라 휘청거리고 있는 그들과 나 사이에 놓인 외벽은 놀랄 만큼 얄팍하다. 헤몬의 메시지는 바로 이 지점을 향한다. 그는 우리에게서 한 사회 안에 너무 깊고 단단히 뿌리내려 사람이 죽고 사는 문제가 돼버린 어떤 체계의 힘보다 훨씬 강력한 힘을 기대한다. 타인의 비극이 전염될까 두려워 스스로 쌓아 올린 얄팍한 차이라는 담장을 허물 수 있는 힘, 바로 타인의 고통에 귀 기울일 수 있는 감수성이다.

처음 이 책에 매료되어 출간을 위해 노력하던 시절, 누군가 내게 《내 삶이라는 책》에는 전체를 관통하는 하나의 테마가 없다고 했다. 그때는 반박하지 못했지만 왜 하나의 테마를 특정할 수 없는지 이제는 알 것 같다. 이 책이 바로 삶을 다룬 책이기 때문이다. 누구의 삶에도 관통하는 테마 같은 건 없다. 내전도 난민도 이민도 상실도 한 사람의 삶을 정의하는 단 하나의 테마가 될 수 없다. 감히 한 권의 책으로 사람의 인생을 (그것도 완벽하게) 이야기하는 알렉산다르 헤몬의 삶이라는 책에는 한순간에 모든 것을 잃고, 그래서 자신이 누구인지도 잊은 사람들이 등장한다. 절체의 위기에 빠진 이들은 주저앉지 않고 조금씩 앞으로 나아가 그들의 삶이라는 책의 다음 장으로 넘어간다. 한 장 한 장 책장을 넘기며 수족관 안팎을 오가던 나의 삶이라는 책의 몇몇 장을 떠올렸고 이루 말할 수 없는 위로를 받았다. 일순간 수족관에 갇혀버린, 그래서 유유히 일상을 사는 타인들을 지켜본 경험이 있는 누군가에게도 이 책이 일말의 위로가 되길 바란다.

2019년 8월, 이동교

나의 삶이라는 책

1판 1쇄 인쇄 2019년 8월 16일
1판 1쇄 발행 2019년 8월 23일

지은이 · 알렉산다르 헤몬
옮긴이 · 이동교
펴낸이 · 주연선

총괄이사 · 이진희
책임 편집 · 이우정
표지 및 본문 디자인 · 권예진
책임 마케팅 · 강원모
마케팅 · 장병수 김다은 이한솔
관리 · 김두만 유효정 박초희

(주)은행나무
04035 서울특별시 마포구 양화로11길 54
전화 · 02)3143-0651~3 | 팩스 · 02)3143-0654
신고번호 · 제 1997-000168호(1997. 12. 12)
www.ehbook.co.kr
ehbook@ehbook.co.kr

잘못된 책은 바꿔드립니다.

ISBN 979-11-89982-36-2 (03840)